Der Schmerz bleibt

Von H.C. Scherf

Thriller

Bibliografische Information der Deutschen Nationalbibliothek:
Die Deutsche Nationalbibliothek verzeichnet diese Publikation in der
Deutschen Nationalbibliografie; detaillierte bibliografische Daten sind im
Internet über http://dnb.dnb.de abrufbar.

Der Schmerz bleibt

© 2020   H.C. Scherf
http://www.haraldschmidt-ebooks.de

Covergestaltung: VercoDesign, Unna
Bilder von: designnatures / clipdealer.com
enzobo / clipdealer.com
nchlsft / clipdealer.com
1048417081 / shutterstock

Lektorat: Heidemarie Rabe
rabe.heidemarie47@googlemail.com

Herstellung und Verlag:
BoD – Books on Demand, Norderstedt

ISBN: 978-3734726316

Der Schmerz bleibt

Band 5 der Liebig-Momsen-Reihe

Von H.C. Scherf

Gutes wird mit Gutem vergolten,
Böses mit Bösem.
Nichts wird vergessen,
denn die Zeit der Vergeltung wird kommen

- Aus China -

1

Bitte, lieber Gott, lass mich endlich sterben.

Sie formte diese Gedanken mit ihren Lippen, während sie den Blick zur Decke dieses modrig riechenden Raumes gerichtet hatte. Über ihr an der feuchten, von Moos bewachsenen Decke klebten Armeen von widerlichen Spinnentieren, die nur darauf zu warten schienen, dass sie endlich über Maras totes Fleisch herfallen konnten. Maras irre Gedanken stellten sich bereits vor, wie ihr Körper mit Seide eingehüllt und ihr Blut aus dem Körper gesaugt würde. Einige der kleinen Monster hatten nicht abwarten können, saßen bereits in den tiefen Wunden, die ihr die Bestie in den letzten Wochen zugefügt hatte.

Sie spürte die breiten Sisalgurte an den Armen schon längst nicht mehr, die in ihr Fleisch schnitten und die Blutzirkulation unterbrachen. Mara hatte diesem Umstand sogar etwas Positives abgewinnen können, denn sie ertrug dadurch die Schmerzen besser, die ihr etliche Rattenbisse in den Füßen verursachten. Auch die Kälte, die vor allem nachts tief in ihren fast nackten Körper eindrang, empfand sie längst nicht mehr. Immer und immer wieder richtete sie ihren Blick auf den schmalen Eingang, hinter dem sie wildes Gestrüpp und vergammelnden Müll erkennen konnte, den

Anwohner schon vor langer Zeit dort entsorgt hatten. Diese Ruine, unweit des Fulerumer Südwestfriedhofs, war längst in Vergessenheit geraten und für Besucher durch ein Gitter abgesperrt. Ihr Peiniger hatte sich das zunutze gemacht und sie hierher verschleppt. Die Schreie, mit denen sie auf ihr unvorstellbares Leid aufmerksam machen wollte, endeten schon am schmuddeligen Knebel, den ihr dieses Tier in den Mund gestopft hatte. Doch selbst wenn sie hätte frei schreien können, wäre es mehr als fraglich gewesen, ob sie überhaupt von jemandem gehört worden wäre. Bald würde sie genauso tot sein wie dieses Haus. Sie wäre nur noch Geschichte, ein Akteneintrag mehr in einem Polizeibericht. Dabei setzte sie voraus, dass dieser Wahnsinnige jemals gefasst würde. Schließlich trieb er sein Unwesen schon recht lange, was die vielen Körperteile von Frauen, die er schon zuvor geschändet hatte, bewiesen. Mindestens vier bereits mumifizierte Leichen konnte Mara in den Ecken des zumeist dunklen Raumes ausmachen. Dieses Grauen war für sie ein Blick in die eigene Zukunft.

Schwach zog sie an den Handfesseln, die tief in ihr Fleisch schnitten und ihre Arme immer nach oben zogen. Wenn sie die Schmerzen ignorierte, konnte sie sich auf den kalten, feuchten Boden setzen. Allerdings sackte das Blut dann aus den Armen in den Rumpf und machten sie völlig gefühllos. Sie wünschte sich sehnlichst, dass dies auch mit den Wunden geschehen würde, die ihr der Kerl an Unterleib und den Brüsten zugefügt hatte. Die tiefen Schnitte waren längst verschorft, wobei die Schmerzen jedoch blieben. Lediglich die nie endende Kälte dämpften sie ein wenig. Mara hatte aufgehört, die Tage zu zählen, die sie schon hier dem Martyrium des Mörders ausgesetzt war. Sie hatte sogar den Ratten, die sie regelmäßig besuchten, bereits Namen gegeben. Immer wieder baute sich vor ihren Augen die Szenerie auf, wenn das menschliche Ungeheuer sie besuchte. Anfangs hatte sie befürchtet, dass er sie brutal vergewaltigen und anschließend töten würde – eine unerträgliche Vorstellung für eine Sechzehnjährige, die noch wenig Erfahrung in Sachen körperlicher Liebe besaß. Doch dass es so grausam werden würde, hätte sie sich in den schlimmsten Träumen nicht vorstellen können. Dieser Kerl, der sein hübsches Gesicht offen zeigte, war nur bedingt an Maras weiblichen Reizen interessiert. Er beschränkte sich mit beeindruckender Geduld darauf, ihr mit einem scharfen Messer tiefe Wunden zuzufügen. Wenn ihr das Blut über Brust oder Scheide lief, begann er sich mit verklärtem Blick zu entkleiden. Am ersten Tag beschränkte er sich darauf, ihr die gesamte Körperbehaarung abzurasieren, sodass sie absolut haarlos und nackt vor ihm stand. Am nächsten Tag tat er es zum ersten Mal. Sie konnte ihren Würgereiz kaum kontrollieren, als der Mann damit begann zu masturbieren. Seinen Samen strich er mit einem Lächeln über ihr Gesicht, verteilte ihn dann über den gesamten Körper. Währenddessen war immer dieser Singsang zu hören, der keiner ihr bekannten Melodie folgte. Nur selten sprach er zu ihr. Mara erinnerte sich daran, dass es genau diese angenehme Stimme und das hübsche Aussehen waren, die Schuld daran waren, dass sie ohne Bedenken in sein Auto gestiegen war – ein Fehler, der nicht mehr rückgängig gemacht werden konnte. Mara sah das Gesicht vor sich, dieses geheimnisvolle Lächeln, als er ihr an der Theke der Diskothek Komplimente machte. Ein Tänzer,

7

wie sie ihn schon lange nicht mehr erleben durfte. An diesem Tag bedauerte sie es, dass keine ihrer Freundinnen Zeit hatte, sie zu begleiten. So gerne hätte sie mit ihrer Eroberung eines weitaus älteren Mannes bei ihnen angegeben. Seine sportlich-elegante Erscheinung war selbst für diesen Nobelschuppen nicht alltäglich. Ihr fiel diese allmählich einsetzende Müdigkeit gar nicht auf. Doch gerne nahm sie das Angebot ihres Begleiters an, sie nach Hause zu fahren. Schon auf dem Beifahrersitz schlief sie friedlich ein. Am Haus ihrer Eltern kam sie niemals an.

Die Geräusche von Schritten rissen sie aus ihren Gedanken. Verzweifelt versuchte sie, sich aufzurichten. Sie stöhnte auf, als die Fesseln wieder tief in ihre Handgelenke einschnitten. Ein Schatten verdunkelte die schmale Öffnung dieser Folterkammer, verdeckte die wenigen Sonnenstrahlen, die Mara ein letztes Vorhandensein von Leben da draußen verdeutlichten. Der stumme Schrei blieb in ihrem Knebel stecken, als sie das lange Messer in der Hand des Mannes aufblitzen sah, begleitet von einem perfiden Lächeln.

Oh Gott, hast du mein Bitten nicht gehört?

2

Oberkommissar Klaus Spiekermann schrak hoch, als er den Atem von Kommissarin Rita Momsen an seinem Ohr und den Geruch eines angenehmen Parfüms in der Nase spürte.

»Verdammt, musst du dich immer so anschleichen? Ich habe ein schwaches Herz. Was willst du von mir?«

Noch immer war Ritas Blick auf den Computerbildschirm von Spiekermann gerichtet, der aktuelle Angaben zu einer Vermisstenmeldung betrachtete und mit älteren verglich. Rita biss ein Stück von ihrem Müsliriegel ab und las mit. Irgendwann zeigte sie mit dem Finger auf einen bestimmten Punkt und murmelte: »Die Mädels scheinen sich fast alle in einer Altersklasse zu befinden, bis auf wenige Ausnahmen. Ja, mein lieber Klaus – das ist ein gefährliches Alter für die Jugendlichen. Ich erwähne das ja nur, da du dich wohl nur noch schwach an diese Zeit erinnern wirst, in der man die Welt erobern will, ohne viel über deren Gefahren zu wissen.«

Ritas Lächeln vertiefte sich, wobei ihr Blick weiter auf dem Bildschirm ruhte. Ihr war das Zucken im Gesicht ihres Kollegen nicht entgangen, der gerade einmal die Mitte vierzig erreicht hatte. Sie konnte es nur schwer unterlassen, ihn des Öfteren daran zu erinnern, dass sie etwa zwanzig Jahre voneinander trennten. Heute schluckte Klaus die Frotzelei sehr zum Missfallen Ritas, ohne weitere Kommentare. Er sortierte die Vermisstenlisten um und erhielt eine Sammlung von fünf Personen, bei denen die Beschreibungen auffallend genau übereinstimmten. Er lehnte sich zurück und verschränkte die Arme vor der Brust, während er das verführerische Parfum Ritas genüsslich einatmete.

»Vor neun Wochen wurde diese – warte einmal – ja, diese Mara Veil von ihren Eltern als vermisst gemeldet. Vor drei Wochen kam die Meldung rein, dass ein weiteres Mädchen vom Tanzabend nicht nach Hause kam. Zufall? Das würde mich schon sehr wundern.« Spiekermann winkte ab, als Rita an dieser Stelle einhaken wollte. »Ich weiß schon, was du mir jetzt sagen willst. Die Mädels hauen manchmal nur für einige Zeit ab, weil sie sich auf dem pubertären Selbstfindungstrip befinden. Klar kommt das vor. Und sie tauchen auch irgendwann wieder bei Mami auf, weil sie gemerkt haben, dass es mit der Versorgung über Papis Konto auch besser klappte. Doch hier habe ich ein komisches Gefühl, Rita.«

»Gibt es Abschiedsbriefe? Ich meine damit nicht unbedingt die, die einen Suizid ankündigen. Viele beschreiben darin ja nur, dass sie mal eben mit einem absolut tollen Lover unterwegs sind oder es zu Hause einfach scheiße finden. Die sind harmlos. Also – gibt es welche?«

Klaus Spiekermann scrollte durch die Dateien und schüttelte den Kopf.

»Es gibt mir viel zu viele Übereinstimmungen. Das macht mich stutzig. Da werden sich ja bestimmt nicht alle Mädels im Alter zwischen fünfzehn und achtzehn mit auffallend blonden und langen Haaren verabredet haben, im Abstand von etwa sechs Wochen von zu Hause zu verduften. Oder täusche ich mich da? Warte mal. Ich hole mir die Bilder alle zusammen auf den Schirm.«

Während Klaus auf die Tastatur einhämmerte, schob sich Rita den Rest ihres Riegels zwischen die Lippen. Gespannt starrten sie auf die Bildergalerie, die sich Stück für Stück vor ihnen aufbaute.

»Wow. Das könnten ja fast Klone sein«, entfuhr es ihr, »die Ähnlichkeit ist ja frappierend. Geschwister sind das zumindest nicht. Vielleicht hat sich der Vater nicht ganz an sein Treuegelöbnis gehalten und ...«

»Kannst du nicht einmal dein loses Mundwerk im Zaum halten? Männer sind von Natur aus eigentlich äußerst monogame Wesen. Ihr Frauen sorgt ständig mit euren Verführungskünsten dafür, dass sie die Vorzüge ihrer Ehepartner vorübergehend vergessen. Ihr seid es, die die größte Schwäche von uns ausnutzen.«

Keiner von beiden hatte bemerkt, dass sich Hauptkommissar Liebig genähert und die letzte Bemerkung mitbekommen hatte. Allerdings entging Spiekermann nicht, dass Liebigs Hand – wie zufällig – auf Ritas Schulter lag. Trotzdem verblieb eine kurzzeitige Unsicherheit bei den beiden.

»Was ist denn so interessant an diesen Vermissten? Ach so, ich sehe schon. Die Ähnlichkeit. Das ist in der Tat recht ungewöhnlich. Und von denen ist bisher noch keine wieder aufgetaucht? Seht ihr irgendwelche Ansatzpunkte, um mögliche Ermittlungen in Gang setzen zu können?«

Rita trat einen Schritt zurück und berührte dabei mehr zufällig den Arm ihres Vorgesetzten.

»Darf ich vorschlagen, dass wir beide, also Klaus und ich, einmal die Eltern aufsuchen, um dort mehr ins Detail zu gehen? Gibt es Beziehungen der Familien untereinander? Kennen sich die Mädchen? Gehen sie auf die gleiche Schule, besuchen sie vielleicht die gleichen Kneipen oder Jugendheime? Da gibt es sicher einen Riesenfragenkatalog. Ich finde zumindest, dass es ein Ansatz wäre. Du selbst hast uns ja beigebracht, dass der Täter, so es einen gibt, in den meisten Fällen im Familien- oder Freundeskreis zu finden ist. Also schauen wir uns das einmal an und vergleichen die Beziehungen zueinander. Wäre das in deinem Sinne, Herr Hauptkommissar?«

Für Liebig war es wie eine Befreiung, dass er seine Beziehung zu Rita ab sofort nicht mehr verheimlichen musste. Das betraf zumindest die Personen, die zu seinem engeren Team zählten. Kriminalrat Rösner tappte scheinbar immer noch im Dunkeln, was Liebig nicht unbedingt bedauerte. Die Gefahr bestand immerhin, dass man sie beide trennte, also in verschiedene Dezernate versetzte. Der Vorteil lag allerdings darin, dass er sich um Rita nicht so viele Sorgen machen musste, wenn sie zum Beispiel in ein Dezernat für leichtere bis mittlere Kriminalität versetzt würde. Der Kontakt zu Mord und Totschlag birgt immer wieder hohes Gefahrenpotenzial. Dazu hatten beide in der relativ kurzen Zeit der Zusammenarbeit schon reichlich Erfahrung sammeln dürfen.

»Gut, das machen wir so. Über wie viele Mädchen sprechen wir bisher?«, wollte Liebig noch wissen und beugte sich Richtung Bildschirm. Spiekermann antwortete ihm.

»Bisher sprechen wir von diesen fünf Mädchen. Ich hoffe nur, dass man hier nicht dem Gesetz der Serie folgt und der zeitliche Abstand beibehalten wird. Dann wäre in den kommenden Tagen die nächste fällig. Lasst uns an die Arbeit gehen. Den letzten Fall von Suizid bei diesem Ralf Feltau habe ich Ihnen auf den Tisch gelegt. Dabei scheint es wirklich keine Fremdeinwirkung gegeben zu haben. Das ist in meinen Augen abgeschlossen. Können wir, Rita?«

3

Das Café in Kettwig war nur spärlich besucht. Helga Körner schaute mehr gelangweilt aus dem Fenster, um die vorbeieilenden Passanten zu beobachten. Sie versuchten teilweise mit hochgehaltenen Schirmen sich vor dem peitschenden Regen zu schützen. Immer wieder schlugen einige Schirme um, was Helga ein Lächeln auf das Gesicht zauberte, das jedoch Mitleid und Verständnis ausdrücken sollte. Sie hatte während des Einkaufens bereits Ähnliches erleben müssen. Nachdem sie die beiden Taschen neben dem Tisch abgestellt hatte, rieb sie noch einmal ihre klammen Hände und sah zur Kellnerin hoch, die mehr lustlos nach ihren Wünschen fragte und sich scheinbar enttäuscht wieder zur Theke entfernte. Ihr schien die Bestellung eines schnöden Kaffees nicht motivierend genug, um Freundlichkeit an den Tag zu legen. Helga sollte es egal sein. Ihr würde das hoffentlich heiße Getränk guttun.

Sie legte ihre Finger um die Tasse und genoss die Wärme, die von dort weiter in die Arme floss. Ihre Gedanken bewegten sich um den unnötigen Streit mit Reinhard, den sie selbst wegen einer Lappalie losgetreten hatte. Eigentlich war Reinhard ein herzensguter Mensch, der eher nachgab, als sich zu streiten. Doch diesmal hatte sie ihm eine Szene

14

gemacht – alles nur, weil er seine Stiefel direkt vor der Haustür platziert hatte und sie darüber gestolpert war. Seine Entschuldigung hatte sie ignoriert und an ihm den Ärger abreagiert, den sie wegen des angebrannten Brotes aus dem Backautomaten in sich hineingefressen hatte. Jetzt erinnerte sie sich an seine Traurigkeit, als er das Haus verlassen hatte, um ohne Abschiedskuss zur Arbeit zu fahren. Es war das erste Mal in ihrer Ehe, dass dies geschah. Sie hatten sich versprochen, niemals einen Streit ungeklärt zu lassen. Heute Abend würde er sicher mit Blumen auftauchen, um die Wogen zu glätten, die sie selbst verursacht hatte. Ein etwas frivoles Lächeln umspielte Helgas Mund, als sie sich ausmalte, auf welche Art sie das wieder gutmachen würde. Da mochte ihr schon das Passende einfallen. Sie schrak zusammen, als sie die Berührung an ihrem linken Fuß spürte. Im gleichen Augenblick bemerkte sie die Bewegung neben sich und blickte in die blauesten Augen, die sie jemals zu sehen bekommen hatte.

»Entschuldigung, wenn ich Sie erschreckt haben sollte, aber Ihre Tasche war umgekippt. Ich habe sie nur aufgerichtet, damit nichts ...«

»Danke«, war alles, was Helga in diesem Augenblick über die Lippen brachte. Zu sehr war sie damit beschäftigt, diesen hilfsbereiten Mann zu analysieren. Immer wieder erwischte sie sich dabei, Menschen in Schubladen stecken zu wollen, zumindest was das Äußere betraf. Dieser Mann passte definitiv in die Brad-Pitt-Kategorie. Dieser Blick, diese Gesichtsform, die Ausstrahlung – alles passte haargenau.

»Es tut mir leid – ich scheine Sie wirklich gestört zu haben. Darf ich das mit einem weiteren Kaffee oder einem

Kuchenstück ausgleichen? Da könnte man hier aus dem Vollen schöpfen. Es war nicht meine Absicht, Sie zu ...«

Statt einer Antwort hob Helga nur abwehrend beide Hände und deutete damit irrtümlich an, dass sie wohl keine Unterhaltung wünschte. Die passenden Worte fand sie nicht auf Anhieb. Erst als sich der Mann mit federnden Schritten wortlos entfernen wollte, stammelte sie die ersten Worte.

»Es ... es ist wirklich ... bitte entschuldigen Sie, aber ich war gerade völlig in Gedanken. Warten Sie bitte.«

Helga drehte sich mit der Absicht zur Seite, ihre Verlegenheitsröte vor dem Fremden zu verbergen, was allerdings nur das Gegenteil bewirkte. Am liebsten wäre sie vor Scham im Boden versunken.

Verdammt – ich benehme mich wie ein pubertierender Teenager, der zum ersten Mal von dem Traumprinzen zum Tanz aufgefordert wird.

Unbeholfen zeigte sie auf den Stuhl neben sich und hätte sich im gleichen Augenblick dafür ohrfeigen können.

Was tue ich gerade? Ich bin eine glücklich verheiratete Frau, die sich gerade von einem gut aussehenden Fremden zum Kaffee einladen lässt. Wenn mich jemand dabei sieht und es Reinhard erzählt?

Ihre Röte verstärkte sich ein weiteres Mal, als sie die Hand des Mannes auf ihrer spürte.

»Was habe ich gerade angerichtet. Sie sind ja völlig durcheinander. Ich werde mich wieder an meinen Tisch setzen und Sie allein lassen.«

Als Helga bemerkte, dass es dem Mann ernst mit dieser Absicht war, reagierte sie wieder völlig unbewusst, obwohl ihr jede Silbe sofort auf der Zunge brannte.

»Bleiben Sie bitte – es ist nichts. Zumindest nichts, was Sie betrifft. Ich war nur sehr tief in Gedanken. Ich heiße Körner, Helga Körner. Und Sie?«

Habe ich das wirklich gerade gesagt? Habe ich dem Mann ohne Aufforderung meinen Namen verraten? Was ist bloß mit dir los, Helga?

»Wenn wir gerade bei der Vorstellung sind – ich heiße Leonhard Freitag. Meine Freunde nennen mich einfach Leon. Wenn Sie möchten, können Sie mich einfach ...«

»Nein, nein, lassen wir es bitte bei dem Sie. Wir kennen uns ja nicht einmal fünf Minuten. Verzeihen Sie bitte, aber in diesem Punkt pflege ich altmodische Prinzipien. Nehmen Sie mir das bitte nicht übel. Aber den Kaffee können wir trotzdem bestellen. Meine Tasse ist sowieso leer. Aber den bezahle ich selber, schließlich haben Sie mir geholfen. Keine Widerrede, Herr Freitag.«

Um das zu untermauern, zeigte sie ihrem Gegenüber die offene Handfläche und einen strengen Blick. Der wiederum verlor seine Schärfe, als Helga in diese lachenden Augen mit dem so ungewöhnlichen Blau sah.

»Ich möchte mich nicht mit Ihnen streiten, wo wir uns gerade erst kennengelernt haben. Sie sind bestimmt verheiratet und haben zwei süße Kinder.«

Erstaunt blickte Helga auf und entdeckte plötzlich tief in ihrem Inneren ein gewisses Misstrauen. Diese Frage war ihr doch zum Gesprächsauftakt etwas zu intim. Unsicherheit machte sich in ihr breit und sie suchte nach einer Möglichkeit, sich zum Sortieren ihrer Gedanken zurückziehen zu können. Statt einer Antwort präsentierte Helga der Brad-Pitt-Kopie eine Gegenfrage.

»Würden Sie mich für einen Augenblick entschuldigen. Ich möchte nur eben zur Toilette. Der Kaffee ist ja noch nicht da.«

Sie spürte die Blicke des Fremden in ihrem Rücken brennen, was ihren Gang verunsicherte. Als sie endlich die Toilettentür hinter sich schloss, lehnte sie sich dagegen und versuchte, Atmung und ihre Gedanken wieder in den Griff zu bekommen.

Was ist mit dir los? Das ist doch nur eine zufällige Begegnung mit einem Fremden. Jetzt interpretiere bloß nichts hinein, was es gar nicht geben darf. Du gehst jetzt da raus und schickst den verdammten Kerl zurück in die Wüste.

Leonhard erhob sich wie ein Gentleman, als Helga wieder am Tisch erschien und den Mund zu einer Klärung der Situation öffnete. Seine Worte unterbrachen ihre Absicht, zerstörten all ihre guten Vorsätze mit diesen Sätzen.

»Ich muss mich ein weiteres Mal bei Ihnen entschuldigen. Es war sehr ungehörig von mir, Sie nach Ihrem Familienstand zu fragen. Es geht mich auch nichts an. Was sollen Sie jetzt von mir denken? Ich werde meinen Kaffee austrinken und Sie wieder mit Ihren Gedanken allein lassen, wobei ich hoffe, dass es gute Gedanken waren. Lassen Sie uns mit Kaffee anstoßen und alles vergessen. Das musste wie eine billige Anmache auf Sie wirken, was wirklich nicht in meiner Absicht lag. Aber es war mir trotzdem ein Vergnügen, einige Worte mit einer wunderschönen Frau wechseln zu dürfen.«

Was läuft hier gerade ab? Kopiert dieser verdammt gut aussehende Kerl eine Filmszene oder ist der wirklich so galant? Ich werde aber darauf nicht hereinfallen.

Wieder bekam sie keine Gelegenheit, das Gespräch weiter zu führen. Der Schwindel trat nur für einen Moment auf, irritierte Helga jedoch augenblicklich. Als sie die aufkeimende Müdigkeit spürte, vernahm sie die Worte des Mannes bereits wie durch einen schwachen Nebel.

»Ist Ihnen nicht gut? Soll ich einen Arzt rufen? Kommen Sie, sagen Sie mir, wo Sie wohnen und ich fahre Sie schnell nach Hause. Ich bezahle schon einmal und werde mir dann Ihre Taschen schnappen. Die Kellnerin ist gerade nicht da. Dann lege ich das Geld auf den Tisch. Lassen Sie sich helfen.«

Helga nahm dankend die Hand des Mannes und ließ sich nach draußen führen. Nachdem Leonhard die hintere Tür für sie geöffnet und ihr auf den Rücksitz geholfen hatte, konnte sie nicht einmal sagen, in welchen Wagentyp sie eingestiegen war. Das Auto war schwarz und groß. Nur das blieb ihr im Gedächtnis haften. Kaum war der Wagen losgefahren, sank sie auf die Rückbank und schlief augenblicklich ein.

4

Das Haus der Familie Kaiser unterschied sich von den nebenstehenden Reihenhäusern angenehm dadurch, dass es einen blumenüberfüllten Vorgarten besaß, was Rita Momsen einen anerkennenden Pfiff entlockte. Sie stellte sich vor, wie fleißige Bienen und andere Insekten in der warmen Jahreszeit dieses Paradies umschwärmten. Rita bemerkte gar nicht, wie Klaus Spiekermann ungeduldig mit den Füßen im Kies scharrte. Seine Frotzelei ließ sie allerdings aufhorchen.

»Wenn du mal groß bist und jemand um deine Hand anhält, kannst du dir bestimmt auch so ein schönes Heim gestalten. Doch bis dahin ...«

Beide wurden von dem hässlichen Geräusch unterbrochen, das die Haustür verursachte, die von einer Frau geöffnet wurde, die gleichzeitig ihre feuchten Hände an einer Schürze abtrocknete. Klaus rieb sich über die Gänsehaut, die sich immer dann bildete, wenn Steinchen über Fliesen gerieben wurden.

»Kann ich Ihnen helfen, oder möchten Sie sich nur diese Blumenpracht ansehen?«

Rita wechselte sofort in den Analysemodus. Sie betrachtete die Frau, die etwa Mitte vierzig sein durfte und mit ihren kurz geschnittenen, braunen Haaren und dem etwas traurigen Blick wenig Selbstbewusstsein ausstrahlte. Ihre Ansprache zeugte jedoch davon, dass man sich darin irren konnte. Rita zückte ihren Dienstausweis und stellte sich und ihren Partner vor. Im gleichen Augenblick veränderte sich der Ausdruck im Gesicht von Irma Kaiser. Sie schwankte plötzlich und tastete haltsuchend nach der Türfüllung. Klaus Spiekermann sprang vor und fasste nach dem Arm der überraschten Frau. Noch während er sie stützte, kamen die Worte über deren Lippen.

»Haben Sie ... ich meine, wurde Katrin endlich gefunden? Wo ist sie? Kann ich sie sehen? Jetzt sprechen Sie doch endlich mit mir. Ist sie ... ist sie tot?«

Rita und Klaus wechselten nur einen kurzen Blick, bevor er Frau Kaiser zurück in den Hausflur führte. Seine Worte schienen durch sie hindurchzugehen, da sie keinerlei Reaktion zeigte.

»Wir können Ihnen noch nichts Neues über Ihre Tochter berichten, Frau Kaiser. Dennoch hätten wir ein paar Fragen an Sie, um die Ermittlungen vorantreiben zu können. Dürfen wir ...?«

»Aber natürlich. Wie unhöflich von mir. Bitte entschuldigen Sie. Kommen Sie rein.«

Während Frau Kaiser ihnen das angebotene Glas Wasser aus der Küche holte, hatten die Polizisten Gelegenheit, sich ein Bild von der Wohnatmosphäre zu schaffen. Die Inneneinrichtung des Wohnzimmers unterschied sich bestimmt nur in wenigen Details von Abermillionen anderen Einrichtungen in deutschen Wohnungen. Sie befanden sich im Umfeld einer Nullachtfünfzehn-Familie, die sehnsüchtig auf eine Nachricht über den Verbleib ihrer einzigen Tochter wartete. Familie war vielleicht etwas weit gegriffen, da Irma Kaiser, wenn man den Unterlagen Glauben schenken durfte, kurz vor Verschwinden der Tochter von ihrem Mann verlassen worden war. Sie stand diesem Problem nun allein gegenüber. Dieser Irrtum klärte sich Sekunden später auf, als die Haustür aufgeschlossen wurde und ein breitschultriger Mann mit fragendem Blick vor ihnen stand. Irma Kaiser erhob sich und hakte sich bei dem Rotschopf unter.

»Die Herrschaften sind von der Polizei und möchten mir ein paar Fragen zu Katrin stellen. Setz dich doch zu uns, Fredi. Das ist Oberkommissar Spiekermann und die junge Dame ist, so glaube ich, Kommissarin Momsen. Das ist mein ... na ja, mein neuer Partner Fredi Scheidig.«

»Was gibt es denn noch zu fragen?«, entfuhr es dem bärengroßen Mann statt einer Begrüßung. »Ihr habt doch schon vor Monaten die Bude hier auseinandergenommen. Findet das Mädchen endlich und lasst die arme Frau nicht länger im Ungewissen. Habt ihr überhaupt schon mit der Suche angefangen oder ist euch das durchgegangen? Also, was gibt es noch?«

Klaus Spiekermann ahnte schon, wie spontan Rita aufgrund fehlender Erfahrung reagieren würde. Er hielt sie deshalb an ihrem Arm zurück und verhinderte damit unbedachte Reaktionen. Statt ihr ergriff er das Wort.

»Ich kann mich nicht daran erinnern, dass Sie damals, als Katrin verschwand, schon hier eine Rolle spielten, doch werden wir uns zu gegebener Zeit auch mit Ihnen beschäftigen. Jetzt möchten wir jedoch ausschließlich mit der Mutter sprechen. Ich hoffe, ich habe mich verständlich genug ausgedrückt. Und nun zu Ihnen, Frau Kaiser.«

Weder Rita noch Klaus Spiekermann hatten ernsthaft damit gerechnet, dass Scheidig das kommentarlos hinnehmen würde. Umso erstaunter waren sie, als sich der Riesenkerl umdrehte und im Nebenraum verschwand. Sein Gesicht bestand jedoch aus vielen Fragezeichen, so als hätte er nicht recht verstanden, was gerade passiert war. Rita wandte sich an die Mutter.

»Als wir die Akte zu Katrins Verschwinden anlegten, war alles noch frisch und wir gingen davon aus, dass Ihre Tochter eventuell nur ausgerissen war. Darin liegen die Gründe, warum nicht sofort sämtliche Suchinstrumente in Bewegung gesetzt wurden. Außerdem bestand damals genau wie heute keinerlei Anlass, an ein Gewaltverbrechen oder eine Entführung zu glauben. Nun haben sich aber Anhaltspunkte ergeben, die uns zwingen, der Sache noch intensiver nachzugehen. Dürfen wir Ihnen einige Fotos zeigen? Sie könnten uns sagen, ob Sie eine dieser Personen erkennen.«

Spiekermann legte vorsichtig die Fotos der vier anderen Mädchen auf den Tisch, ohne Frau Kaiser und ihre Reaktion aus den Augen zu verlieren. Das Erstaunen überraschte die beiden Beamten in keiner Weise. Zu ähnlich waren sich die Gesichter. Mit zitternden Händen griff Irma Kaiser zum ersten Bild, um mit der anderen Hand das zweite anzuheben. Ihre mehr geflüsterten Worte drückten die Überraschung aus, die sie in diesem Augenblick überwältigte.

»Katrin. Das ist nicht Katrin. Nein, woher haben Sie diese Bilder? Was ist mit den Mädchen geschehen? Wieso zeigen Sie mir das? Sie sehen nur aus wie Katrin, aber es sind andere ... Katrin hat hier ein Muttermal. Genau hier.«

Frau Kaiser zeigte auf einen Punkt am Hals. Sie wiederholte die Frage.

»Diese Mädchen ... sind die auch? Sind die tot? Nein, nein, das ist nicht meine Katrin. Sie lebt, hören Sie, sie lebt noch und wird bald wieder zurückkommen. Das weiß ich genau. Katrin würde niemals ...«

»Es ist gut, Frau Kaiser. Alles ist gut. Beruhigen Sie sich. Diese Mädchen sind nicht tot. Sie werden aber ebenfalls vermisst. Deshalb möchten wir Sie fragen, ob Sie die Jugendlichen schon irgendwann gesehen haben. Dass sie Ihrer Tochter so verdammt ähnlich sehen, kann, muss aber kein Zufall sein. Verstehen Sie, warum wir das fragen? Wir glauben einfach nicht an Zufälle.«

Die unangenehme Stimme aus dem Hintergrund unterbrach das Gespräch zwischen Irma Kaiser und Rita.

»Was soll das Gequatsche von *die sind nicht tot*? Sie würden doch Ihre Zeit nicht vergeuden, wenn Sie sicher wären, dass die noch leben. Sagen Sie der armen Frau doch endlich, was los ist. Wir brauchen Gewissheit, damit die Scheiße endlich ein Ende hat. Dieses Hin und Her geht mir gewaltig auf den Sack. Man kann ja mit der Frau kein vernünftiges Wort mehr reden, ohne dass die anfängt zu flennen.«

Verzweifelt versuchte Klaus Spiekermann erneut, Rita zurückzuhalten, die aufgesprungen war und deren Augen funkelten. Gefährlich leise kamen ihre Worte, wobei ihr anzusehen war, wie sie sich dabei gewaltig zurückhalten musste.

»Es ist immer wieder eine Freude, solchen Menschen zu begegnen, die nicht einmal in der Lage sind, das Wort Empathie zu buchstabieren. Als Gott menschliche Anteilnahme unter den Neugeborenen verteilte, steckte Ihr Kopf wohl bereits in der Kloschüssel. Und da wird er wohl noch gewesen sein, als diese arme Frau Sie kennenlernte. Wie groß muss das Elend jemanden treffen, um sich mit Menschen wie Sie zusammenzutun? Und bevor Sie jetzt weiter Müll reden, Herr Scheidig, will ich Ihnen Folgendes sagen: Ihre Meinung steht im Augenblick nicht zur Debatte. Sollten wir Fragen an Sie haben, werden wir Sie gerne ins Präsidium bestellen. Und jetzt lassen Sie uns hier weitermachen, damit wir unseren Job erledigen können.«

Spiekermanns Gesicht zeigte eine auffällige Blässe und Anspannung. Er war bereit, sich jederzeit zwischen Rita und dem Riesenkerl zu werfen, der seine Kritikerin mit ungläubigem Blick anstarrte. Bevor dieser eine Reaktion zeigen konnte, fasste ihn Irma Kaiser am Arm und führte ihn wie einen kleinen Jungen aus dem Zimmer. Die beiden Beamten hörten kurzzeitig eine heftige Diskussion, bevor die Frau des Hauses wieder mit hochrotem Kopf erschien. Rita, die den vorwurfsvollen Blick Spiekermanns bereits bemerkt hatte, ging auf Frau Kaiser zu.

»Es tut mir leid, Frau Kaiser, dass ich gerade so ...«

»Nein, nein, Frau Momsen – ich muss mich für die Bemerkungen meines Partners bei Ihnen entschuldigen. Sie tun nur Ihre Pflicht und müssen sich dafür nicht auch noch beschimpfen lassen. Setzen wir uns wieder. Er wird sich wieder beruhigen. Und – Sie haben ja recht. Ich verstehe seine Wut auch nicht, denn eigentlich ist er ein friedliebender und fürsorglicher Mensch. Es sind sein Temperament und der Alkohol. Wo waren wir stehen geblieben?«

Auch Rita hatte sich wieder beruhigt und neben ihrem Partner Platz genommen. Klaus Spiekermann vermied jeglichen Blickkontakt zu ihr, um nicht zu zeigen, wie ihn Ritas Statement begeistert hatte. Nicht gerade ladylike, aber auf den Punkt gebracht. Er übernahm die Fortführung der Befragung.

»Sie wollten uns sagen, ob Sie eines dieser Mädchen kennen. Wir müssen jeder Spur nachgehen, um den Aufenthaltsort herauszufinden. Genau wie Ihre Tochter verschwanden diese Jugendlichen ohne jede Ankündigung. Wir wissen bereits, dass sie auf verschiedenen Schulen waren und die Wohnorte recht weit auseinanderliegen. Gemeinsamkeiten, mit Ausnahme des Aussehens sind bisher unbekannt. Denken Sie bitte nach. Jede Kleinigkeit kann dabei wichtig sein.«

Immer wieder griff Frau Kaiser nach den vor ihr liegenden Fotos, wischte ab und zu einige Tränen fort, die sich unaufhaltsam aus ihren Augenwinkeln stahlen. Diese Frau hatte die Hoffnung noch längst nicht aufgegeben, ihr Kind eines Tages wieder in den Armen halten zu können. Rita holte sie aus den trüben Gedanken.

»Bitte entschuldigen Sie die etwas intime Frage, die ich Ihnen stelle. Aber würden Sie uns den Grund verraten, warum Sie damals so kurz vor dem Verschwinden Ihrer Tochter von Ihrem Mann verlassen wurden? Hat er auf irgendeine Art reagiert, als er davon erfuhr oder weiß er gar nichts davon?«

Sehr zögernd legte Irma Kaiser das letzte Bild wieder zurück und schien zu überlegen, ob sie überhaupt darauf antworten wollte. Als Rita schon längst die Hoffnung auf eine solche aufgegeben hatte und das Thema wechseln wollte, kamen die leise gesprochenen Worte der Frau. Ihr Blick war in die Ferne gerichtet, als sie über diesen Augenblick berichtete, der ihr den Traum einer ewig geglaubten Liebe zerstörte.

»Er hat es mir im Bett gebeichtet, nachdem wir miteinander geschlafen hatten. Ja, Sie hören richtig. Er hat mich erst geliebt, um mir dann die Wahrheit ins Gesicht zu schleudern. Er kam auch an diesem Abend von seiner Geliebten, mit der er schon seit Monaten ein Verhältnis hatte. Er muss noch den Geruch dieser Frau am Körper gehabt haben, was mir jedoch nicht aufgefallen war. Er nahm sich einfach eine Zigarette aus der Schachtel und ging auf den Balkon. Von dort aus gestand er mir, dass er eine andere Frau liebte und zu ihr ziehen würde. Er hat es so laut gesagt, dass sogar Katrin, die nebenan schlief, alles mitbekam. Sie war es, die ihn zur Rede stellte – nicht ich. Ich konnte kein Wort herausbringen. Katrin hat ihn geohrfeigt – sie schlug ihren Vater ins Gesicht und spuckte ihn sogar an. Er hat es hingenommen und seine Sachen gepackt, bevor ich ihn zurückhalten konnte.«

»Wollten Sie das wirklich? Ich meine, ihn zurückhalten.«

Lange überlegte Frau Kaiser, um schließlich in Tränen auszubrechen. Erstaunlich selbstsicher gab sie die Antwort.

»Ja, Frau Momsen, ich hätte trotzdem gewollt, dass er bleibt. Ich weiß, das klingt verrückt, aber ich liebte ihn immer noch und hätte es ihm sogar irgendwann verzeihen können. Katrin konnte mich nicht verstehen und hat ständig auf mich eingeredet, dass ich froh sein sollte, diesen Mistkerl loszuwerden. Sie verstand einfach nicht, wozu Liebe fähig war. Zwei Tage danach verschwand sie dann.«

Die jetzt entstandene Stille im Raum empfand Spiekermann als unangenehm. Er sah hier einen Ansatzpunkt, die
Befragung voranzutreiben.

»Es tut uns leid, was geschehen ist, Frau Kaiser. Ich
möchte das Wort Zufall nicht zu sehr strapazieren, aber
dieser zeitliche Zusammenhang zwischen Ihrer Trennung
und dem Verschwinden von Katrin ist zumindest auffällig zu
nennen. Wissen Sie, wo sich Ihr Ex-Mann derzeit aufhält?
Haben Sie seine aktuelle Adresse? Ich bin mir sicher, dass
die Kollegen schon damals dieser Möglichkeit nachgegan-
gen sind, doch möchten wir nochmals prüfen, ob sich Ihre
Tochter vielleicht ...«

Der Widerspruch kam schon fast zu schnell nach Spiekermanns Empfinden.

»Auf keinen Fall ist Katrin bei ihm. Sie hasste ihn dafür,
was er mir oder besser uns angetan hatte. Ich müsste seine
Adresse in den Unterlagen haben, denn er musste ja Unter-
halt für Katrin zahlen. Ich habe damals idiotischerweise
darauf verzichtet und werde nun jeden Tag daran erinnert,
wenn die Miete fällig wird. Hätte ich Fredi nicht, müsste ich
hier ausziehen. Warten Sie, ich hole die Unterlagen. Ich
glaube, er lebt in einem Nest in der Nähe von Winterberg.«

5

Der Kopf drohte ihr zu zerspringen, so sehr quälte Helga der Kopfschmerz. Ihre Hände, die mit relativ kurzen Sisalstricken einzeln an Haken in der Wand gefesselt waren, erlaubten ihr jedoch, die Schläfen zu massieren. Die Kälte, die ihren Körper ebenfalls fest im Griff hatte, ließ jede ihrer Bewegungen zur Qual werden.

Wo bin ich? Was ist passiert?

Obwohl sie die Augen weit geöffnet hielt, konnte sie absolut nichts um sich herum erkennen. Die bedrohliche Dunkelheit hüllte die Umgebung vollkommen ein, in der sie sich befand. Es musste ein geschlossener, unmöblierter Raum sein, da jedes Geräusch, das sie verursachte, ein schwaches Echo hervorrief. Übelkeit breitete sich in ihrem Inneren bei jedem Atemzug aus, weil sich unter diesen Modergestank auch ein penetranter Verwesungsgeruch mischte. Immer wieder zuckte sie zusammen, wenn sich irgendein Tier über ihre nackten Arme bewegte und dort verharrte. Das Fiepen erinnerte sie mit beängstigender Intensität an die Laute, die Ratten verursachten. Überall um sie herum waren diese Laute hörbar. Im Geiste stellte sie sich vor, dass Heerscharen dieser ekligen Nager um ihre Beine herumsprangen. Hin und wieder spürte sie deren Barthaare an den

Füßen. Wild trat sie umher, ohne wirklich erkennen zu können, was sie dabei traf. Nur das häufige, erschreckte Quieken sagte ihr, dass es eines der Viecher gewesen sein musste.

Was riecht hier nur so schlimm? Das kann nur Aas sein, das dieses Rattengetier in das Gemäuer geschleppt hat. Ich will hier raus.

In den kleinen Pausen, in denen das Fiepen verstummte, konnte sie ein Rauschen vernehmen, als ob der Wind durch Bäume oder Gebüsch trieb. Dieser Raum musste eine offene Tür oder zumindest eine Fensteröffnung haben. Wenn sie jetzt schrie, müsste sie doch zu hören sein. Irgendwer würde sie hier rausholen. Erst in dem Augenblick, als sie zum Schreien ansetzte, erinnerte sie sich daran, dass ein breites Tuch über den Mund gespannt und am Hinterkopf verknotet worden war. So sehr sie auch zerrte und mit der Zunge davor stieß – nichts veränderte sich an der Lage des Knebels. Da war sie plötzlich, diese aufsteigende Panik, diese Klaustrophobie, die sie immer dann empfand, wenn sie auch nur vermutete, in einem kleinen Raum eingesperrt zu sein. Der Schweiß schoss ihr aus allen Poren, ließ den Körper erstarren und verstärkte kurz darauf die Kälte. Der Puls schlug wie wild und das Herz drohte aus der Brust zu springen.

Nein, nicht jetzt, Helga. Du bist stark und es wird jemand kommen, um dich zu befreien. Ganz ruhig. Du musst dich beruhigen. Die Dunkelheit allein kann dir nichts antun.

Schon vor Jahren hatte sie innerhalb einer Selbsthilfegruppe gelernt, weitestgehend dagegen ankämpfen zu können. Auch ihre Angst vor Hühnern, diese verdammte Alektorophobie, hatte sie so gut wie überwunden. Doch war sie seitdem nie wieder in eine solche Situation gebracht worden. Das hier war etwas ganz anderes. Das hatte sie nicht trainiert – es war die Hölle. Weit riss sie die Augen in der Hoffnung auf, die Düsternis durchdringen und Einzelheiten erkennen zu können. Da war sie, diese Tür, durch die ab und zu ein Hauch von frischem Sauerstoff hereingetragen wurde. Draußen war nur tiefe Nacht. Und doch sehnte sie sich wie nie zuvor danach, in diese Welt da draußen entfliehen zu dürfen. Immer wieder zerrte sie an den Fesseln, was ihr jedoch nur weitere Schmerzen bereitete.

Oh Gott. Das ist keine Realität, es ist nur ein Traum, aus dem ich gleich erwachen werde. Reinhard, komm bitte – weck mich auf. Wir werden gleich beim Frühstück herzhaft darüber lachen, wenn ich dir davon erzähle. Ein beschissener, böser Albtraum.

Die sie umgebende Stille wurde von einem neuen Geräusch unterbrochen. Schritte. Ja, es waren deutlich Schritte zu hören. Da näherte sich jemand. Man würde sie endlich befreien, sie wieder nach Hause bringen in die Wärme und Geborgenheit der Wohnung. Nun verstummten die Geräusche. Helga hatte das Gefühl, als würde jemand in ihrer Nähe warten, sie anstarren. Indem sie den Atem anhielt, versuchte sie die Position des Fremden zu orten. Der große Schatten eines Menschen verdeckte den Eingang und nahm den letzten Rest von Licht, von vermeintlicher Freiheit. Helga erschrak, als sich der Schatten in den Raum bewegte und wahrscheinlich auf eine Ratte trat, die nicht rechtzeitig flüchten konnte. Ihr gequälter Schrei fuhr Helga durch alle Glieder und entrang ihr ein Stöhnen. Der Fremde befand sich nun direkt vor ihr. Sie spürte seinen Atem, roch dieses Parfum, das sie schon kannte, das sie sogar im ersten Moment als angenehm empfunden hatte.

War das tatsächlich dieser Leonhard, dieser Kerl aus dem Café? Das war einfach nicht möglich. Sie musste sich irren.

Die Stimme nah an ihrem Ohr nahm ihr die Ungewissheit. Dieser Samt in der Stimme gehörte ihm – unverkennbar.

»Ich wusste, dass wir uns noch näher kennenlernen würden, meine Schönheit. Doch ich kann etwas an dir riechen, mein Schatz. Deine Angst – du hast Angst vor mir. Ich will es vor dir nicht verheimlichen. Ich liebe diesen Duft, er ist unbezahlbar aufregend. Nicht das teuerste Parfum der Welt ersetzt den fantastischen Geruch von Angst. Man behauptet, dass nur Tiere in der Lage wären, das zu erkennen. Ein Irrtum. Ich kann es über viele Meter Entfernung wahrnehmen.«

Alles um sie herum wurde von der Panik überdeckt. Helga roch nicht mehr diesen Hauch von Verwesung, vernahm auch nicht mehr das Fiepen der Ratten, spürte nicht das Krabbeln der Spinnen. Sie lauschte nur dieser hypnotischen Stimme des Fremden, der sich als Leonhard Freitag vorgestellt hatte. Sie zuckte angewidert zurück, als sie die nasse Zunge an ihrem Ohr fühlte. Mit einer wilden Bewegung drehte sie den Kopf weg, schloss in der Verzweiflung die Augen. Und doch überzog ein wohliger Schauer ihren Körper. Wieder war sie da, diese Stimme, der sie sich nicht entziehen konnte.

»Oh ja, du willst mir zeigen, dass du dich nicht so ohne Weiteres einem Fremden hingibst. Ich habe bei dir nichts anderes erwartet. Genau deshalb habe ich gerade dich auserwählt. Du darfst – nein, du sollst mich sogar hassen, mich zurückweisen. Würdest du es nicht tun, wärst du schon längst tot. Du bist keine von diesen Huren, die ihre Körper verkaufen, die ohne Ehre leben. Du bist für mich eine Göttin, verstehst du?«

Immer wieder versuchte Helga, ihre Abscheu in Worte zu fassen. Der Knebel verhinderte dies. Nur undeutliche Laute drangen durch den Stofffetzen. In ihrer Wut trat sie nach dem Kerl, der ihr diese unvorstellbare Angst einjagte. Ein kurzer Schmerzensschrei verriet Helga, dass sie ihn an einer empfindlichen Stelle getroffen haben musste. Pfeifend verließ die Luft seinen Mund, bevor er ihr die Faust brutal in den Bauch rammte.

»Ich will das nicht, verstehst du? Ich möchte dir das nicht antun müssen, weil du nicht wie die anderen bist, die ich bisher hatte. Tu das nie wieder, meine Madonna. Es würde mir leidtun, dir Manieren beibringen zu müssen. Wünsche es dir nicht, all das mitmachen zu müssen, was die Mädchen vor dir erlitten haben. Sie waren verdorben und haben die Qualen verdient. Du bist anders – du bist rein. Hör mir zu. Ich werde dir diesen Knebel abnehmen, damit wir sprechen können. Wirst du brav sein und nicht schreien? Nicke einfach, wenn du es versprichst.«

Helga fragte sich, wie es dieser Leonhard in der absoluten Dunkelheit sehen wollte, dennoch deutete sie ein schwaches Nicken an. Gierig sog sie die frische Luft durch den Mund ein, als sie die Lippen wieder frei bewegen konnte. Dabei fiel ihr wieder dieses unwiderstehliche Parfum auf, das sie noch nie zuvor bei einem anderen Mann gerochen hatte. Wortlos standen sie sich gegenüber. Jeder schien darauf zu warten, dass der andere das erste Wort sprach. Tausend

Gedanken irrten durch Helgas Kopf. Sie konnte nicht einschätzen, was passieren würde, wenn sie jetzt schrie.

Bringt er mich um? Schlägt er mich beim ersten Ton? Habe ich überhaupt eine Chance, dass mich jemand hört?

Obwohl sie nicht abschätzen konnte, wie weit er sich zuvor von ihr entfernt aufgehalten hatte, stand er jetzt direkt vor ihr, berührte sie sogar mit seinem Körper. An ihrem Oberschenkel spürte sie etwas Hartes. Schlagartig war sich Helga dessen bewusst, dass es sein erigierter Penis sein musste, der den Erregungszustand verdeutlichte. Sie konnte den animalischen Schrei nicht zurückhalten, der in dem kleinen Raum mit einem dumpfen Echo zurückhallte. Leonards starke Hand legte sich augenblicklich über ihren Mund und erstickte jeden weiteren Laut. Der wäre sowieso nicht möglich gewesen, da der Hieb in den Unterleib ihr jegliche Luft nahm. Der schmutzige Knebel legte sich wieder fest zwischen Helgas Lippen.

6

»So richtig ergiebig war das ja heute nicht unbedingt bei den drei Familien. Ich befürchte, dass auch die restlichen Befragungen wenig ergeben werden. Eines dürfte allerdings klar sein: Es scheint keine erkennbare Verbindung zwischen den vermissten Personen oder den Angehörigen zu bestehen. Allerdings sollten wir nicht außer Acht lassen, dass sie allesamt aus den direkt umliegenden Städten stammen.«

In der Stimme von Klaus Spiekermann schwang leichte Resignation mit, als er das Resümee des vergangenen Tages am morgendlichen Besprechungstisch darstellte. Rita hielt sich noch mit ihrer Einschätzung zurück, wühlte in Unterlagen. Schließlich erhob sie sich weiterhin schweigend und betrachtete die Stadtkarte, die sie zuvor an der Wand befestigt hatte. Peter Liebig verfolgte alles wortlos und wartete auf eine Erklärung, die prompt folgte.

»Für mich steht fest, dass diese Ähnlichkeit zwischen den vermissten Mädchen kein Zufall sein kann. Dass die Wohnorte teilweise bis zu dreißig Kilometer auseinanderliegen, ist für mich kein Indiz dafür, dass wir es mit unterschiedlichen Fällen zu tun haben.«

»Willst du damit sagen, dass wir uns nicht mit Ausreißerinnen beschäftigen?«, wandte Liebig ein. »Du scheinst davon überzeugt zu sein, dass es sich um Gewaltverbrechen handelt. Bedenken wir, wie mäßig die Hinweise derzeit noch sind, ist das eine gewagte Theorie. Allerdings kann sich wohl keiner von uns der Vermutung völlig entziehen. Im Umkehrschluss würde das bedeuten, dass wir hier über einen Serientäter reden, der nach einem Muster entführt. Ich möchte an dieser Stelle noch nicht den Begriff Töten ins Spiel bringen.«

Ohne sich umzudrehen, kommentierte Rita Momsen die Bemerkung ihres Vorgesetzten mit bedrückender Klarheit.

»Ich persönlich gehe trotzdem davon aus. Dass wir bisher noch keine Leiche der Mädchen fanden, muss nicht zwangsläufig bedeuten, dass sie nicht getötet und irgendwo verscharrt worden sind. Das Verschwinden der Ersten liegt mir einfach zu weit zurück. Der Täter oder die Täterin wird sich bestimmt kein Menschenlager angelegt haben. Das wäre einfach untypisch und unklug für einen Psychopathen. Allein schon die Unterbringung und Versorgung wäre schwierig und eventuell auffällig für die Nachbarschaft.«

»Du siehst diese Tatsachen sehr pragmatisch«, bemerkte Spiekermann. »Manchmal fürchte ich mich etwas vor dir. Du denkst wie einer von denen. Aber nicht, dass wir uns falsch verstehen – an deiner Beurteilung der Lage ist was dran. Gut durchdacht.«

Rita begann damit, um die Wohnorte der Vermissten einen Kreis zu ziehen. Anschließend verband sie die Punkte mit Linien. Auf die Stelle, wo sich diese kreuzten, legte sie einen Finger und blickte sich nach den Kollegen um.

»Das wäre rein theoretisch der Punkt, von dem der Täter startet. Ich würde davon ausgehen, dass wir ihn zumindest in

Essen suchen müssen, es sei denn, er ist so klug, uns das vorzutäuschen. Fazit für mich und zum jetzigen Zeitpunkt: Wir haben es wahrscheinlich mit einer männlichen Person zu tun, die in unserer Stadt beheimatet ist, sich die Opfer aus den umliegenden Städten sucht und für die es wichtig scheint, dass alle das gleiche Aussehen haben. Richtig?«

Ein recht lautes Ping aus der Richtung seines Schreibtischs ließ Klaus Spiekermann aufhorchen. Rita und Peter Liebig sahen ihm erstaunt nach, als sich der Kollege erhob, zum Arbeitsplatz lief und auf seinen Bildschirm starrte. Er scrollte eine Weile mit der Maus und konnte seine Überraschung nicht verbergen.

»Scheiße. Ich habe es geahnt. Leute, wir haben Fall sechs. Kommt mal her. Das müsst ihr euch ansehen. Ich gebe zu, dass die gesuchte Helga Körner ein paar Tage älter ist, als die anderen fünf – doch seht sie euch an: Blond, langes Haar und das Gesicht. Das gibt es doch nicht. Total gleich. Ich würde fast vorschlagen, alle Frauen im Ruhrpott, die so aussehen, unter Polizeischutz zu stellen. Ich glaube das einfach nicht.«

Längst hatten sich Liebig und Momsen hinter ihm platziert, als Spiekermann die Daten zu Helga Körner auf den Schirm holte.

»Seit gestern Nachmittag durch ihren Ehemann Reinhard Körner als vermisst gemeldet. Sie ist laut einer Nachbarin zum Einkaufen in die Kettwiger City gegangen. Dort verliert sich ihre Spur. Zuletzt gesehen wurde sie in einem SB-Markt. Jetzt haben wir den ersten Fall in Essen. Ich würde empfehlen, dass wir tätig werden, solange die Spuren noch frisch sind.«

Spiekermann sprang auf und eilte zum Garderobenständer, wo er nach seinem Mantel griff. Liebigs Ruf stoppte seinen Eifer.

»Halt, stopp. Lasst mich auch was zum Fall beitragen. Ich übernehme mit Rita die Recherche in Kettwig. Alle anderen versuchen in der Zeit, mehr über die Familie herauszufinden. Wohnverhältnisse, Kinder, Verwandtschaft, Schulden, Lebensversicherung und so weiter – das ganze Programm. Sollte da etwas Wichtiges zutage kommen, bitte sofort anrufen. Komm Rita, wir gehen. Welcher SB-Markt war das, wo man sie zuletzt sah?«

Längst hatte sich Rita die Stadtkarte auf den Bildschirm geholt und markierte mit dem Finger einen Punkt. Peter Liebig nickte stumm und griff nach seiner Jacke, die er wie so oft über die Stuhllehne gelegt hatte. Als er mit Rita an der Tür ankam, um den Raum zu verlassen, holte die beiden die Bemerkung von Spiekermann ein.

»Ich wünsche euch Turteltauben einen angenehmen Tag.«

Liebig befreite sich von Ritas Hand, mit der sie ihn weiterdrängen wollte. Mit vier Schritten hatte er den Kollegen erreicht und beugte sich zu ihm runter.

»Was will uns der werte Kollege damit sagen? Soll das eventuell heißen, wir könnten Privates und Berufliches nicht auseinanderhalten? Geht es jetzt endlich los mit den haltlosen Verdächtigungen?«

Liebig konnte das Lachen kaum hinter der ernsten Maske verbergen, als er Spiekermann spielerisch eine Kopfnuss versetzte. Der hatte die Schultern eng zusammengezogen, da er seine Bemerkung schon bereut hatte, bevor er sie vollends ausgesprochen hatte.

»War doch nur ein Witz, Chef. Ich wollte euch doch nicht unterstellen, dass ihr ...«

»Halten Sie solche Klopper nur zurück, wenn Kriminalrat Rösner im Raum ist«, unterbrach ihn Liebig. »Ich habe das nicht krummgenommen. Ich will es ihm nur selber sagen – irgendwann. Klaro?«

Der Parkplatz vor dem SB-Markt war gut gefüllt, sodass Liebig mehrfach kreisen musste, bis er endlich eine freie Parkbox fand. Ihm entging nicht das freche Grinsen, als er es erst beim zweiten Anlauf schaffte, den Passat absolut gerade rückwärts einzuparken.

»Das wird schon, Herr Hauptkommissar. Üben, üben, üben.«

Rita war schon ausgestiegen, bevor Peter Liebig reagieren konnte. Sein vorwurfsvoller Blick, den er Rita über das Wagendach hinweg zuwarf, ersetzte jedes weitere Wort. Dennoch konnte er sich die Bemerkung nicht verkneifen.

»Selbst wenn ich beide Arme geschient bekäme, würdest du nicht das Steuer meines Wagens in die Hand nehmen dürfen. Mich darf man nur dann fahren, wenn ich bewusstlos auf einer Trage im Rückraum liege.«

»Und das wollen wir doch tunlichst vermeiden, mein Held«, warf Rita über die Schulter zurück, während sie einem älteren Pärchen im letzten Augenblick auswich, das mit dem hochbepackten Einkaufswagen direkt auf sie zusteuerte. Kopfschüttelnd über so viel Unachtsamkeit entfernten sie sich schwatzend Richtung Parkplatz. An der Servicetheke erfuhren sie, dass sie den Marktleiter in seinem Büro antreffen würden.

»Und Sie sind sich sicher, Herr Marx, dass es keine weiteren Aufnahmen aus einer anderen Perspektive gibt? Sie muss sich doch mindestens zehn bis fünfzehn Minuten im Laden aufgehalten haben, wenn ich mir die Artikel auf dem Band betrachte. Uns geht es darum, ob sie von jemandem begleitet oder zumindest angesprochen wurde.«

Peter Liebig hatte sich mehr Informationen von den Videoaufzeichnungen erhofft, die Helga Körner lediglich beim Bezahlen an der Kasse zeigten. Marktleiter Marx, der sie nach langem Hin und Her endlich die Aufnahmen ohne richterlichen Beschluss einsehen ließ, zuckte nur die Schultern.

»Der Datenschutz, Herr Hauptkommissar. Wir müssen die Aufnahmen spätestens nach zweiundsiebzig Stunden löschen. Wenn kein berechtigter Grund vorliegt wie Diebstahl oder Vandalismus geschieht das sogar schon früher. Was soll ich auch sonst mit den Aufnahmen? Dass wir dieses Band noch haben, ist mehr dem Zufall zu verdanken. Heute Abend hätten wir es sicher gelöscht. Kann ich erfahren, warum Sie die Frau suchen? Ist sie gefährlich?«

Liebig und Momsen wechselten einen Blick, bevor Rita die ausweichende Antwort gab.

»Gefährlich nicht, Herr Marx, aber zumindest gefährdet. Mehr dürfen wir Ihnen dazu nicht sagen. Datenschutz, Sie verstehen sicher? Außerdem gehört sie zum Teil unserer Ermittlungen in einem anderen Fall. Wir danken Ihnen für die großzügige Hilfe.«

Am Stehtisch in der angeschlossenen Bäckerei setzte Rita ihren Cappuccino wieder ab und blickte sich enttäuscht in dem hektischen Gewusel um.

»Wir sollten die örtliche Presse einschalten. Was meinst du? Klar, hier fällt eine Einzelperson nicht auf, wenn sie nicht gerade das Aussehen von ET hat. Aber es könnte doch sein, dass Helga Körner nach dem Einkaufen noch irgendwo von irgendwem gesehen wurde. Sie ist schließlich auffallend hübsch und könnte sich noch Blumen gekauft oder einen Absacker getrunken haben. Einen Versuch wäre es wert. Die Lokalredaktion von diesem Stadtspiegel-Anzeiger müsste doch in der Nähe sein. Also, Chef – sag was.«

Peter Liebig wunderte sich schon lange nicht mehr über die Geistesblitze seiner jungen, aber auch besten Kollegin. Grinsend ergriff er ihre Hand, küsste diese und zog Rita zum Ausgang.

»Na dann komm endlich, ich kenne die zuständige Redakteurin ganz gut.«

»So, so – ganz gut, sagst du. Wie gut ist ganz gut?«

Wortlos drängte Peter die um einen Kopf kleinere Rita durch das Getümmel der raus- und hereinströmenden Kunden. Eine Antwort blieb er ihr schuldig. Sein Lächeln ließ allerdings jede Möglichkeit offen.

7

Er war gegangen. Dieses Monster hatte sie einfach zurückgelassen, keinen Moment Mitleid gezeigt. Sie musste diese Erniedrigung, diese Schande erst verkraften. Er sollte dafür in der Hölle schmoren. Helgas Gedanken gingen zurück an den Punkt, an dem er sie brutal geschlagen hatte, ihre Qualen begonnen hatten.

Seine Stimme bestand nicht mehr aus diesem sanften Ton, der sie so angenehm berührt hatte. Schlangengleich wirkte das Zischen, mit dem er jeden einzelnen Ton herauspresste. Trotz der Schmerzen spürte sie, wie sich auf ihrer Haut ein Schweißfilm bildete, der ihre tief sitzende Angst deutlich machte. Er schien es zu wittern wie ein Raubtier. Seine Zunge glitt über ihre Schulter, über den Hals, bewegte sich immer schneller, als würde ihr Angstgeruch seine Besessenheit befeuern. Er atmete rasend schnell und krallte eine Hand in Helgas langes Haar, zog ihren Kopf brutal gegen sein Gesicht. Sein heißer, nun unangenehm riechender Atem stieß gegen ihre Wange und hinterließ ein anhaltendes Schaudern.

Wird er mich jetzt töten? Wenn er mich vergewaltigt, will ich danach tot sein. Mit dieser Schande will ich nicht leben müssen. Gott – bitte hilf mir.

Immer stärker fühlte Helga seine heftigen Bewegungen. Als sie fast den Verstand zu verlieren glaubte, erstarrte sein Körper. Ein Schrei, wie sie ihn nie zuvor gehört hatte, verließ seinen Mund, ging über in ein winselndes Stöhnen. Eine Flüssigkeit lief entlang ihrer Schenkel, tropfte auf den feuchten Boden. Der Ekel übermannte Helga. Nur der Knebel, den er ihr zuvor wieder angelegt hatte, verhinderte, dass sie ihre Gefühle herausschreien konnte. Ein nicht endendes Zittern durchlief ihren Körper und ließ sie bebend zu Boden sinken.

Diese Bestie hatte tatsächlich ihre Angst zum Anlass genommen, sich zu befriedigen. Wie pervers musste ein Mann sein, um in dieser Situation zu masturbieren?

Immer wieder schossen Helga Tränen der Scham in die Augen, liefen über das Gesicht und versickerten in dem Tuch, das ihr dieses perverse Schwein über den Mund gepresst hatte. Sie glaubte, den Samen des Mannes riechen zu können. Ein Mann, der eine sexuelle Erregung erlangte, wenn Menschen ihre Ängste offen zeigten – unvorstellbar. Sie wagte sich kein Bild davon zu machen, welche Maßnahmen dieser Mensch noch bei ihr anwenden würde, um sie immer wieder in den Zustand der Angst zu versetzen. Warum ihr gerade jetzt ein Schwall des Verwesungsgeruchs in die Nase stieg, war wohl mehr Zufall. Doch sorgte er dafür, dass der Kreislauf komplett kollabierte und sie bewusstlos zu Boden sank. Hilflos blieb sie in den Fesseln hängen, die ihr eine normale Schlafposition verwehrten.

Minuten später öffnete Helga die Augen, blinzelte und versuchte, sich daran zu erinnern, was geschehen war. Wie eine Keule schlug die Erkenntnis über ihr zusammen. Erst als sie schrie, wurde ihr bewusst, dass jeder ihrer Töne im

Knebel hängen blieb. Resigniert gab sie auf und versuchte, zumindest eine kniende Position zu erreichen. Nun hörte sie es deutlich – jemand atmete vor ihr. In dem Augenblick wusste sie, dass diese Bestie immer noch irgendwo da vorne lauerte. Plötzlich war sie wieder da, diese sanfte Stimme, hatte erneut diesen Ton erreicht, der doch so beruhigend wirken konnte. In diesem Augenblick durchfuhr Helga allerdings nur gewaltige Furcht. Sie wollte das nicht noch einmal erleben müssen, diese Erniedrigung.

»Du warst gut, mein Engel. Du bist besser als alle anderen vor dir. Du musst dir keine Sorgen machen, dass ich dich töte. Wenn es nach mir gehen würde, erhieltest du das ewige Leben. Du bist ab sofort meine Göttin.«

Jedes dieser Worte schlug wie ein Stromschlag bei ihr ein. Dieser Wahnsinnige hatte sie tatsächlich eine Göttin genannt, nachdem er sie mit seinem ekligen Samen besudelt und entehrt hatte.

Wie tief konnte ein Mensch nur sinken, um so etwas tun zu können? Und was war mit den anderen geschehen, von denen er eben sprach? Hatte er sie ... hatte er sie getötet, nachdem sie ihm zu Willen sein mussten? Wie lange würde es dauern, bis er sich auch ihrer entledigte, sie für ihn entbehrlich wurde?

Helga versuchte, diese verfluchte Dunkelheit zu durchdringen. Obwohl sich ihre Augen mittlerweile an diese gewöhnt hatten, erkannte sie lediglich schwach einen Schatten in der Richtung, aus der diese Stimme kam. Es kam aus einem inneren, plötzlich aufkeimenden Antrieb heraus, als sie in diese Richtung spuckte. Viel zu spät bemerkte sie, dass dies der Knebel verhinderte und sich ihr Mund mit dem eigenen Speichel füllte. Das leise Kichern machte sie fast wahnsinnig, ließ sie an den Fesseln zerren. Eine Hand berührte sie, löste den Knoten an ihrem Hinterkopf.

»Du wirst sicher Durst haben, mein Engel. Hier, trink das. Du sollst es gut haben bei mir. Keiner wird dir etwas antun können. Ich werde dich stets beschützen, denn du gehörst mir allein.«

Wild riss Helga an den Fesseln, als sie wieder diese Hand an ihrem Hinterkopf und ein Gefäß an ihren Lippen spürte. Die Flüssigkeit lief ihr über das Kinn, als sie sich dagegen wehrte, den Mund zu öffnen. Sie mochte sich gar nicht vorstellen, was sie von diesem Tier an Getränk zu erwarten hätte. Augenblicklich verstärkte sich der Druck in ihrem Nacken und sie bemerkte die Veränderung bei ihrem Peiniger. Er schnaubte vor Wut, verschloss ihre Nase und presste ihr die Öffnung des Gefäßes brutal zwischen die Zähne. Helga war gezwungen, zu schlucken, wollte sie nicht an der Flüssigkeit ersticken. Schließlich ergab sie sich darin und schluckte das etwas bittere Getränk in kleinen Dosen. Erst jetzt wurde ihr bewusst, dass sie das sogar erfrischte.

Bevor sie eine Frage an ihren Peiniger stellen konnte, schloss sich der Knoten des Knebels wieder am Hinterkopf und verhinderte jede weitere Aktion. Nur wenige Sekunden dauerte es, bis das Schlafmittel wirkte und Helga in eine Galaxis entführte, die ihr allen Frieden dieser Welt brachte.

8

Die Wohnungen in den Häusern der Ruhrstraße erlaubten den meisten Bewohnern einen fantastischen Blick auf das ruhig dahinfließende Gewässer, das der Straße seinen Namen gab. Zu dieser Jahreszeit sah man nur hin und wieder ein Sportboot, mit dem der Kanuklub trainierte. Ansonsten konnte jeder auf dem Balkon die Ruhe und Beschaulichkeit des Ruhrtals genießen. Rita blieb einen Moment zwischen zwei Wohnblocks stehen und verglich diese Lage mit der ihrer Wohnung im zugebauten Rüttenscheid. Gerne hätte sie diese getauscht, um hier im Grünen abschalten zu dürfen.

»Hallo, Liebig an Momsen. Träumst du wieder von Dingen, die du dir nicht erlauben kannst? Die Mieten hier dürften oberhalb unserer Gehaltsklasse liegen. Vergiss es, mein Engel.«

Begleitet von einem Seufzer kommentierte Rita seine Bemerkung mit den Worten: »Das liefert mir ein treffendes Argument, mich nach einem betuchteren Lover umzusehen. Wir sollten einen Schritt nach dem anderen machen. Besuchen wir erst einmal Reinhold Körner. Der müsste hier in der Mitte wohnen.«

Der Aufzug führte sie in die vierte Etage, nachdem ihnen bereits nach dem ersten Klingeln die Haustür geöffnet wurde. Ein gut aussehender mittelgroßer Mann in den Vierzigern stand in der Tür und reichte Rita zur Begrüßung die Hand. Ihr schoss spontan durch den Kopf, dass eine vernünftige Frau, die nicht völlig erblindet war, einen solchen Mann nicht ohne triftigen Grund verlassen würde. Damit schloss sie ein Durchbrennen von Helga Körner mit einem Nebenbuhler von Anfang an aus. Einen solchen Hauptgewinn verlässt man nicht. Liebig schob Rita mit sanfter Gewalt vorwärts, da sie erstaunlich lange die Hand des Hausherrn hielt.

»Ich hoffe, dass Sie mit guten Nachrichten kommen. Ich halte diese Ungewissheit nicht allzu lange aus. Gibt es Neuigkeiten von meiner Frau?«

Während sich Rita und Peter Liebig dem Latte macchiato widmeten, den Reinhold Körner ihnen mit einem bestimmt sündhaft teuren Kaffeeautomaten zubereitet hatte, saßen sie sich auf der aus braunem Büffelleder hergestellten Sitzlandschaft gegenüber. Sein Blick war erfüllt von Hoffnung, endlich Positives von seiner vermissten Frau hören zu dürfen. Hauptkommissar Liebig ergriff das Wort.

»Leider haben wir noch keine positiven Nachrichten für Sie. Die Suche läuft allerdings auf Hochtouren, das kann ich Ihnen versprechen. Sie haben auf der Wache, als Sie die Vermisstenanzeige aufgaben, schon gewisse Angaben gemacht. Allerdings habe ich in den Unterlagen erkennen können, dass Sie keinerlei Kenntnisse darüber hatten, wie Ihre Frau gekleidet war. Konnten Sie mittlerweile zu diesem sehr wichtigen Punkt etwas herausfinden?«

An dieser Stelle mischte sich Rita ein.

»Wir konnten zwischenzeitlich herausfinden, wo sich Ihre Frau gestern um ca. elf Uhr befand. Auf einem Video konnte sie im Kassenbereich eines Kettwiger SB-Marktes identifiziert werden. Allerdings wurde diese Aufnahme nur in schwarz-weiß abgespeichert. Deshalb wissen wir nur, dass sie mit einem langen Wollmantel bekleidet war, wobei sie einen dicken Schal mehrfach um den Hals gewickelt hatte. Hilft Ihnen das ein wenig weiter? Können Sie sich daran erinnern, welche Farbe dieser Mantel haben könnte?«

Es vergingen nur wenige Sekunden, bevor Reinhold Körner aufsprang und in den hinteren Räumen verschwunden war. Kurz darauf tauchte er wieder auf und präsentierte einen eleganten langgeschnittenen Mantel über dem Arm. Rita schüttelte den Kopf und meinte lächelnd.

»Sehr schick, Herr Körner, aber das hilft uns im Augenblick nicht weiter. Ich hatte nicht danach gefragt, was sie nicht anhatte, sondern ...«

»Ich habe Sie schon richtig verstanden. Ich zeige Ihnen den Mantel nur, weil Helga den in zwei Farben in London gekauft hat. Der andere fehlt. Folglich würde ich sagen, dass sie den kamelhaarfarbenen Mantel trägt. Und dazu trägt sie immer den schwarzen Wollschal, den ich ihr zum Hochzeitstag geschenkt habe. Ist Ihre Frage damit beantwortet?«

Liebig konnte nur mit Mühe das Grinsen unterdrücken, als er in das Gesicht von Rita sah, das eine Mischung von Bewunderung und peinlichem Unbehagen aufwies. Er ergriff an ihrer Stelle das Wort.

»Das ist perfekt, Herr Körner. Das hilft uns ungemein. Darf ich mir von diesem Mantel ein Foto auf dem Smartphone sichern. Das geht dann an alle Dienststellen. Doch es gibt noch andere Fragen, weswegen wir Sie aufgesucht haben.«

Hier machte Liebig eine kleine Pause und blickte in das Gesicht seines Gegenübers, der sich wieder etwas entspannter in die Garnitur fallen ließ. Rita beschäftigte sich mit dem Fotografieren, wobei sie liebevoll und genießerisch immer wieder über den sicher sündhaft teuren und edlen Stoff strich.

»Bitte verstehen Sie meine Fragen nicht falsch, aber wir müssen die immer stellen, wenn jemand in der Familie als vermisst gemeldet wird. Die wurde Ihnen bestimmt schon in der Wache gestellt, doch in dem Augenblick ist man nicht oder nur selten in der Lage, darauf zu antworten. Kam es früher schon einmal vor, dass Ihre Frau ohne Vorankündigung eine Zeit lang verschwand? Das kann die unterschiedlichsten Gründe haben.«

Reinhold Körner blickte irritiert von einem zum anderen. Letztendlich blieb sein ungläubiger Blick an Liebig hängen, als wären dem in der Zwischenzeit zwei Nasen gewachsen.

»Warum sollte sie so etwas tun? Das macht doch niemand so einfach. Ich verstehe Sie nicht, Herr Hauptkommissar. Wir lieben uns. Helga weiß genau, dass ich ...«

»Das ist auch nicht böse gemeint, Herr Körner. Ich bin fest davon überzeugt, dass zwischen Ihnen alles stimmt. Manchmal passieren solche Dinge aber auch in den besten Beziehungen und man nimmt alltägliche Bemerkungen plötzlich krumm. Gab es eventuell in der letzten Zeit Streit zwischen Ihnen, den Sie selbst vielleicht nicht so überbewertet haben? Denken Sie bitte nach.«

Nur kurz zeigte Körner den Ansatz, sich gegen diese Bemerkung aufzulehnen, ließ sich jedoch endlos langsam wieder zurückfallen. Er schien angestrengt darüber nachzudenken, ob er sich dazu äußern sollte. Es war Rita, die ihm auf die Sprünge half.

»Worüber haben Sie sich gestern gestritten, bevor Ihre Frau aus dem Haus ging? Es ist wirklich wichtig für unsere Ermittlungen.«

Nun war es Körner, der Rita Momsen erstaunt ansah. Sie ließ es sich nicht anmerken, dass sie es genoss, ins Schwarze getroffen zu haben.

»Woher wissen Sie ...? Es war eigentlich nichts – wirklich nur eine Lappalie.«

»Erzählen Sie uns trotzdem davon. Es wäre sehr nett von Ihnen«, machte ihm Rita Mut.

»Es waren nur diese Stiefel, die ich vor die Haustür gestellt hatte. Ich war mit dem Nachbarn und Harro – das ist sein Hund – am Ruhrufer unterwegs und wollte den Dreck nicht in die Wohnung tragen. Nun gut, ich habe sie mitten in den Weg gestellt und Helga wäre beinahe darüber gestürzt. Sie hatte einen nicht so tollen Tag erwischt, als sie mich deswegen anschrie. Das macht sie sonst nie, wissen Sie. Ich habe mich auch sofort entschuldigt, aber sie konnte sich einfach nicht beruhigen. Zum ersten Mal bin ich im Streit zur Arbeit gefahren. Ich konnte doch nicht wissen, dass sie genau an diesem Tag ...«

Die Ermittler bemerkten die tiefe Schuld, die Körner sich selbst zuschob, was seine feuchten Augen eindrucksvoll bestätigten. Viele Gedanken liefen durch Liebigs Kopf.

Entweder saßen sie vor einem Mann, den dieser kleine Streit vor dem Verschwinden des Partners zutiefst berührte, oder es handelte sich hier um eine perfekt inszenierte Szene eines guten Schauspielers.

Peter Liebig war zu erfahren, um sich an Ort und Stelle dazu eine endgültige Meinung zu bilden. Er hatte in seiner langen Praxis schon das scheinbar Unmöglichste erleben müssen. Für ihn war jeder Beteiligte so lange verdächtig, bis zweifelsfrei seine Unschuld bewiesen war. Das musste Rita noch lernen, die sich neben Körner setzte und ihre Hand beruhigend auf seine Schulter legte.

»Haben Sie danach auch nicht mehr telefoniert? Ich meine nur ... manchmal versucht man doch, den Streit telefonisch beizulegen. Haben Sie?«

»Nein, nein.« Körner schrie diese Worte fast verzweifelt in den Raum. »Ich wollte es ja immer wieder, hatte jedoch nicht den Mut. Es war ... diese Situation war so neu für mich. Heute könnte ich mich dafür schlagen. Vielleicht wäre das alles gar nicht passiert, wenn ich es getan hätte.«

Liebig wollte den Mann wieder auf die sachliche Ebene zurückholen und ließ eine weitere Frage folgen, die selbst bei Rita Entsetzen hervorrief.

»Gibt es im Leben Ihrer Frau jemanden, dem sie zugetan war? Ich meine damit, ob es einen Mann gab, von dem Sie wussten?«

Rita, die direkt neben Körner saß, spürte, wie dieser sich augenblicklich versteifte. Erstaunlicherweise explodierte er nicht. Nur seine Gesichtszüge verhärteten sich von einem Moment zum nächsten. Es war ihm anzumerken, wie sehr er sich zusammennahm, seine folgenden Äußerungen gut durchdachte.

»Ich verzeihe Ihnen diese dumme Frage, weil ich glaube, dass Sie die einfach stellen müssen. Das gehört scheinbar zum Job. Dass Sie jedoch in dieser Situation sehr verletzend ist, muss ich Ihnen nicht bestätigen. Das wissen Sie selber, Herr Liebig. Nun zurück zu Ihrem eigentlichen Anliegen. Nein, ich habe keinerlei Kenntnisse über eine ehebrecherische Beziehung, wenn es das ist, was Sie meinen. Ich habe meine Frau nicht getötet. Ich möchte damit Ihrer nächsten Frage bereits die Antwort liefern. Sie wollen bestimmt wissen, wo ich mich gestern aufhielt. Ist es nicht so?«

Ungerührt war Liebig den Worten des Mannes gefolgt. Seine Reaktion konnte Rita nur schwer nachvollziehen.

»Wo waren Sie zwischen neun Uhr morgens und sechzehn Uhr nachmittags, Herr Körner?«

Rita spürte dieses Kribbeln, das die eintretende Stille im Raum bewirkte. Sie starrte auf das Gesicht des Mannes, dem sie bis hierher größten Respekt entgegengebracht hatte. Nun zweifelte sie einen Moment an den Gefühlen, die sie für ihn hegte. Körners belegte Stimme holte sie wieder in die Situation zurück, die sie bislang so noch nie erleben musste.

»Ich befand mich an meinem Arbeitsplatz bei der Firma Colonge in Düsseldorf. Meine Arbeitskollegen werden Ihnen das sicher bestätigen können. Sollten Sie beide keine weiteren Fragen mehr haben, möchte ich Sie höflich darum bitten, mich nun alleine zu lassen. Sie wissen, wo es hinaus geht.«

Die Haustür war gerade erst ins Schloss gefallen, als es aus Rita herausplatzte.

»Was in Gottes Namen war das gerade? Hast du wirklich angenommen, dass es bei den beiden da oben in der Ehe kriselt? Warum fragst du so was? Ich komme da nicht mit.«

Peter Liebig nahm die beiden Stufen mit einem langen Schritt und machte sich auf den Weg zum geparkten Auto.

Rita hielt ihn am Ärmel seines Mantels zurück. Unwillig nahm er ihre Hand von seinem Arm und wandte sich ihr mit ernster Miene zu.

»Du fragst mich wirklich, was das sollte? Hast du auf der Polizeischule nicht zugehört, als ihr den Bereich Zeugenbefragungen durchgenommen habt? Jeder ist schuldig oder zumindest als verdächtig einzuordnen, bis der Täter gefasst ist. Ist es so gelehrt worden, oder nicht? Für Gefühlsduselei ist in unserem Job kein Platz. Das wirst du noch lernen. Erinnerst du dich nicht mehr an den Fall von Rainer Kallweit, diesem grandiosen Familienmenschen und Serienmörder? Hättest du ihm die Taten zugetraut? Eine von Gefühlen geleitete Ermittlung kann niemals objektiv durchgeführt werden. Wir arbeiten jetzt erst wenige Monate zusammen. Und schon hast du Menschen erleben müssen, denen du niemals solch schlimme Taten zugetraut hättest. Tu jetzt bitte nicht so, als würde ich Körner vorverurteilen. Das arme Schwein tut mir leid, aber ich kann mich auch täuschen. Oder besser gesagt: Er kann uns täuschen. Das vorhin war reine Routine, die du dir übrigens auf schnellstem Wege zu eigen machen solltest. Und jetzt hör damit auf, mir ein schlechtes Gewissen einreden zu wollen. Ich möchte dich darum bitten, deinen Job zu machen, damit wir die Frau schnell finden. Viel Zeit wird ihr der Täter wohl kaum geben.«

Bis beide im Präsidium ankamen, war Schweigen angesagt. Rita arbeitete intensiv an dieser verschluckten Kröte.

9

Endlich hatte sie es geschafft, dieses verdammte Tuch durchzubeißen. Das Unternehmen gestaltete sich insgesamt sehr mühsam, da ihr Kopf zu zerplatzen drohte. Das Schlafmittel hatte zumindest so lange gewirkt, dass sie den Rest der Nacht in einer Traumwelt verbracht hatte, wobei sie Mühe hatte, sich an Einzelheiten zu erinnern. Wie ein Keulenschlag drang plötzlich in ihr Bewusstsein, was dieses Tier mit ihr angestellt hatte. Jetzt, wo etwas Tageslicht in diesen modrig riechenden Raum fiel, richtete Helga den Blick fast panisch auf ihre Schenkel, auf denen sie immer noch den ekligen Samen des Mannes wusste. Eingetrocknet klebte er knapp über dem Knie, schien sich in die Haut eingebrannt zu haben. Helga würgte die letzten Reste an Essen heraus und verfluchte zum wiederholten Mal die Tatsache, dass sie durch die Fesseln in ihrer Bewegungsfreiheit enorm eingeschränkt war. Zu gerne hätte sie diese Flecken der Schande abgerieben, sie am liebsten aus der Haut herausgeschnitten. Kraftlos und sich in Weinkrämpfen schüttelnd gab sie es auf, die Stellen mit den Händen zu erreichen. Sie rieb die Oberschenkel gegen die Moosflächen der feuchten Wand. Blut rann bereits aus ihren Wunden an den Handgelenken über ihre Arme.

»Ich will hier raus!«

In ihrem Schrei steckte all die Verzweiflung, die Helga fest gepackt hielt. Einzig das aufgeregte Fiepen der umherirrenden Ratten folgte diesem Hilferuf, der zudem ungehört im Dickicht vor dem Eingang auf ein schwaches Flüstern minimiert worden war. Niemand würde sie hören. Kein Mensch würde jemals erfahren, welche Qualen sie in diesem dunklen Loch durchlitt. Der Vorteil gegenüber der vergangenen Nacht bestand für Helga darin, dass sie gezielt nach den hässlichen Ratten treten konnte, die sich danach etwas zurückzogen. Allerdings hatte das eindringende Tageslicht auch einen unschönen Nebeneffekt.

Der zweite Schrei blieb schon im Ansatz stecken, da das Grauen sie mit einem Schlag übermannte. Sie wusste, dass sie in dem Augenblick in dem hinteren Winkel dieser Folterkammer ihre eigene Zukunft betrachten durfte. Übereinandergestapelt glaubte Helga, mindestens vier Körper erkennen zu können, die teilweise schon mumifiziert waren. Obendrauf erkannte sie jedoch deutlich das von Schmerzen verzerrte Gesicht einer jungen Frau. Es war grausam genug, in dieses Gesicht sehen zu müssen, doch der Horror bestand aus einer anderen Tatsache: Die Tote hatte ihr Aussehen. So, als handelte es sich um eine Zwillingsschwester.

Immer wieder schloss Helga ihre Augen, wollte diesen Anblick als Trugbild abtun – immer wieder starrten sie diese toten Augen unerbittlich an, so als wollten sie um Hilfe bitten. Helga glaubte, deutlich die Worte aus dem aufgerissenen Mund zu hören.

Hilf mir! Bitte hilf mir doch. Beschütze mich! Ich will nicht sterben!

Helgas Verstand drohte auszusetzen, versuchte, klares Denken unmöglich zu machen. Doch die Realität lag dort in der Ecke und erinnerte daran, dass dieses Leben endlich war. Von einem Augenblick auf den nächsten konnte das Schicksal in Person eines Wahnsinnigen zuschlagen, es auf grausame Art und Weise beenden. Das gab es nur in diesen billigen Schundromanen, die Horror innerhalb einer fiktiven Geschichte schildern wollten. Niemals würde es das in der Realität geben. Diese Erkenntnis wurde gerade in dem Augenblick zerstört, als sie den Leichenberg zum wiederholten Mal betrachten musste.

Eine Wolke schien sich vor die Sonne zu schieben, als das Gestrüpp vor dem Eingang für einen Moment von einem Schatten verdeckt wurde. Das Rascheln von Laub schreckte Helga aus ihren Gedanken, ließ die Hoffnung aufkeimen, dass sich draußen eine fremde Person bewegte. Sie versuchte zu schreien, irgendeinen Ton zu produzieren. Die Stimmbänder blockierten, ja sie verweigerten jeglichen Dienst. Nur ein schwaches Krächzen entstand, das nicht einmal die Türöffnung erreichen konnte. Plötzlich verdunkelte der Schatten den Eingang und die Erkenntnis übermannte Helga, dass ihr in diesem Augenblick jede Hoffnung auf Rettung verweigert wurde. Gott hatte sie nicht erhört. Statt einer erlösenden Erscheinung erkannte sie den Dreckskerl, der ihr noch vor zwei Tagen Bewunderung abgerungen hatte. Dass sich dieser Schönling später als die Reinkarnation des Satans präsentierte, war für Helga immer noch nicht realisierbar. Das Böse hatte sich einen Mantel übergestülpt, der es liebenswert erscheinen ließ. Eine Maskierung wie sie perfider nicht sein konnte.

Wieder drang sie an Helgas Ohr, diese sanfte, einschmeichelnde Stimme. Sie versuchte, Zwischentöne herauszuhören, die verrieten, dass es der Teufel persönlich war, der da sprach. Nichts. Die Worte berührten zärtlich Helgas Ohren.

»Du hast doch wohl nicht gedacht, dass ich dich vergessen habe, mein Schatz? Wie könnte ich das jemals tun? Du siehst so verschreckt aus, schöne Frau. Oh, ich vermute, dass du das da gesehen hast.«

Seine Hand wies auf den Leichenhaufen. Er beherrschte sogar die Kunst, seinem Gesicht so was wie Schuldgefühl zu verleihen. Seine Hand fuhr hoch zum Mund und verdeckte ihn, so als wäre ihm dieser Umstand peinlich. Mit einem heftigen Tritt beförderte er den Arm der zu oberst liegenden Mädchenleiche zur Seite, da er heruntergefallen war. Helga durchfuhr ein weiterer Schock, als er begann, mit der Toten zu sprechen.

»Du sollst diese Schönheit nicht erschrecken, du unartiges Kind! Es ist schließlich deine große Schwester. Aber deine Strafe hast du ja schon erhalten.«

Helga versuchte, ihre Gedanken zu sortieren, die ihr mit einem Mal durch den Kopf kreisten. Jeglicher Schmerz war vergessen, der durch die ungeheure Feststellung des Irren überdeckt wurde. Noch während sie über diese Lüge nachdachte, fuhr der Mann fort, indem er sich wieder direkt an Helga wandte.

»Ich habe mir die größten Vorwürfe gemacht, weil ich dich in der Kälte hier zurückließ. Und dann diese unbequeme Lage. Das werde ich mir niemals verzeihen. Du sollst es doch bequem haben. Schließlich wollen wir doch unsere gemeinsame Zeit genießen. Da darfst nicht schlecht über mich denken, mein Schatz.«

Wären die schrecklichen Dinge gestern Nacht nicht geschehen, gäbe es die vier Leichen dort in der Ecke nicht und befände sich Helga nicht in dieser bedrückenden Umgebung, sie hätte diesen Worten jederzeit Glauben geschenkt. So jedoch reagierte ihr Verstand mit Boykott gegenüber diesem Wahnsinn, obwohl die Sanftheit der Stimme sie einlullen sollte. Blitzartig kam ihr der Gedanke, genau diese Sinneswandlung des Irren für ihre Zwecke auszunutzen. Sie zwang sich zur inneren Ruhe, obwohl sich alles in ihr in totaler Aufruhr befand. Erst beim zweiten Versuch kamen die ersten klaren Worte über ihre längst aufgesprungenen Lippen.

»Ich ... ich habe Durst. Darf ich Wasser haben? Bitte geben Sie mir etwas zu trinken. Und es wäre so lieb von Ihnen, wenn die Stricke so lang wären, dass ich mich legen könnte.«

»Aber natürlich. Wie unhöflich von mir. Wo sind nur meine Manieren geblieben? Ich habe dir doch Wasser mitgebracht. Und heute Abend, wenn ich wiederkomme, werden wir beide uns eine Flasche Sekt gönnen. Dazu speisen wir festlich. Du wirst staunen, was ich dir kredenzen werde. Warte einen Moment, ich hole dir eine Matratze rein. Ruhe dich darauf aus, damit wir später feiern können.«

Ungläubig blickte sie ihrem Entführer hinterher, der blitzartig durch den schmalen Eingang verschwand. Erst als sie draußen ein Schaben und Rascheln wahrnahm, wusste Helga, dass der Mann sein Versprechen womöglich wahr machte. Der Schönling schien kräftemäßig leicht überfordert, als er versuchte, die Matratze durch den Eingang zu wuchten. Erst beim dritten Versuch schaffte er es, die erstaunlich dicke Matratze in den Raum zu werfen. Mühsam rückte er sie zurecht, sodass Helga sich endlich darauf niederlassen konnte. Sofort sprang sie wieder hoch, als sie diesen Glibber und die Feuchtigkeit auf der Oberfläche wahrnahm. Erst jetzt erkannte sie den Schimmel und das Ungeziefer, das die Oberfläche besetzt hielt. Wild zerrte sie an den Fesseln, wollte nur weg von dieser Unterlage, die ihr ein Schaudern verursachte. Kaum hatte sie den Schrei ausgestoßen, landete die Handfläche des Mannes auf ihrer linken Gesichtshälfte.

»Du schreckliches Weib. Ist das deine Art, mir deine Dankbarkeit zu zeigen? Es ist typisch für euch, immer und immer mehr zu fordern, euch niemals mit dem zufriedenzugeben, was geboten wird. Hast du wirklich geglaubt, dass ich so auf die Schnelle ein Luxusbett herbeizaubern könnte? Die Menschen, die einst darauf schliefen, wussten diesen Komfort zu schätzen. Zur Strafe werde ich deine Fesseln bis heute Abend nicht lockern und das Wasser stelle ich dir hier hin.«

Den Schlag ins Gesicht hatte Helga ohne eine Träne weggesteckt, doch die Tatsache, dass dieses Tier das wertvolle Wasser neben dem Eingang platzierte, war unmenschlich. Niemals würde sie das wertvolle Nass erreichen können. Sie würde bis zur einsetzenden Dunkelheit lediglich darauf starren können, was einer Folter gleichkam. Ständig wechselte ihr Blick zwischen den beiden Wasserflaschen und dem Gesicht des Kerls, das jetzt jede Sanftheit verloren hatte und absolute Härte zeigte.

»Warum tun Sie das nur? Ich habe Ihnen doch nichts getan. Niemand von uns hat Ihnen etwas getan. Warum nur töten Sie unschuldige Frauen?«

Als hätte Helga ihn nach den drei binomischen Formeln gefragt, legte der Mann den Kopf schief. Sein Gesichtsausdruck zeigte absolutes Unverständnis gegenüber dieser Frage, die er nicht zu begreifen schien. Er ging lediglich in die Hocke und beobachtete Helga bei dem Bemühen, eine Berührung mit der schimmeligen Oberfläche der Unterlage zu vermeiden. Das schien ihm Vergnügen zu bereiten. Als Helga schon aufgegeben hatte, jemals eine Antwort auf die Frage zu erhalten, zeigte der Wahnsinnige eine Reaktion. Allerdings fiel diese anders aus, als sie es sich vorgestellt hatte. Dieser Singsang war der eines Kindes oder der eines Geistesgestörten. Immer wiederholte der Mann eine Tonfolge, die keine Melodie erkennen ließ. Dann plötzlich stoppte er abrupt und richtete seinen Blick auf die angstgeweiteten Augen seines Opfers.

»Das hat mir Mama immer beim Einschlafen vorgesungen. Sie hatte eine so schöne Stimme und kannte jedes Lied. Hörst du? Jedes Lied auf der Welt kannte sie. Sie war eine gute Mutter – die Beste. Hattest du auch eine Mutter?« Er ließ Helga gar nicht erst zu Wort kommen und fuhr fort. »Natürlich hattest du eine Mutter. Jeder hat eine. Doch deine Mama war nicht so wie meine. Meine Mama war einmalig und rein. Ihr seid alle Nutten. Hast du Kinder? Sag mir, ob du auch eine Mutter bist.«

Helga begriff nicht, worauf dieser Mensch hinauswollte. Rein mechanisch deutete sie ein Kopfschütteln an, was eine erschreckende Reaktion bei ihrem Peiniger auslöste.

Abgrundtiefer Hass trat in seine Augen und seine Mundwinkel drückten eine Spur von Speichel heraus. Ängstlich drückte sich Helga gegen die Wand, ignorierte das Moos daran und die vielen Ameisen, die sich dazwischen bewegten.

»Ich kann es nicht glauben. Du bist auch eine von diesen Dreckshuren, die nur ihre Lust ausleben, anstatt ihrer eigentlichen Aufgabe nachzukommen, Kinder zu gebären. Ihr wählt euch einen unschuldigen Mann aus, den ihr dann heiratet und der euch ein Leben lang zu Willen sein muss. Ihr denkt nur ans Ficken. Ich hasse dich dafür. Du sollst leiden, da du in ständiger Sünde vor dem Herrn lebst.« Sein Blick richtete sich nun nach oben. »Oh Mama, hast du mich gehört? Sie ist wieder eine von denen. Ich werde es tun, wenn die Zeit auch für sie gekommen ist. Das verspreche ich dir. Doch vorher soll sie ihre Strafe erhalten.«

Wären dem Mann jetzt Hörner gewachsen, hätte sich Helga nicht gewundert. Dieses Wesen konnte einfach nicht von dieser Welt sein. Er wandte sich erneut ihr zu und brachte sein Gesicht ganz nahe an Helgas. Seine Augen schienen zu funkeln, als er aussprach, was Helgas Herzschlag für einen Moment aussetzen ließ: »Du wirst diese Welt in genau vier Tagen verlassen. Es ist Mamas Wille. Aber auch der Herr hat diese Forderung an mich gestellt. Genieße jeden Atemzug, den ich dir gnädig gestatte. Es tut mir leid, dass ich dich nicht länger behalten darf. Sie haben es mir befohlen.«

Das Monster riss einen Teil vom Kleid des Opfers ab, das obenauf lag und band den Fetzen als neuen Knebel um Helgas Gesicht. Ihr drohte der Verstand auszusetzen, so sehr empfand sie den Ekel. Mit einem diabolischen Lächeln verließ der Mann den dunklen Verschlag. Das Herbstlaub dämpfte seine Schritte, die sich entfernten.

Bitte, lieber Gott, gib mir die Kraft, das durchzustehen. Wenn du es nicht tun willst, gib wenigstens mir die Gelegenheit, das unwürdige Sterben zu beschleunigen. Ich halte das nicht aus.

10

»Das gibt es doch nicht. Jetzt haben wir das Bild von der vermissten Körner schon durch das Lokalfernsehen und die Presse geschickt. Aber nicht ein brauchbarer Hinweis. Verdammt, das Mädel sieht doch verdammt gut aus und keinem ist sie aufgefallen – das kann nicht sein.«

Spiekermann machte hier eine Pause und öffnete eine Mail. Er überflog den Text und winkte Rita heran, die gerade mit zwei Tassen Kaffee auf dem Weg zurück war. Sie setzte eine davon vor Klaus Spiekermann ab und las den Text, der auf dem Schirm erschien. Nachdem sie einen Schluck getrunken hatte, strich sie sich mit der freien Hand durch das kurz geschnittene Haar und wirkte plötzlich hellwach.

»Das kann es doch sein. Wenn die Kellnerin die Körner gesehen hat und gleichzeitig auch einen männlichen Gast, gibt es mit viel Glück eine gute Beschreibung. Kann ein Zufall sein, aber auch der entscheidende Hinweis. Diese Typen machen alle mal einen Fehler. Kommst du mit? Ich rufe von unterwegs den Chef an und sage ihm Bescheid.«

Erstaunlich schnell fand Klaus Spiekermann einen Parkplatz in der Schulstraße unweit vom Café Sprenger. Einen Augenblick verharrte Ritas Kollege vor dem Schaufenster, um sich an der Vielfalt der kunstvoll zubereiteten Süßspeisen zu ergötzen. Jeder im Präsidium wusste bereits, dass Klaus ein absolutes Schleckermäulchen war und an keiner Süßigkeit vorbeigehen konnte. Für ihn musste diese Befragung gleichzeitig eine Reise ins Paradies bedeuten. Energisch schubste Rita den Kollegen Richtung Eingang.

»Wir werden bestimmt Zeit genug haben, dass du dir ein paar Leckereien reinpfeifen kannst. Doch erst steht die Pflicht vor dem Vergnügen. Los denn!«

Der Dienstausweis, den beide den Verkäuferinnen zeigten, sorgte auf der Stelle für ehrfürchtiges Schweigen. Eine Kundin, die vor wenigen Augenblicken zwei Vollkornbrote bestellt hatte, wich sogar einen Schritt zur Seite, als sie hörte, dass es bei den beiden Ankömmlingen um Kripobeamte handelte.

»Wir suchen eine Frau Semrau. Sie soll heute Dienst haben und erwartet uns auch. Wo finden wir die?«

Rita bemerkte die Erleichterung bei den anderen Angestellten und folgte den ausgestreckten Armen der Bedienungen hinter der Theke, die auf eine junge Brünette wiesen, die sich am Tisch mit einem männlichen Gast unterhielt. Bevor sich Rita und Spiekermann setzten, bestellte sich das Schleckermäulchen zu dem Latte macchiato noch zwei Stücke vom Frankfurter Kranz. Schmunzelnd warteten sie ab, bis ihnen die Bestellungen von Frau Semrau serviert wurden.

»Sie kommen bestimmt wegen dieser verschwundenen Kundin. Habe ich recht?« Martina Semrau setzte sich unaufgefordert zu den beiden Kripobeamten und fuhr fort. »Ich weiß nicht, ob ich Ihnen da wirklich helfen kann. Ich habe die Dame nur sehr kurz gesehen, da ich gerade mit der Abrechnung beschäftigt war.«

»Nun mal ganz langsam, Frau Semrau«, unterbrach sie Spiekermann und legte die Gabel wieder auf den Teller, mit der er gerade in den Frankfurter Kranz stechen wollte. »Sie sind sich aber dennoch sicher, dass es sich bei Ihrer Beobachtung um diese Frau handelt?«

Er legte ein aktuelles Foto auf den Tisch, das Helga Körner winkend an einem Strand zeigte. Das hatte Rita sich von Reinhard Körner bei ihrem denkwürdigen Besuch mit Peter Liebig aushändigen lassen. Ein heftiges Nicken bei Frau Semrau beseitigte sämtliche Zweifel.

»Dann sind wir ja in dem Punkt schon auf der sicheren Seite. Nun erklärten Sie gegenüber einem Kollegen, dass diese Frau Körner lange allein am Tisch zubrachte und sich erst später ein Fremder dazusetzte. Könnten Sie diesen Mann beschreiben?«

Frau Semrau wirkte nervös, als sie direkt nach dem Mann gefragt wurde. Suchend blickte sie sich um, hoffte, womöglich Hilfe von ihren Kolleginnen zu erhalten. Die jedoch wandten spontan den Blick vom Tisch ab und taten sehr beschäftigt.

»Ich bin mir da nicht sicher. Wissen Sie, ich habe kein so gutes Personengedächtnis und habe den Mann ...«

»Zumindest ist Ihr Gedächtnis so gut, dass Sie sich an die Frau erinnern können. War an der denn etwas Besonderes?«, schaltete sich Rita dazwischen.

»Eigentlich nicht, aber ... na, ja, es war vielleicht ihr toller Mantel. Sie trug so einen wahnsinnig schönen Kamelhaarmantel, der bis fast auf den Boden reichte. Das sieht man hier nicht so oft und ich habe mich sofort darin verliebt. Von dem Mann weiß ich nur, dass er hübsch war. Ja, das kann man sagen. Schon fast zu hübsch für einen Mann. Besonders waren es diese Augen. Selten habe ich solche blauen Augen gesehen. Die waren so ausdrucksstark, so ... ach, die ließen einen einfach nicht mehr los.«

»Holla, liebe Frau Semrau. Jetzt bin ich mir nicht mehr so sicher, worin Sie sich mehr verknallt haben. In den Mantel oder in den Typen, den Sie eigentlich gar nicht beschreiben können.«

Klaus Spiekermann verschluckte sich an seinem etwas zu großen Kuchenstück, als er Ritas Einwand hörte. Obwohl er sich im letzten Moment die Hand vor den Mund hielt, traf ein Sahnestückchen auf Ritas Hand. Sofort wischte er mit seiner Serviette darüber und verteilte die Sahne damit über den gesamten Handrücken. Rita registrierte seine aufsteigende Gesichtsröte, ohne näher auf die Tollpatschigkeit des Partners einzugehen.

»Jetzt lösen wir uns mal wieder von Ihrer Schwärmerei, Frau Semrau. Der Schönling bestand ja nicht nur aus diesen Zauberaugen. War er groß, klein, dick, schlank, blond oder schwarz? An irgendein Detail werden Sie sich doch wohl noch erinnern können. Sie sollten sich vor Augen führen, dass Ihre Erinnerung äußerst wichtig sein kann, um Frau Körner finden zu können. Ich will damit nicht gesagt haben, dass dieser Mann unmittelbar mit deren Verschwinden zu tun hat. Aber immerhin müssen wir das in Betracht ziehen. Also, wie dürfen wir uns den Mann vorstellen?«

Martina Semrau verschlang die Finger beider Hände in einer Weise, dass Rita die Gefahr sah, dass sie diese Knoten niemals wieder ohne fremde Hilfe werde lösen können. Beruhigend legte sie ihre Hand über die von Frau Semrau.

»Nun beruhigen Sie sich erst einmal. Nehmen Sie sich Zeit. Wie groß schätzen Sie diesen Mann?«

Frau Semrau stand auf und hielt eine Hand wenige Zentimeter über ihren Kopf. Rita versuchte, ihre Überraschung hinter einem Lächeln zu verbergen.

»Also etwa eins achtzig, schätze ich. Nun die Haarfarbe.«

»Ich weiß nicht, wie man die bezeichnen soll. Ich würde sagen ... ja, so etwa wie ihr Kollege.«

Ritas Blick wanderte zu Klaus Spiekermann, der völlig irritiert das Kuchenstück wieder aus dem Mund nahm und von einer zur anderen sah.

»Sie meinen, dass er dreckig blond war. Manche sprechen auch von einem Mittelblond. Gut, halten wir das einmal fest. Wenn ich Ihrer Begeisterung für den Typen folgen darf, nehme ich an, dass es sich um einen sportlichen und schlanken Mann handelte. Liege ich da richtig?«

»Absolut, Frau Kommissarin. Woher wussten Sie das? Der bewegte sich wie ein ... wie eine Katze. Und seine Klamotten. Wissen Sie, als wäre er aus einem Modekatalog gestiegen.«

Mittlerweile stieg selbst in Rita so was wie Zorn hoch. Für eine Frau, die sich anfangs an nichts erinnern konnte, waren die Detailbeschreibungen erstaunlich konkret.

»Hören Sie, Frau Semrau. Wir machen Folgendes. Bitte kommen Sie morgen früh ins Präsidium. Dort können Sie mit unserem Zeichner die Beobachtungen zu Papier bringen. Ich denke, dass wir damit ein gutes Bild des Adonis erhalten, um nach ihm suchen zu können.«

Martina Semrau starrte auf die Visitenkarte, die ihr Rita über den Tisch schob. Plötzlich breitete sich Entsetzen in ihr aus. Wieder wanderte ihr Blick zur Theke, wo eine ihrer Kolleginnen nur hilflos mit den Schultern zuckte. Einen letzten Versuch unternahm sie noch.

»Ich kann nicht zu Ihnen kommen. Ich habe Dienst. Was soll der Chef denken? Der wird mir das vom Lohn abziehen.«

Spiekermann wischte sich die Sahnespuren von den Lippen und mischte sich in das fruchtlose Gespräch.

»Darüber machen Sie sich keine Gedanken. Ihr Chef wird wissen, dass er das nicht darf. Sie kommen schließlich Ihren bürgerlichen Pflichten bei den Ermittlungen in einem Vermisstenfall nach. Wie meine Kollegin schon sagte: morgen Vormittag im Präsidium. Die Zimmernummer steht auf der Karte. Und nun danken wir für Ihre Mitarbeit und möchten zahlen. Kann ich eine Quittung haben?«

11

Die Nacht hatte sich längst wieder über das Gestrüpp vor dem Versteck gesenkt und ließ jedes Geräusch, das die umherirrenden Tiere in Helgas Verschlag verursachten, lauter und gefahrvoller erscheinen. Ihre Augen hatten sich ein wenig an diese Dunkelheit gewöhnt und ließen sie selbst jetzt noch Einzelheiten zumindest undeutlich erkennen. Neben ihr saß *Rocky*. Was Helga sich vor Tagen nicht hätte vorstellen können, war jetzt geschehen. Sie hatte sich mit einer fetten Ratte quasi angefreundet und dem Tier den Namen gegeben, den in ihrer Kindheit ihr Zwerghase besessen hatte. *Rocky* hielt sich ständig in ihrer Nähe auf und legte sich sogar für ein kurzes Nickerchen in ihren Schoß. Nach anfänglicher Scheu konnte sich Helga sogar dazu überwinden, das zutrauliche Tier zu streicheln. Dabei summte sie ein Lied, das ihr schon früher in der Kinderzeit die Angst vertrieben hatte. Ihre Mutter hatte es ihr beigebracht. Immer wieder rollten Tränen über ihre Wangen, wenn sie an die Zukunft dachte, die eigentlich für sie nicht mehr existierte. Sehr deutlich hatte ihr das irre Wesen mitgeteilt, was sie von dieser Zukunft noch erwarten durfte. Nur den Tod! Helga bedauerte es keineswegs, dass sich ihr Geruchssinn an diesen Verwesungs- und Modergeruch gewöhnt hatte. Der bestialische Gestank schien nicht mehr zu existieren. Sie war selbst ein Teil dieses Horrors geworden und würde in spätestens vier Tagen den gleichen Geruch annehmen. Das Monster würde sich dann möglicherweise ein weiteres Opfer holen, das ähnliche Gewalt erleiden musste.

Das darf nicht sein. Es muss mir gelingen, hier rauszukommen, dem Wahnsinn entfliehen zu können. Keine weitere Frau soll hier noch sterben müssen.

Während Helga gedankenverloren *Rocky* weiter streichelte, betrachtete sie zum ersten Mal genauer ihre Fesseln. Sie bestanden aus breiten Sisalstreifen, die durch ihre raue Oberfläche schon bedenkliche Verletzungen an ihren Hand- und Fußgelenken verursacht hatten. Die Wunden hatten sich schon teilweise entzündet und waren zum Zufluchtsort von Insekten geworden. Hin und wieder konnte sie eines dieser blutsaugenden Viecher erwischen und zwischen Daumen und Zeigefinger zerquetschen. Sie konnte sich nicht erklären, warum sie die Wundschmerzen kaum spürte. Sie schob es auf das vermehrt ausgestoßene Adrenalin.

Rocky hob den Kopf und huschte blitzschnell aus Helgas Schoß. Die Ratte hatte lange vor Helga das Geräusch gehört, das der sich nähernde Entführer draußen im feuchten Laub verursacht hatte. Augenblicklich versteife sie sich. Ihr Blick ruhte angstvoll auf der schmalen Öffnung, die jetzt durch den Körper des Mannes ausgefüllt wurde. Ohne eine weitere Bewegung zu verursachen, stand er schweigend da. Er schien zu wittern wie ein wildes Tier, das Gefahr erkennen wollte. Helga konnte es nicht verhindern, dass sich ein schwaches Stöhnen aus ihrem Mund befreite, als sie die verhasste, sanfte Stimme vernahm.

»Du wirst schon sehnsüchtig auf mich gewartet haben, meine Sonne. Ich spüre das. Dir fehlten meine Liebkosungen. Ich werde dich nicht enttäuschen. Doch vorher sollst du etwas zu dir nehmen. Jeder muss essen, damit er leistungsfähig und gesund bleibt. Ich vermute, dass dein Durst quälend ist. Das wollte ich ja eigentlich nicht. Doch du hast es einfach provoziert.«

Sein leises Kichern trieb Helga fast in den Wahnsinn. Sie zwang sich dazu, diese Bestie nicht anzuspucken, ihm das ins Gesicht zu schreien, was ihr auf der Seele brannte. Er hätte die Wasserflasche sicher wieder weggenommen, die er ihr an die Lippen hielt. Gierig nahm sie das erfrischende Nass auf, obwohl es fürchterlich schal schmeckte.

»Langsam, Herzchen, das ist nicht gut für dich. Du musst langsam trinken. Du wirst mich sicher für herzlos halten, aber ich habe dir auch etwas Essbares mitgebracht. Nein, da täuschen sich viele, wenn sie glauben, dass ich nicht für die Meinen sorge. Körper und Geist müssen funktionieren, damit auch Gefühle aufgenommen und gezeigt werden können. An Essen und menschliche Zuneigungen soll es dir nicht mangeln.«

Wieder dieses eklige Kichern, das Helga eine Gänsehaut verursachte. Der Geruch von Gebratenem stieg ihr in die Nase. Nie zuvor hatte ein solcher Geruch dermaßen viel Verlangen geweckt. Erst jetzt spürte sie den Hunger, der nach zwei Tagen Entbehrung reichlich vorhanden war. Am liebsten hätte sie dem Monster die Plastiktüte entrissen und sich über den Inhalt hergemacht, der zumindest fleischlichen Ursprungs war. In diesem Augenblick war es ihr egal, welches Tier dafür das Leben hatte hergeben müssen. Sie hätte alles Angebotene verzehrt. Mehrfach wedelte der Kerl mit der Tüte unter ihrer Nase, sodass sie sich unendlich beherrschen musste, nicht den Kopf hineinzustecken, um den Inhalt hinunterzuschlingen. Am Ende kippte der Mistkerl den Inhalt der Tüte auf die schimmelnde Matratze, so als würde er Schweine füttern.

»Iss, mein Täubchen, iss. Sag, bin ich nicht ein großartiger Gastgeber? Das wird dir Kraft geben und macht dich zu einer wundervollen Partnerin. Vergiss bitte nicht, dir später die Zähne zu putzen. Wir wollen doch die Hygiene nicht vernachlässigen.«

Da war es wieder, dieses teuflische Kichern, das Helga das Blut ins Gesicht trieb. Hätte man sie in diesem Augenblick gefragt, was sie dem Mann antun würde, falls sie die Gelegenheit dazu bekäme, alle würden entsetzt sein. Die Gewaltfantasien in ihrem Kopf trieben Blüten. Er sollte leiden – so wie sie schon jetzt gelitten hatte. Der Tod allein wäre zu gnädig gewesen für diese Bestie. Immer wieder sah sie das Gesicht des Mannes vor sich, so wie es sich ihr vor Tagen präsentiert hatte. Nun waren die sanften, schönen Züge einer teuflischen Fratze gewichen, die das pure Böse präsentierten. Er konnte sie nicht mehr mit seinen einschmeichelnden Worten täuschen. Sie hatte sein wahres Ich bereits kennenlernen müssen und fühlte die Angst in sich, dass es vielleicht erst der Anfang einer langen Leidensspirale sein könnte. Gierig schlang sie die Fleischstücke hinunter, ohne lange darauf zu kauen. Sie machte sich erst gar nicht die Mühe, herauszuschmecken, was sie gerade zu sich nahm. Es machte satt und gab neue Kraft, die sie sicher noch bitter nötig haben würde. Mit einer wilden Bewegung wischte der Dreckskerl plötzlich die Fleischreste von der Matte. Helga blieb vor Schreck der letzte Bissen in der Kehle stecken. Ein Hustenanfall befreite sie letztendlich von dem großen Fleischstück, das quer durch den Raum flog. Die umherirrenden Ratten würden sich sicherlich über die reiche Beute streiten. Im nächsten Augenblick spürte Helga den heißen Atem direkt an ihrer Wange, konnte aber den Kopf nicht wegdrehen, da er von eiserner Hand festgehalten wurde. Die Stimme, die jetzt nicht mehr der vorherigen glich, ließ ihr Blut gefrieren.

»Du bist so schön, so unglaublich schön. Ich will dich jetzt. Deine Haut ist so unglaublich warm und so weich. Lass mich an deiner Brust liegen, Mama. Ich brauche dich doch so sehr. Ich habe Angst. Die da draußen quälen mich, sie schlagen mich immer wieder. Bitte sag denen, dass sie damit aufhören sollen. Ich habe Angst vor den fremden Männern, Mama. Es tut so weh.«

Jedes einzelne Wort schlug bei Helga ein wie ein Donnerschlag. Sie versuchte zu begreifen, was sie vor wenigen Sekunden zu hören bekommen hatte. Es war nicht mehr der aalglatte Schönling mit seinem Samt in der Stimme. Es wimmerte ein Kind an ihrer Brust. Helga wollte schreien, ihr Entsetzen herauslassen. Doch kein Ton kam über ihre Lippen. Die Kehle blieb verschlossen, ohne ihren Befehlen zu gehorchen. Als würde sie ferngesteuert, hoben sich ihre Hände und legten sich nach kurzem Zögern um den Hinterkopf des zum Kind mutierten Mannes.

Was tue ich gerade? Nein, das bin nicht ich, die das erlebt. Wer ist das an meinem Busen? Was ist das für eine Scheinwelt, die mich das erleben lässt? Warum, lieber Gott, tust du mir das an, stellst mich auf diese harte Probe. Ich will hier raus!

Trotz der Verzweiflung, die Helga wie eine Klammer gefangen hielt, wischten ihre Finger immer wieder über diese weichen Haare, versuchten, Trost zu spenden. Obwohl sie davon überzeugt war, den Teufel persönlich vor sich zu haben, sah sie immer wieder das Kind in diesem Wesen, das Fürsorge benötigte. Sie versuchte sich vorzustellen, was diesem Kind an Schmerzen und Leid zugefügt worden war. Was und wer hat es zu dem werden lassen, das jetzt in ihr den Mutterersatz suchte? Ihr Verstand drängte sie, das Wesen wegzustoßen, das Herz kämpfte dafür, ihm Schutz zu gewähren. Ihr Puls klopfte in rasendem Tempo und versuchte, die Venen zu sprengen. Noch nie in ihrem Leben hatte sich Helga in einem solchen Zwiespalt der Gefühle befunden. Sie folgte ungläubig den Worten, die in diesem Augenblick ihre Lippen verließen.

»Alles wird gut. Du bist jetzt in Sicherheit – du bist bei Mama. Keiner wird dir etwas tun. Denke nicht daran, was geschehen ist, schlaf ein. Mama passt auf dich auf, mein Sohn.«

Ein leises Wimmern zeigte Helga, dass dieses vor ihr kniende Kind tatsächlich der Aufforderung folgte und sich noch enger an sie schmiegte. Obwohl sich ein Würgegefühl andeutete, legte Helga ihre Arme um den Mörder und begann erneut damit, dieses Kinderlied zu summen, das vor ihm schon *Rocky* zu hören bekommen hatte. Allmählich beruhigte sich ihr Herzschlag und sie erkannte, welch ungemein große Chance für sie in diesem Moment des Friedens lag. Die Absurdität war kaum zu überbieten, als sie darüber nachzudenken begann, dass sie in diesem Augenblick einem brutalen Mörder ein Schlaflied sang. Dieses Monster hat mindestens vier Leben auf dem Gewissen und sie wiegte es in ihren Armen wie einen eigenen Säugling.

Auf welchen Weg schickst du mich gerade? Lieber Gott, wohin führt mich diese Prüfung. Dafür bin ich zu schwach.

Die Arme signalisierten ihr, dass sie diese Position nicht mehr lange aushalten würde. Die Schmerzen in den Oberarmen wurden unerträglich. Vorsichtig versuchte sie, den schweren Körper umzulagern, erreichte jedoch nur, dass der vermeintliche Junge aufschrak und wild um sich schlug. Eine Hand von ihm traf Helga direkt am Hals und raubte ihr fast die Besinnung. Ihr Schmerzensschrei verkam zu einem harmlosen Gurgeln. Der Mann stieß sie zurück, sodass sie mit dem Hinterkopf gegen die Wand prallte. Zum ersten Mal war sie dankbar dafür, dass die Wand mit weichem Moos überzogen war und somit den Aufprall dämpfte.

»Was hast du getan mit mir? Drecksweib. Du hast mich angefasst, hast mich da unten angefasst. Es stimmt doch? Das hast du nicht umsonst getan. Dafür sollst du büßen, Schlampe.«

Woher der Mann plötzlich das Messer hatte, das trotz der Dunkelheit zu erkennen war, konnte sich Helga nicht erklären. Es blieb ihr nicht die Zeit, das endgültig zu erforschen, denn der Schnitt, den der Kerl ihr am Oberarm zufügte, brannte höllisch. Grenzenlose Panik breitete sich in ihr aus, da sie befürchtete, dass jetzt ihre letzte Stunde angebrochen war. Er würde sie gnadenlos abschlachten, wie er es zuvor schon mit den anderen Opfern getan hatte. Sie war nicht in der Lage, die andere Hand schützend über die

Wunde zu legen. Die rettende Idee kam ihr, ohne dass sie allzu lange darüber nachgedacht hatte.

»Lass das! Du hast Mama sehr weh getan. Ich werde böse mit dir sein und dich nicht mehr lieb haben und beschützen.«

Wie ein Hundewelpe, der die strenge Stimme seines Herrchens hört, legte der Teufel den Kopf schräg und lauschte auf die Stimme, die ihm Einhalt gebot.

»Ich wollte das nicht, Mama. Das waren die Männer, die es mir befohlen haben. Bitte schicke mich nicht wieder in den Raum. Sag Papa, er soll die alle nach Hause schicken. Ich bin auch bestimmt lieb und tue dir nicht mehr weh. Bitte, bitte, hilf mir.«

Warum Helga Tränen in die Augen stiegen, konnte sie nicht mit Logik erklären, dazu war das Geschehen zu unwirklich. Da war er wieder, der gequälte Junge, der so herzerweichend um Hilfe bat. Ein Junge, der genau in diesem Augenblick glaubte, seine Mutter vor sich zu haben. Seine Welt hatte sich gerade verschoben, war eine andere, scheußliche geworden. Helga machte sich keinerlei Gedanken darüber, wie obszön ihre Wünsche in diesem Augenblick waren. Aber genau in diesem Moment sah sie eine Lösung ihres Problems in greifbarer Nähe. Die Qualen des Mörders konnten für sie die Freiheit bedeuten.

»Die Männer sind auf dem Weg nach Hause, mein Kind. Papa hat sie längst fortgeschickt. Wir müssen ihm aber auch dafür danken und einen kleinen Gefallen tun. Willst du artig sein und Mama helfen, hier im Zimmer etwas aufzuräumen?«

Wieder lag der Kopf des Mannes schräg. Er hörte genau zu und nickte schließlich zögernd, obwohl in seinen Augen eine unausgesprochene Frage stand. Er schien sich nicht endgültig sicher zu sein, ob die Situation echt war.

»Ich hätte gerne, dass du den Unrat dort in der Ecke nach draußen schaffst. Das ist verdorbenes Fleisch und gehört in den Müll. Willst du das alles nach draußen schaffen und an den Straßenrand legen? Das wird dann schon jemand abholen. Wenn du damit fertig bist, werden wir gemeinsam mit Papa zu Abend essen. Beeil dich, bevor er kommt.«

Niemals hätte sie damit gerechnet, dass ihre Finte klappen würde. Umso erstaunter verfolgte sie das Bemühen des Satans, die Berge an Knochen und verwestem Fleisch hinauszuzerren. Augenblicklich verbreitete sich wieder dieser bestialische Geruch, verursachte bei ihr ein Würgen, das sie nur durch ihren starken Willen zurückhalten konnte. Selbst als der letzte Knochen den Verschlag verlassen hatte, lag der Gestank wie eine letzte Erinnerung beizend in der Luft. Mehrere Minuten wartete Helga, bis sie sich sicher war, dass der Teufel nicht mehr zurückkam. Draußen blieb es erschreckend ruhig. Sie ließ sich, so weit es die Fesseln zuließen, auf der feuchten Matratze zurücksinken. Immer wieder sah sie diese schreckliche Szene vor sich und stets tauchte dieses Messer vor ihren Augen auf, das noch vor Minuten ihren Arm verletzt hatte. Erschöpft schloss sie die Augen und spürte gleichzeitig das Kitzeln am Unterschenkel. *Rocky* forderte Aufmerksamkeit.

12

Allmählich trat Ruhe am Tisch ein, an dem die Ermittler-gruppe um Hauptkommissar Liebig die morgendliche Besprechung abhalten wollte. Kriminalrat Rösner sah den Bedarf, eine Soko Körner zu bilden und hatte zugesagt, später hinzuzustoßen. Rita Momsen lockerte die anfängliche Angespanntheit dadurch auf, dass sie ein DIN-A4-Blatt hochhielt.

»Liebe Kollegen. Ich bekam vor wenigen Augenblicken das Ergebnis der Zeugenbefragung auf den Computer. Die Bedienung aus dem Café von gestern Nachmittag hat ihre Beobachtungsgabe eindrucksvoll zu Papier gebracht. Es ging um die Beschreibung des Mannes, der angeblich kurzzeitig ein Tischnachbar von Helga Körner gewesen sein könnte. Wir baten die Zeugin um eine genaue Beschreibung. Seht her.«

Hauptkommissar Reinder, der wieder einmal vom Betrugsdezernat ausgeliehen worden war, verschluckte sich gehörig an seinem Kaffee und besudelte einen seiner für ihn typischen Schlabberpullover. Auch andere Kollegen konnten das Grinsen nicht verbergen. Während Reinder versuchte, die Kaffeeflecken mit der Serviette abzutupfen, kam prompt sein Kommentar.

»Der Typ sieht aus wie ET auf Droge. Was hat der denn für riesige Augen? Das erinnert mich stark daran, als meine Schwiegermutter eine Pilzvergiftung hatte und ich ihr erzählte, dass sie jetzt wohl ins Heim müsste. Das kannst du zu Ermittlungszwecken vergessen, Rita. Die Presse erklärt uns für verrückt.«

Rita Momsen versuchte durch beschwichtigende Handbewegungen wieder Ruhe in die Runde zu bekommen.

»Es waren nicht allzu viele Details, die sich die arme Frau merken konnte. Allerdings erinnerte sie sich gut daran, dass der Mann strahlend blaue Augen hatte. Das hat sie hier in beeindruckender Weise darstellen lassen. Ich würde mal sagen, dass dies für uns ein Schuss in den Ofen bedeutet. Wir wissen bisher nur, dass es diesen Mann wohl tatsächlich gibt und dass er blauäugig ist. Ach, ich vergaß zu sagen: Er soll etwa eins achtzig groß und schmutzig blond sein. So, jetzt Sie, Chef.«

Liebig strich sich wie immer zu Beginn einer Rede mit der Hand über die Haarstoppeln. Es war ein Relikt aus der Zeit, als er seine hellblonden Haare noch schulterlang trug. Als sich die allgemeine Unruhe vollends gelegt hatte und er loslegen wollte, öffnete sich die Tür und es zeichnete sich die kugelige Gestalt von Kriminalrat Klaus Rösner in der Türfüllung ab.

»Weitermachen, meine Herren. Oh, Verzeihung, ich meine natürlich, meine Damen und Herren. Ich werde mich nur auf den neuesten Stand bringen lassen, bevor ich wieder verschwinde.«

Nachdem er seinen Platz neben Peter Liebig gefunden hatte, konnte dieser endlich die Runde eröffnen.

»Ich denke, dass wir alle am Tisch mittlerweile davon überzeugt sind, dass wir es in den vorliegenden Fällen der vermissten Mädchen mit einem Gewaltverbrechen zu tun haben. Obwohl wir bisher noch keine von ihnen gefunden haben, bedeutet das nicht zwangsläufig, dass sie noch leben. Das würde ja bedeuten, dass sie von einem Täter gefangen gehalten würden. Da wir mittlerweile über sechs Opfer sprechen, die von der Bildfläche verschwanden, suchen wir nach einem Serientäter. Ich spreche bewusst von einem Serientäter, da ich verschiedene Einzeltäter ausschließen würde. Dass dieser Täter vermutlich unter einer Psychose leidet, dürfte die Tatsache untermauern, dass alle Opfer eine beeindruckende Ähnlichkeit aufweisen. Nur in diesem Bereich finden wir vorerst Ansätze für weitere Ermittlungen. Das kann kein Zufall sein. Unsere Aufgabe wird es primär sein, herauszufinden, was den Täter mit Frauen oder Mädchen mit diesen äußeren Merkmalen verbindet.

Ich sprach gestern kurz mit Dr. Afarid, der fest davon überzeugt ist, dass es im Leben des Täters jemanden gegeben haben muss, der dem Bild dieser Mädchen entsprach. Ob Freundin, Schwester, Mutter oder Nachbarin – wir wissen es nicht. Es ist die Suche nach der Stecknadel im Heuhaufen. Er befürchtet, dass dieser Psychopath nicht aufhören wird. Er sagt, wer schon sechs Opfer getötet hat, entwickelt eine Sucht und Routine darin. Der hält sich irgendwann für unbesiegbar und genießt seine Macht. Was den meisten von ihnen anhaftet, ist ein ausgeprägter Hang zum Narzissmus. Sie sind Herr über Leben und Tod, was sie ausgiebig an den Opfern beweisen wollen. Sie alle, liebe Kollegen, haben so wie ich erleben müssen, zu welchen Exzessen diese Wahnsinnigen fähig sind. Meine eigene Erfahrung innerhalb der Familie kann ich in dem Zusammenhang nicht vergessen.

Ich weiß, dass wir bei null beginnen müssen. Der Täter hat bisher nicht die geringste Spur hinterlassen. Ob die männliche Person in dem Café überhaupt in dem Zusammenhang gesehen werden darf, müssen weitere Recherchen ergeben. Wir alle müssen auf ein Wunder oder auf den ersten Fehler dieser Bestie hoffen. Bis es so weit ist, möchte ich euch bitten, alle Ergebnisse der Befragungen in dem Umfeld der bisherigen Opfer in das System einzugeben. Der Fragenkatalog wurde bereits hinterlegt, sodass ihr nur die Antworten ergänzt. Das System gleicht Gemeinsamkeiten automatisch ab.«

Rita schnippte wie eine Schülerin mit den Fingern und bat um Aufmerksamkeit.

»Ich sagte ja schon gestern, dass ich den Gesuchten hier in Essen vermute, da die vermissten Mädchen um uns herum ansässig waren. Was hältst du, ich meine natürlich, was halten Sie, Herr Liebig davon, dass wir diese Gesichter in den Computer des BKA eingeben und nach weiteren möglichen Opfern suchen lassen? Wer sagt, dass es der Täter nicht schon woanders in der Republik getrieben hat?«

Erst jetzt wurde sie sich des Versprechers bewusst, versuchte, ihre Verlegenheitsröte hinter einer vorgehaltenen Hand zu verbergen. Alle Blicke richteten sich plötzlich auf Kriminalrat Rösner, der die ihm geltende Aufmerksamkeit nicht zuordnen konnte. Irritiert sah er in die Runde.

»Natürlich, sehr guter Vorschlag, Frau Momsen. Das machen Sie bitte so. Und halten Sie mich weiter auf dem

Laufenden. Ich denke, dass ich mich jetzt aus der Runde zurückziehen kann. Die Pflicht ruft.«

Jeder wusste, was der Chef damit andeutete, als er mit dem Zeigefinger zur Decke wies und die Augen verdrehte. Als er den Raum verlassen hatte, ging ein allgemeines Aufatmen durch die Runde und Rita legte die Stirn auf die Tischplatte, begleitet von einem befreienden *Scheiße*. Peter Liebig ging nicht weiter auf den Fauxpas ein und verabschiedete die Männer. Rita blieb sitzen, da sie wusste, dass der Vorfall noch nicht erledigt sein konnte.

»Was ist los mit dir, Rita? Hast du nichts zu tun?«

»Jetzt tu bitte nicht so, als wäre nichts passiert, Peter. Es tut mir leid, dass es mir rausgerutscht ist. Passiert nie mehr wieder. Versprochen. Aber es ist auch nicht einfach, immer so zu tun, als ob wir nur Kollegen wären.«

»Ich weiß es. Ich werde das auch in der nächsten Zeit mit Rösner regeln müssen. Doch im Augenblick müssen wir unsere privaten Angelegenheiten etwas zurückstellen. Ich werde das Gefühl einfach nicht los, als würde die Zeit uns im Nacken sitzen und die Möglichkeit besteht, dass zumindest das letzte Opfer noch eine reelle Chance hat, am Leben zu sein. Frage mich bitte nicht, woran ich das festmache – es ist mein Bauch. Du kennst das bei mir. Der Täter holt sich seine Opfer in größeren Abständen. Das könnte im günstigsten Fall bedeuten, dass er sie nicht sofort tötet, sondern dass er sich eine Weile mit ihnen beschäftigt. Was das auch immer für die Frauen oder Mädchen bedeuten mag. Manchmal wäre es besser für sie, er würde sie sofort töten.«

Was Liebig genau damit andeuten wollte, wusste Rita. Sie war nur in diesem Augenblick dankbar dafür, ohne Anschiss aus dem Dilemma herausgekommen zu sein. Sie holte Peter Liebig ein und hielt ihn am Arm zurück.

»Hättest du etwas dagegen, wenn ich eine Sammlung der DNA von allen bisherigen Opfern im System anlege?«

»Was versprichst du dir davon? Glaubst du vielleicht, dass sie möglicherweise um dreizehn Ecken miteinander verwandt sind? Das ist absurd, Rita.«

»Nein, aber falls wir irgendwann, irgendwo eine von ihnen finden, können wir viel schneller reagieren und zuordnen. Wäre ja nur eine kleine Hilfe später einmal.«

Rita wertete das stumme Nicken ihres Chefs und Geliebten als Zustimmung. Sie konnten beide nicht ahnen, wie schnell sich Ritas Vorhaben als nützlich erweisen würde.

13

Liebig sah irritiert von seinem Bildschirm auf, auf dem er die bisherigen Berichte der Befragungen im Familienkreis der Opfer studierte. Er sah Spiekermann auf sein Büro zulaufen. Alle Mitarbeiter im Großraumbüro befanden sich in heller Aufregung. Ungewöhnlich heftig riss Spiekermann die Tür seines Chefs auf, der zwar darauf vorbereitet war, dennoch von der Aufregung seines Stellvertreters überrascht wurde.

»Wir haben wohl endlich eine Spur, Chef.« Er wollte sich schon wieder abwenden, als er noch hinzufügte: »Die Wasserschutzpolizei hat gerade eine Meldung rausgegeben, dass man am Mülheimer Wehr in der Nähe der Florabrücke diverse Leichenteile am Ufer gefunden hat. Die sind wohl im Laufe der Nacht dort angespült worden.«

Spiekermann drehte sich wieder ab, wurde aber von Liebigs Rückfrage aufgehalten.

»Was macht Sie so sicher, dass es mit unserem Fall im Zusammenhang stehen könnte? Das ist weit weg.«

»Entschuldigung, ich vergaß zu erwähnen, dass es sich zumindest um eine Leiche handelt, die erstens recht frisch ist und außerdem blondes langes Haar besitzt. Das sollten wir uns ansehen. Soll ich Dr. Schiller anrufen?«

Liebig überlegte nur einen kurzen Moment.

»Die Kollegen werden zwar ihre eigenen Leute vor Ort haben, schaden kann es jedoch nicht, wenn wir diesen Fuchs dabeihaben. Sagen Sie ihm, dass ich ihn in etwa zwanzig Minuten am Klinikum abhole. Wir fahren zusammen dahin. Rita, Sie und ich. Ich glaube, ich weiß, wo das ist. Liegt, so glaube ich, an der Mendener Straße. Kurz dahinter steht ein Snack – wenn ich mich recht erinnere, heißt der *Tomate*. Dann wollen wir mal schauen, ob der Täter uns seinen Nachlass serviert hat.«

Vorsorglich hatte die örtliche Polizei das Gebiet um das Wehr und die Florabrücke weiträumig abgesperrt, sodass die Essener Gruppe nicht lange suchen musste. Über die Fundstücke hatte man vorsorglich Planen gelegt, da etliche Pressefotografen Wind von der Sache bekommen hatten und mit Teleobjektiven am Ufer lauerten. Hauptkommissar Hellermann, den Liebig noch aus einem früheren gemeinsamen Fall recht gut kannte, wartete bereits zwischen den Leuten der Spurensicherung. Der kleine, aber stämmige Mann, der durch seinen strengen Blick und den exakten Igelschnitt an einen amerikanischen GI denken ließ, ergriff Liebigs Hand und zog ihn zur Fundstelle. Für einen Augenblick unterbrachen die Leute der Spurensicherung ihre Arbeit und traten zurück. Während Peter Liebig dem Bericht des Kollegen lauschte, machte sich Dr. Schiller an die Arbeit.

»Kein schöner Anblick, Peter. Die Kollegen der Spurensicherung behaupten, dass es sich mit Sicherheit um Knochenreste von mindestens drei verschiedenen Opfern handelt. Eine Frau ist sogar noch komplett und noch gar nicht so lange tot. Allerdings soll der Tod schon weit vor dem Zeitpunkt eingetreten sein, bevor sie ins Wasser geworfen wurde.«

»Das kann ich definitiv bestätigen, meine Herren«, meldete sich Dr. Schiller, der die Leiche untersuchte, die noch vollständig war. »Die Frau, besser gesagt, das Mädchen lag maximal sechzehn bis zwanzig Stunden im Wasser. Wäre sie ertrunken und länger im Wasser gewesen, fänden wir jetzt rote bis blauviolette Totenflecken am Kopf im Bereich der Hypostase. Tatsächlich sind sie aber auf der gesamten Rückseite der Toten zu finden. Das zeigt deutlich, dass sie nach der Tötung auf dem Rücken lag. Außerdem ist die typische Waschhaut erst in der Hohlhand ausgebildet. Wir sprechen dabei von einer Waschfrauenhand.«

Hellermann zog anerkennend eine Augenbraue hoch und richtete eine Frage an den Rechtsmediziner.

»Was meinen Sie? Hat man die Leichen in unmittelbarer Nähe in die Ruhr entsorgt?«

»Was diese Frau betrifft, möchte ich mich schon jetzt fast festlegen. Ich kann am Körper des Mädchens etliche Schnitte erkennen, die gerade und mit einer scharfen Klinge durchgeführt worden sind. Allerdings finde ich auch Schürfwunden, die mit großer Wahrscheinlichkeit post mortem entstanden sind. Und das führe ich darauf zurück, dass der Körper über eine längere Strecke durch die Strömung getragen wurde und immer wieder an Steinen oder Sträuchern angestoßen ist. Zumindest dieses Opfer hat eine längere Reise hinter sich. Genaues kann man erst seriös darstellen, wenn die Frau auf dem Tisch liegt.«

Peter Liebig war der Diskussion mit großem Interesse gefolgt und sah nun seine Chance, den Fall nach Essen ziehen zu können.

»Hör zu, Holger. Könntest du damit leben, wenn wir unter der Überschrift *Leichenteile aus Essen in Mülheim angespült*, den Fall übernehmen? Was natürlich bedeutet, dass die forensische Untersuchung dann auch bei uns durchgeführt würde. In mir keimt der Verdacht, dass es sich um eine Frau handeln könnte, die bei uns als vermisst gilt. Es dürfte auch bei euch bekannt sein, dass wir einen Serienmörder dahinter vermuten. Du wirst natürlich auf dem Laufenden gehalten und es wird eine enge Zusammenarbeit garantiert. Übrigens führen wir in unserer Liste auch mindestens ein Mädchen, das vor vielen Monaten in Mülheim als vermisst gemeldet wurde. Wenn ich mir den Knochenberg neben der Leiche anschaue, liegt die Vermutung nahe, dass es sich dabei um Opfer des gleichen Täters handeln könnte. Ich schicke dir eine Nachricht, wie das Mädchen heißt und ...«

Hinter sich vernahm Peter Liebig die vertraute Stimme von Rita, die seinen Satz vervollständigte.

»... bitten Sie darum, uns eine DNA von Carola Schubert zu besorgen. So heißt das vermisste Mädel. Das kann uns bei einem DNA-Abgleich sehr wichtig sein.«

Holger Hellermann sah irritiert von einem zum anderen, bis Liebig Klarheit schaffte. Er zog Rita am Ärmel näher heran und informierte den Kollegen.

»Darf ich dir unseren Neuzugang vorstellen, der zwar verdammt clever ist, aber noch lernen muss, sich in manchen Situationen etwas zurückzunehmen. Das ist die Kommissarin Rita Momsen.«

Zum ersten Mal an diesem Tag rang der Mülheimer Kollege seinem Gesicht die Spur eines Lächelns ab.

»Über die Cleverness vermag ich mir kein Urteil erlauben, aber zumindest kannst du jetzt jemanden ins Rennen schicken, wenn es um die Wahl der hübschesten Mitarbeiterin im hiesigen Polizeidienst gehen sollte.«

Sein Lächeln vertiefte sich, als er die Verlegenheitsröte in Ritas Gesicht bemerkte.

»Willkommen im Polizeidienst, schöne Frau. Doch jetzt wieder zur Sache. Ich werde noch heute jemanden zur Familie Schubert schicken, um einen Gegenstand des Mädels zu besorgen. Und den Transport ins Klinikum organisiere ich ebenfalls. Die Jungs suchen übrigens noch das Ufer und das Wehr weiter ab. Wir vermuten noch weitere Körperteile in der Gegend. Ich beneide euch nicht um den Fall. Wenn ich mir dieses Mädchen ansehe, wage ich mir nicht vorzustellen, was sie erleiden musste, bevor sie erlöst wurde. Diese widerlichen Bestien werden immer wieder neu erschaffen und sie leben mitten unter uns. Scheiße. Was hat sich Gott dabei gedacht, als er solche Monster schuf?«

Dr. Schiller stemmte sich mit schmerzverzerrtem Gesicht vom Boden hoch. Seine Arthrose machte ihm in den letzten Tagen wieder sehr zu schaffen. Er mochte die kalte Jahreszeit nicht. Doch seine Meinung zu Hellermanns Fluch hielt er nicht zurück.

»Daran können wir Gott nicht die Schuld geben. Diese Monster schaffen wir Menschen uns selbst. Das hätte der Herr im Himmel nicht gewollt. Der Satan sitzt tief in unserem Inneren. Es bedarf häufig nur eines geringen Anlasses, um ihn an die Oberfläche zu befördern. Die Schwachen überwältigt er als Erste, die dann über uns herfallen.«

Schiller bewegte sich mit müden Schritten zurück zum Wagen und ließ sich auf den Rücksitz fallen.

»Ziemlich verbittert, euer Doktor. Hat vielleicht ein paar Leichen zu viel geöffnet«, dachte Hellermann laut.

»Zumindest eine war dabei, auf die er gerne verzichtet hätte, Holger. Es war vor Wochen seine eigene Frau. Du wirst bestimmt von dem Fall in Essen gehört haben, bei dem es um einen Polizistenmörder ging. Du wirst nun sicher besser seine Äußerung verstehen. Ich danke dir schon jetzt für deine Hilfe und werde dich später informieren. Wir hauen ab und hoffen, dass ihr nicht noch weitere Leichen an Land befördert.«

Peter Liebig wurde das Gefühl nicht los, als wäre Rita in der letzten Viertelstunde um einige Zentimeter gewachsen. Er beneidete Spiekermann, der sich angeregt mit ihr austauschen und ihre Nähe spüren durfte.

14

Dr. Schiller schrak hoch, als die Tür zum Untersuchungsraum von Hauptkommissar Liebig aufgestoßen wurde, in dessen Schatten auch Rita Momsen auftauchte. Er rückte den Mundschutz zurecht und richtete seine volle Aufmerksamkeit wieder auf die Skelettteile, die er wie bei einem Puzzle auf verschiedenen Tischen zusammengefügt hatte.

»Ich hatte völlig Ihr Klopfen überhört, Herr Hauptkommissar. Kommen Sie ruhig herein und setzen Sie sich an einen der freien Tische. Der Kellner kommt gleich und fragt nach Ihren Wünschen.«

Peter Liebig zeigte zum ersten Mal an diesem Tag ein Lächeln und stieß mit dem Fingerknöchel vor eine imaginäre Tür: »Klopf, klopf. Dürfen wir eintreten? Was ist dem Herrn Professor denn heute über die Leber gelaufen? Wurde Ihnen der Nobelpreis für Medizin schon wieder vorenthalten?«

»Lass deine Witze, ich bin heute wirklich nicht zu Scherzen aufgelegt, Peter. Das ist eine beschissene Arbeit. Seit Stunden bin ich damit beschäftigt, die einzelnen Knochen der ehemaligen Besitzerin zuzuordnen. Da fehlen noch etliche Teile, die der Fluss wohl niemals wieder freigeben wird. Die werden sich wohl entlang des Flusslaufes verfangen haben. Ich stelle mir gerade die Gesichter von

Anglern vor, die Oberschenkelknochen am Haken vorfinden. Aber so allmählich wird das was.«

»Kannst du uns denn schon was Verwertbares für weitere Ermittlungen mitgeben?«, wollte Liebig wissen.

»Die wichtigste Erkenntnis bisher – wir haben es durchweg mit jungen Frauen zu tun. Ein einzelner Knochen lässt sich allerdings nicht zuordnen und könnte zu einer weiteren Leiche gehören. Da bin ich mir allerdings sicher, dass dieser Tote schon Jahre im Wasser lag. Doch zurück zu den vier Mädchen.«

Rita schob sich an ihrem Chef vorbei und betrachtete den einzelnen Knochen, den Schiller beiseitegelegt hatte.

»Wie haben Sie erkannt, dass der Knochen schon länger im Wasser liegt? Für mich ist kein Unterschied erkennbar.«

»Dazu bedarf es auch einer großen Erfahrung, meine Schönheit. Schauen Sie besonders auf diesen Bereich. Im Unterschied zu den anderen Knochenteilen hat sich hier bereits ein Algenrasen ausgebildet. Der entsteht erst nach einigen Tagen im Wasser. Später werde ich anhand einer Tabelle feststellen können, wie lange der Knochen im Wasser lag. Diese Skelettteile hier,« Schiller zeigte auf die Mädchenteile, »enthalten noch keinen solchen Algenrasen. Dafür finde ich aber Moosspuren, die im Wasser so nicht vorkommen. Eine genaue Analyse werden wir dazu anstellen. Diese Moose wachsen in der Regel in Gegenden oder geschlossenen Räumen, die über eine erhöhte Grundfeuchte verfügen und benötigen nur wenig Licht zum Wachsen.«

»Das grenzt die Möglichkeiten für einen Tatort auch nicht besonders ein, wenn wir bedenken, wie waldreich die Gegend ist und dass wir einen regnerischen Herbst haben.«

91

Liebig trat sichtlich unzufrieden näher an den Tisch heran. Er wies auf verschiedene Einkerbungen an den Knochen.

»Könnten das hier Schnitte sein? Das wirkt auf mich wie Stich- oder Schnittverletzungen.«

»Sehr gut beobachtet. Das sind in der Tat Verletzungen, die dem Opfer wahrscheinlich mit einem äußerst spitzen und scharfen Gegenstand zugefügt wurden. Ich tippe mal ganz mutig auf ein Stilett. Die gleichen Verletzungen stellen wir bei dem Opfer fest, das noch relativ vollständig auf dem Tisch dort hinten liegt.« Dr. Schiller wies hinter sich, wo mehrere Tische besetzt waren. »Der Täter steht auf lang-samen und quälenden Todeskampf. Ein Psychopath mit sehr abnormen Liebhabereien. Nun ja, ansonsten wäre er ja auch keiner. Es ist schade, dass sämtliche Hinweise, damit meine ich zum Beispiel Erdspuren vom Flusswasser komplett abge-spült wurden. Wir versuchen noch, im Labor Hinweise zu extrahieren, die sich möglicherweise in den Moosgeflechten und unter den Fingernägeln verbergen.«

»Können wir auch bald die DNA der Opfer bekommen? Die der vermissten Mädchen sollten bald vollständig bei uns vorliegen. Auch wenn wir dieses Dreckschwein noch nicht haben, bekämen zumindest die Angehörigen Gewissheit. Es wäre zwar eine schreckliche Wahrheit, aber sie können später ihre Töchter in allen Ehren beisetzen. Die Ungewiss-heit ist doch furchtbar.«

Liebig sah sich danach im Raum um und wandte sich wieder an den Freund.

»Ich erinnere mich noch gut an Zeiten, als man in diesen unwirtlichen Gemäuern noch Kaffee angeboten bekam. Wurden diese guten Sitten nun verbannt?«

Dr. Schiller zog seinen Mundschutz herunter, sodass Liebig sein Grinsen deutlich sehen konnte.

»Diese Höllenmaschine ist gestern fast explodiert, als wir den Morgenkaffee aufsetzen wollten. Heute habe ich mir welchen aus der eigenen Küche in der Thermoskanne mitgebracht. Ich hoffe, dass die neue Maschine morgen eintrifft. Die Jauche, die ich zubereitet habe, ist ungenießbar. Als Maria noch lebte, war das anders. Die hatte ein Händchen für dieses Gesöff.«

Peter Liebig beeilte sich, das Thema zu wechseln, bevor sein väterlicher Freund wieder zu tief in die Trauer um seine ermordete Frau eintauchte. Er verstand es recht gut, die Trauer vor anderen zu verbergen, doch kannte man sich lange genug, um das Innere des anderen zu spüren.

»Bist du denn mit dem anderen Mädchen durch und kannst uns was in die Hand geben? Du weißt ja, dass der möglicherweise schon ein neues Opfer in der Gewalt hat. Gehen wir mal davon aus, dass es sich tatsächlich um die vermissten Mädchen handelt. Mir ist noch nicht so richtig klar, warum sich dieser Irre die Opfer erst sammelt, um sie plötzlich in einer Aktion zu entsorgen. Panik? Haben Nachbarn sich über den Geruch beschwert? Fehlte ihm der Platz? Der muss doch damit rechnen, dass wir die Opfer relativ schnell finden werden. Dann muss er auch einkalkulieren, dass wir intensiv nach Spuren suchen werden. Ich hätte die Beweise meiner Taten doch eher begraben, verbrannt oder in Säure aufgelöst. Das passt nicht zu seiner sonstigen Vorgehensweise. Er arbeitet jahrelang, ohne Spuren zu hinterlassen. Und jetzt auf einmal dieses dilettantische Verhalten.«

»Könnte es sein, dass er uns auf eine falsche Spur lenken will? Schon seit der Vermutung, dass es sich hier um die gesuchten Mädchen handeln könnte, mache ich mir Gedanken darüber, was der Zweck des Tuns sein kann.«

Rita konnte sich nicht länger zurückhalten und beteiligte sich an den Überlegungen.

»Hast du mir nicht selbst mal erzählt, dass solche Typen oft an ihrer Selbstsucht, an der verfluchten Eitelkeit scheitern und auf sich aufmerksam machen wollen? Es ist doch schließlich so, dass die Mädchen bisher lediglich als vermisst galten. Niemand sprach bisher von einem Gewaltverbrechen – nicht einmal von einer Entführung. Das muss diesen Narzissten doch wahnsinnig wurmen. Keiner nimmt Notiz von seinen Taten. Er bemüht sich zwar, sie bisher perfekt zu tarnen, doch der Ruhm für seine genialen Taten bleibt im Grunde aus. Niemand bringt ihm auch nur eine Spur von Wertschätzung entgegen. Will er lediglich auf sich aufmerksam machen?«

Schiller und Liebig tauschten vielsagende Blicke, bis der Doktor schließlich das Wort ergriff.

»Ich habe es schon vor Monaten gesagt: Schick die Kleine weiter zur Schule. Das wird mal eine brillante Profilerin. Das, was sie gerade sagte, kann ohne Weiteres zutreffen. Wir haben den Mistkerl mit Nichtachtung belegt. Das stinkt ihm gewaltig. Jetzt will er auch mal in die erste Reihe und in der Presse erwähnt werden. Gönn ihm den Triumph, Peter. Du solltest nur darauf achten, dass wir keine Panik in der Bevölkerung auslösen. Du weißt, wie schnell die Bürger den Spieß umdrehen und der Täter in den Hintergrund tritt. Stattdessen wird die Polizei ans Kreuz genagelt, weil sie so was zulässt oder zu unfähig ist, die Gesellschaft vor den Wahnsinnigen zu schützen. Jetzt heißt es für euch, eine passende Strategie zu entwerfen. Holt euch Dr. Afarid an den Tisch. Der weiß bestimmt Rat und beschreibt euch den Täter etwas genauer.«

Der Rechtsmediziner wollte sich schon abdrehen, als ihm noch etwas einfiel.

»Ach, bevor ich es vergesse. Vergraben der Leichen bringt ihm nicht besonders viel, da die Gefahr besteht, dass die Körper erst viel später oder nie gefunden werden. Das würde ihm nichts an Ruhm und Ehre einbringen. Und zum Thema *in Säure auflösen*: Da kursieren immer wieder Gerüchte. Aber einen menschlichen Körper vollständig aufzulösen, ist faktisch kaum machbar. Das dauert sehr lange und gelingt trotzdem nicht völlig, da sich Fettschichten und Proteine schützend um Teile des Körpers legen. Du musst schon sehr lange rühren, um das dauerhaft zu vermeiden.

Aber noch etwas anderes. Bei der frischen Leiche habe ich festgestellt, dass die Stichkanäle fast alle verschiedene Winkel aufzeigen. Ihr müsst euch das so vorstellen. Wenn ein Mörder dir mehrere Stiche mit dem Messer zufügt, befindet er sich in einer bestimmten Position zum Opfer. Also werden die Bewegungen in eine Richtung geführt. Hier ist das aber anders. Die Stiche erfolgten mal von oben nach unten, aber auch von verschiedenen Seiten. Das beweist klar, dass die Wunden zu unterschiedlichen Zeitpunkten zugefügt wurden. Ich tippe auf bewusste Folter über einen längeren Zeitraum. So, macht damit, was ihr wollt. Ich gehe wieder an mein Puzzle und frage nach den Ergebnissen aus dem Labor.«

Rita befand sich mit Peter Liebig schon auf dem Weg ins Büro, als sie wieder Worte fand.

»Ich denke die ganze Zeit daran, was diese Frauen mitgemacht haben, bevor sie erlöst wurden. Menschen können so unendlich grausam sein.«

»Ich zweifle daran, dass das noch menschliche Wesen sind. Da steckt schon längst der Satan drin und bestimmt ihr Tun«, ergänzte Liebig.

15

Helga Körner hatte es immer wieder versucht, den Blutstau in den Handgelenken wegzumassieren, was ihr aber nur ansatzweise gelang. Der Spielraum, den ihr die an der Wand befestigten Fesseln ließen, war bescheiden. Nur wenn sie sich stellte, gelang es ihr, die Hände zusammenzubringen. Doch sie gab nicht auf, da sie wusste, dass ihr Leben davon abhängen konnte, falls ihr gelang, sich zu befreien. Viel mehr beschäftigte sie der Gedanke an eine Blutvergiftung, die in diesem Umfeld mit Ungeziefer und Rattenkot vorprogrammiert war. Wieder einmal ließ sie sich erschöpft auf die Matratze fallen, als sie hochschrak. Mittlerweile kannte sie diesen Schritt des Killers, der kurz vor dem Eingang immer einen Sprung machte. Wahrscheinlich befand sich dort eine Stufe oder ein anderes Hindernis. Ohne dass sie es verhindern konnte, kam das Zittern zurück, das ihre tief sitzende Angst vor weiteren Folterungen auslöste. Da es draußen schon dunkle Nacht war, konnte sie den Besucher nur an der Kontur ausmachen. Diese Bestie hatte es sich angewöhnt, in der Türöffnung eine Weile stehen zu bleiben, als würde er wittern, ob für ihn eine Gefahr bestünde. Da war sie wieder, diese sanfte Plauderstimme, die den Teil des Mannes ausmachte, den Helga so schwer einschätzen konnte. Ihr war der hilflose Junge lieber, der in ihm schlummerte und den sie in gewisser Weise lenken konnte.

»Hast du schon auf mich gewartet? Bestimmt hast du das.« Das Biest kam näher, sodass Helga sogar seine Körperwärme spüren konnte. Es tat ihr gut, da die herbstlichen Temperaturen ihr bereits stark zugesetzt hatten. »Du solltest duschen, mein Täubchen – du riechst unangenehm. Aber alles zu seiner Zeit. Erst solltest du dich stärken. Es beginnt bald die Adventszeit und es duftet überall nach Plätzchen und Glühwein. Stell dir vor, ich habe dir Krapfen mitgebracht. Riechst du es schon? Doch vorher musst du trinken. Der Orangensaft wird dir guttun, dir Kraft geben. Mach den Mund auf.«

Helga wusste nicht, aus welcher Richtung ihr das Getränk gereicht werden sollte. Ihr Mund blieb geschlossen.

»Du sollst deinen verdammten Mund öffnen, du dreckige Schlampe! Mach ihn endlich auf, bevor ich dir ein Loch in den Bauch schneide und das Gesöff direkt in den Magen schütte. Glaubst du wirklich, dass ich dich verdursten lasse? Nein, nein, du sollst lange leben. Also?«

Helga blieb fast das Herz stehen, als ihr dieser Zornesausbruch entgegenschlug. Das Geschrei musste normalerweise meilenweit zu hören gewesen sein. Irgendwer sollte sie doch hören und Hilfe holen. Ohne zu wissen, was nun passieren würde, öffnete sie den Mund und spürte den Schwall an Saft in den Rachen fließen, was einen heftigen Hustenreiz zur Folge hatte. Kaum hatte sie sich beruhigt, befand sich die Öffnung des Saftpäckchens wieder an ihren Lippen. Nun trank sie vorsichtig in kleinen Schlucken und war dem Mann sogar dankbar für dieses kraftspendende Getränk. Seine

Hand griff nach ihrer und drückte ihr etwas ungeheuer Gutriechendes zwischen die Finger. Da waren sie, die versprochenen Krapfen. Sie spürte das Zögern bei ihrem Peiniger, als sie gewohnheitsgemäß ein *Danke* aussprach. Kurz darauf reichte er ihr ein zweites Gebäckstück. Helga kam eine spontane Idee, über die sie gar nicht lange nachdachte, sondern sie in die Tat umsetzte.

»Es war so gut, mein kleiner Junge – so gut. Mama ist so dankbar dafür. Zu Weihnachten werden wir es uns wieder schön gemütlich machen. Wünschst du dir etwas Besonderes zum Essen? Ich habe an Ente mit Klößen gedacht. Die liebst du doch über alles.«

Eine lange Pause entstand, in der Helga glaubte, einen großen Fehler gemacht zu haben. Dennoch wartete sie geduldig ab, wie und ob überhaupt eine Reaktion von ihm kam. Mit einem Hüsteln begann etwas, was Helga sich niemals hätte vorstellen können. Der Teufel reagierte tatsächlich mit einer völlig veränderten Stimme.

»Ich will keine Ente, Mama. Kannst du nicht wieder deinen Sauerbraten machen, so wie früher? Und später dann den Vanillepudding mit Zimt und Zucker. Das wäre schön.«

Es war Helga gelungen, durch diesen Versuch das andere Ich, das des Kindes anzusprechen. Sie hoffte, damit Zeit zu gewinnen und möglicherweise einer schlimmen Folter zu entgehen. Nun hieß es für sie, das Spiel in den eigenen Händen zu behalten, um das Kind zu manipulieren, es zu lenken.

»Wen sollen wir denn zum Fest einladen? Papa wird bestimmt glücklich darüber sein, wenn die Familie auch kommt.«

Mit der heftigen Reaktion hatte Helga nicht gerechnet und sie riss die Arme hoch, als sie die kräftigen Hände des Mannes an ihrem Hals spürte. Sie rang nach Luft und nach Worten.

»Nein, nein, Mama. Papa darf nicht bei uns sein. Er soll bei seinen Freunden bleiben. Ich will nicht, dass er uns wieder wehtut. Und Onkel Thomas laden wir auch nicht ein. Nicht Onkel Thomas. Weißt du noch, was er letztes Jahr mit mir und Joel getan hat? Ich will seine Spielzeugautos nicht. Die finde ich doof. Mama, lass uns alleine, nur mit Joel feiern. Er wird das auch so wollen. Bitte, bitte.«

»Aber sicher, mein Schatz, so machen wir das. Nur du, Joel und ich. Das wird bestimmt lustig. Ich muss mir nur was einfallen lassen, was ich euch beiden schenken soll. Hast du eine Idee?«

Längst hatte sich Helgas Peiniger wie ein kleiner Junge zu ihren Füßen auf der Matratze niedergelassen und schien zu seiner imaginären Mutter hochzuschauen. Sie vernahm lediglich sein schnelles Atmen. Eine Atmosphäre entstand, als würden sich wirklich zwei sehr vertraute Personen über die nahe Zukunft austauschen. Helga zog die Hand wieder zurück, die sie dem Jungen vor sich auf das Haar legen wollte, zumal es die Fesselung auch nur beschränkt zuließ. Zu sehr hatte sie sich bereits in die Rolle hineingelebt, die sie zu ihrem eigenen Schutz vorspielte.

Was tue ich gerade? Dieser Mörder verdient kein Mitleid, keine Empathie – ich hasse ihn für das, was er mir und den anderen Mädchen angetan hat. Zur Hölle mit ihm.

Trotz ihrer schlimmen Gedanken hörte sie sich zu ihrem Entsetzen fragen: »Du hast mir gesagt, dass Onkel Thomas nicht eingeladen werden soll. Er hat dir doch so schöne Sachen geschenkt. Du solltest dankbar dafür sein. Außerdem war er immer nett zu dir. Überleg es dir noch mal.«

Erschreckend schnell zuckte er zurück. Mittlerweile wusste Helga schon nicht mehr, wie sie das Wesen vor ihren Füßen einordnen sollte. Es schien sich um eine gespaltene Persönlichkeit zu handeln, die Helga mit ihrem einfach geprägten Denken nicht einzusortieren vermochte. Es war mal Mann, mal Kind – auf jeden Fall musste der Teufel seine Hand im Spiel haben. Kein normaler Mensch war zu solch grausamen Taten fähig. Helga spürte, dass die Augen dieses Wesens auf ihr Gesicht gerichtet waren, als pure Angst und Unsicherheit in der Stimme sie lähmte, die Luft anhalten ließ.

»Ich will Papa auch nicht dabeihaben. Der hat zugesehen, wie Onkel Thomas es machte. Ich habe mich so geschämt.«

»Wovon sprichst du? Was soll Onkel Thomas getan haben? Du hast mir nie davon erzählt.«

Helga Körner musste sich beherrschen, um ihr Bein nicht zurückzuziehen, als es dieses seltsame Wesen umklammerte, als wollte es Schutz, einen Halt bei ihr suchen. Sie erinnerte sich im letzten Moment daran, dass sie in diesem irrational wirkenden Augenblick seine Mutter darstellte. Wollte sie nicht seinem Wahnsinn ausgeliefert werden, war sie gezwungen, die Rolle weiterzuspielen. Wohin das führen würde, war ihr völlig unklar. Tränen liefen an ihrer Wade entlang, die dieses Kind gerade weinte. Großer, befreiender Schmerz schien sich in der Gestalt unter ihr auszubreiten.

Was tue ich hier gerade, lieber Gott? Es kann doch nur ein Traum, eine Wahnvorstellung von mir sein. So etwas gibt es nicht in der Realität. Lass mich wieder zu Hause in meinem Bett aufwachen. Es ist genug. Das halte ich nicht länger aus.

Statt Gottes Erklärung drangen die klagenden Worte eines kleinen Jungen an ihr Ohr. Helga drückte beide Fäuste auf die Ohren und schloss verzweifelt die Augen. Wie in ihrer Kindheit versuchte sie, das Schreckliche mit diesen Gesten auszusperren. Es gelang ihr auch heute nicht. Die Wahrheit trommelte wie ein Gewitter an ihre Ohren, drang in ihr Bewusstsein und verursachte ein Zittern.

»Papa hat mich festgehalten, wenn Onkel Thomas es tat. Sie haben mir die Sachen vorher ausgezogen. Ich musste mich nackt vor ihn stellen. Dann haben sie mich gestreichelt – da unten. Immer und immer wieder. Ich wollte das aber nicht, weil der Pipimann ... er wurde plötzlich so groß. Papa hat mir seinen gezeigt. Der war noch viel größer. Und der von Onkel Thomas war riesig. Ich hatte Angst, weil sich das so komisch anfühlte.«

»Warum hast du nicht gesagt, dass du das nicht möchtest? Du hättest nach mir rufen sollen. Ich wäre bestimmt gekommen und hätte dir geholfen.«

Es war pure Verzweiflung, die ihn seine Antwort hinausschreien ließ: »Du warst nicht da, Mama. Keiner war da, der mir helfen konnte. Und Papa hat immer wieder gesagt, dass ich bald tolle Geschenke bekommen würde. Dann hat er auch Fotos gemacht von mir und Onkel Thomas. Ich bekam immer einen großen Geldschein, wenn ich ...«

An dieser Stelle stockte die Stimme und es war spürbar, wie schwer es dem Kind vor Helga fiel, das Unsägliche auszusprechen. »... wenn ich den Pipimann von Onkel Thomas in den Mund nahm. Er stöhnte dabei so stark, dass ich Angst bekam. Ich dachte, dass ich ihm wehtue. Aber wenn ich aufhören wollte, presste er meinen Kopf immer fest an sich. Manchmal bekam ich keine Luft, konnte kaum atmen. Ich hasste ihn dafür. Ich habe immer wieder gesagt, dass ich das nicht mehr möchte und dir alles erzählen würde. Aber Papa hat mir damit gedroht, dass ich dann in die Hölle kommen würde. Da kämen alle Kinder hin, die petzen. Stimmt das, Mama?«

Der Schock über das Gesagte wirkte bei Helga Körner dermaßen stark nach, dass sie zu einer spontanen Antwort nicht fähig war. Ihr Verstand versuchte derzeit zu verarbeiten, was sie an Ungeheuerlichem vor wenigen Augenblicken erfahren hatte. Wie konnte man so was einem Kind nur antun ... dem eigenen Kind sogar. Erst das heftige Zerren an ihrem Bein erinnerte Helga daran, dass ihr eine Frage gestellt worden war.

»Stimmt das, Mama? Sag es mir! Papa hab ich jetzt nicht mehr lieb.«

»Nein, mein Junge, das war nicht richtig von Papa. Wenn man seiner Mama davon erzählt, kommt man nicht in die Hölle. Das ist kein Petzen. Du darfst mir alles erzählen – immer.«

Alles hätte Helga in diesem Augenblick erwartet, nur nicht, den Aufschrei des Mannes, der ihr Todesangst einjagte. Nur kurz blitzte etwas auf, was sie Sekunden später als Messer erkennen musste. Die Stimme, die ihr mehr als jede andere Angst einflößte, war wieder im Dunkel des Raumes vorhanden. Laut und deutlich verkündete sie, was Helga zu erwarten hatte.

»Hast du mir die Show gerade wirklich abgenommen, du dumme Schlampe? Ich war gut, oder? Du hast wirklich versucht, mich mit deiner gespielten Mutterrolle zu verarschen. Ich werde dich dafür töten! Ganz langsam werde ich dich krepieren lassen.«

16

»Wohin so eilig, Reinder?«

Peter Liebig machte dem Kollegen der Soko Platz, als sich dieser eilig in den Aufzug schob, den Rita und er gerade verlassen wollten. Mit dem Fuß verhinderte er, dass sich die Fahrstuhltür schließen konnte.

»Ich will einem dubiosen Hinweis nachgehen, den wir gerade telefonisch erhielten. Ein Mann behauptet, dass er uns wichtige Details über eine Frau geben kann, die der gesuchten Helga Körner sehr ähnlich sieht. Ich will mir das mal vor Ort anhören, damit ich den Wahrheitsgehalt besser beurteilen kann. Willst du mitkommen?«

Peter Liebig überlegte nicht lange und schob Rita wieder zurück in den Aufzug.

»Ich nicht, aber nimm dir die Kollegin mit. Rita kann sicher helfen und lernt noch was dazu. Viel Erfolg bei der Befragung. Aber seht zu, dass ihr um sechzehn Uhr wieder zur Besprechung da seid. Ich habe Dr. Afarid eingeladen, damit er seine Einschätzung über das Profil des Mörders darstellt.«

Reinder stoppte den Golf vor einem Wohnblock, der sich gegenüber der Einfahrt zum Weltkulturerbe Zollverein befand. Beide Beamte warfen einen Blick zum markanten Doppelförderturm, der mittlerweile weltweit ein Wahrzeichen dieses imposanten Industriedenkmals geworden war. Rita suchte auf den vielen Klingelschildern nach dem Namen Hollstein, fand ihn auch sofort. Nachdem Reinder durch ein Nicken seine Bereitschaft angezeigt hatte, drückte Rita den Klingelknopf. Als sie schon ein zweites Mal drücken wollte, schallte eine knurrige Stimme aus der Sprechanlage.

»Jau, wer ist denn da?«

»Kriminalpolizei, Herr Hollstein. Sie hatten uns angerufen, da Sie etwas für uns ...«

Der Türdrücker ersparte Rita weitere Erklärungen. In der ersten Etage stand eine Wohnungstür offen. Aus der Diele erschallte die Einladung: »Kommt ruhig rein – ich bin inne Küche.« Den beiden Beamten schlug ein Schwall verbrauchter Luft entgegen, die vom Dunst eines scheinbar angebrannten Bratens durchzogen war. Topfgeklapper und ein wilder Fluch wiesen ihnen den Weg zur Küche. Dort hantierte ein schmalbrüstiger Mann im Rollstuhl vor der offen stehenden Backofentür mit dem Bratentopf. Den hatte er auf dem Glas der Tür abgestellt, während er immer wieder über die rechte Hand pustete, die er sich sehr wahrscheinlich am Topf verbrannt hatte.

»Dieser verfluchte Schweinebraten. Hab vergessen, Wasser nachzugießen. Jetzt ist dat beschissene Fleisch verbrannt. Könnt ihr mir mal helfen und den Topf auf die Spülablage stellen? Den Mist kann doch keiner mehr fressen.«

Geistesgegenwärtig schnappte sich Rita ein Abtrockentuch, hob den Bratentopf von der Backofentür und schaltete den Ofen aus. Reinder hatte in der Zwischenzeit das Fenster aufgerissen, nachdem er sich an dem Rollstuhl des Wohnungseigentümers vorbeigequetscht hatte. Rita besah sich den vermeintlichen Schaden genauer und konstatierte fachmännisch: »Halb so wild, Herr Hollstein. Ich kann Ihnen die angebrannte Kruste abschneiden. Da drin ist alles in Ordnung. Soll ich Ihnen die Kartoffeln anstellen? Das haben Sie offensichtlich vergessen.«

Das müde Nicken des Mannes, der sich allmählich wieder beruhigt hatte, nahm Rita als Bestätigung und drehte an dem passenden Knopf.

»So, Herr Hollstein. Hier scheint jetzt wieder alles in trockenen Tüchern zu sein. Während Ihr Essen weiter kocht, könnten wir uns vielleicht hier in der Küche mit Ihrer Aussage beschäftigen. Dürfen wir uns an den Tisch setzen?«

Wieder nur ein resigniertes Nicken. Reinder kam direkt auf den Punkt.

»Sie meinten am Telefon, dass Sie das Gesicht der Frau kennen, das Sie im Stadtspiegel gesehen haben. Sie meinten aber, dass es nicht die gesuchte Helga Körner sei, weswegen Sie uns anriefen. Wen glauben Sie denn, erkannt zu haben?«

Karl Hollstein riss seinen Blick los vom Hintern der immer noch werkelnden Rita und wechselte zu Reinder. Als wollte er die Müdigkeit verscheuchen, rieb er beide Hände über das Gesicht, wobei deutlich das Schaben des Dreitagebartes zu hören war. Geduldig wartete Reinder darauf, dass dieser hagere alte Mann endlich einen Ton zur Sache von sich gab.

»Die haben früher zwei Häuser weiter gewohnt. Da bin ich mir sicher. Der alte Kopmann war auch aufe Zeche und die Olle hat, dat erzählte man sich zumindest hier inne Nachbarschaft, angeschafft. Die is doch immer nachts losgejuckelt mit die Straßenbahn inne Innenstadt. Dat macht doch keine anständige Frau. Dann musste der Kerl immer auf dat Blag aufpassen, diesen Kai. Ja, ich glaube, der Kleene hieß Kai.«

»Und was hat das jetzt genau mit unserer gesuchten Person zu tun, Herr Hollstein?«, wollte Rita wissen, die sich mittlerweile einen Stuhl herangezogen und sich ebenfalls an den Tisch gesetzt hatte. Beide Hände des Mannes lagen flach auf der Tischplatte, so als wollte er einen Vortrag halten. Er schien ein wichtiges Detail mit Absicht zurückzuhalten und wollte bewusst Spannung aufbauen. Dann ließ er die vermeintliche Bombe endlich platzen. Vorher blickte er abwechselnd auf Rita und Reinder, wobei sich sein Grinsen auf seinem ansonsten hässlichen Gesicht ausbreitete.

»Die Ines sah genauso aus wie die – wie nanntet Ihr die Frau? Is egal. Die Ines war wie die andere aussem Gesicht geschnitten. Dat hätte die Mutter von der sein können. Na? Jetzt seid ihr platt, oder?«

Rita konnte nicht verhehlen, dass sie diese Tatsache schon irritierte. Sie spürte, dass auch der Kollege Reinder wild spekulierte, was diese Behauptung des Zeugen bedeuten könnte. Die erste Vermutung ging in die Richtung, dass die Frau ein zweites uneheliches Kind geboren hatte, von der die Nachbarschaft nichts wusste und das ihr sehr ähnlich sah. Es könnte ebenso das Kind einer Schwester sein. Die dritte Möglichkeit bestand darin, dass die Ähnlichkeit reiner Zufall war. Zumindest war es eine weitere Überprüfung wert. Auf jeden Fall mussten sie nun Kontakt aufnehmen zur Familie der Helga Körner. Dann würde sich diese Aussage des Karl Hollstein als leere Hülle erweisen. Allerdings würde der Fall eine bedeutsame Wendung erhalten, sollte diese Ähnlichkeit andere Gründe aufzeigen. Schließlich ähnelten sich alle bisherigen Opfer. Beim Blick in Reinders Gesicht spürte Rita plötzlich, dass er den gleichen Gedanken verfolgte wie sie selbst. Es könnte sich bei dieser Ines Kopmann tatsächlich um die Mutter eines weiteren unehelich gezeugten Opfers handeln. Möglicherweise ein Opfer, das man bisher nicht gefunden hatte. Jedes Mädchen, das Ähnlichkeiten aufwies mit den anderen Opfern, befand sich derzeit in Lebensgefahr. Dazu musste Rita mehr wissen.

»Was weiß man über die Familie Kopmann, Herr Hollstein? Besser gefragt: Was wissen Sie über diese Leute. Gab es Auffälligkeiten? Gab es nur diesen Jungen, den Kai? Gab es Streit zwischen denen? Erzählen Sie uns davon.«

Hollstein genoss den Augenblick sichtlich, in dem er sein Wissen preisgeben durfte. Er nahm eine bequemere Sitzposition ein, soweit es ihm im Rollstuhl möglich war. Noch ein letztes Mal strich er sich über das strähnige fettige Haar, das den Versuch längst aufgegeben hatte, die Mitte des Kopfes zu bedecken.

»Ich saß ja nicht immer in diesem verfluchten Gestell hier.« Wütend riss er an den Armlehnen und seine Augen füllten sich mit tiefem Hass auf den Rollstuhl. »Mich hat die beschissene Zeche da drüben fast umgebracht. Ihr habt bestimmt von dem Unfall in siebenhundert Metern Tiefe gehört, bei dem vier Kumpels umkamen. Mich haben die unter dem Geröll rausgeholt. Die hätten mich liegenlassen sollen, dann müsste ich heute nicht ...«

»Ja, Herr Hollstein, davon hörten wir. Das tut uns sehr leid, aber wie ist grundsätzlich Ihre Verbindung zu Familie Kopmann zu sehen?«, unterbrach Reinder diesen Gefühlsausbruch,

»Also. Bevor die Scheiße da unten passierte, sind wir oft nache Schicht noch nen Pilsken trinken gegangen. Sie verstehen, dat war wegen den Kohlenstaub im Hals. Dieter Kopmann gehörte auch zu unsere Gruppe. Der Sausack konnte super Skat kloppen. Der hat alle abgezockt. War nen echter Kumpel. Wenn dat anne Theke mal nen bissken später wurde, hat die Ines immer den kleinen Kai rübergeschickt, um seinen Alten abzuholen. Wenn der Dieter einmal angefangen hat, war der beim Saufen kaum zu stoppen. Die Ines wusste, dat der Alte auf den Kleinen hören tat. Der vergötterte den Köttel wie einen eigenen Sohn, obwohl die den ausse erste Ehe mitgebracht hatte.«

Rita geriet der Bericht zu sehr in eine falsche Richtung. Sie unterbrach Hollstein mit einer Zwischenfrage.

»Gab es Hinweise oder Gerüchte darüber, dass weitere Kinder der Frau Hollstein existierten, die aber vielleicht bei den Vätern wohnten?«

»Ne, davon wüsste ich nix. Dat hätte uns Dieter bestimmt mal erzählt. Die hat nur den einen Jungen. Reicht ja auch. Der Dieter ließ ja nix auf den Burschen kommen, aber uns gefiel die Kröte nicht. Wisst ihr, der guckte immer so seltsam, war so still und ... ach, ich weiß nich, der war einfach komisch. Mit dem Jungen wurde keiner richtig warm. Der hatte auch inne Schule immer Zoff. Der hat sich mit Gott und die Welt geprügelt. Und später hat der alle Schicksen inne Nachbarschaft angepöbelt.«

Jetzt war es Reinder, den das Geschwafel von Hollstein nervte. Der Mann kam nicht auf den Kern der Frage zurück.

»Wie sehen Sie denn das Verhältnis der beiden Eltern zueinander?«

»Der Dieter hat seine Ines immer geliebt, obwohl die doch nachts mit jedem Kerl inne Poofe kroch. Ich könnte dat nich mit so eine. Aber ab und zu haben die sich schon anne Köppe gehabt. Dat war immer dann, wenn die Ines dem Kleinen wieder wat angetan hat. Dann wurde der Dieter fuchsteufelswild. Ihr hättet dat manchmal sehen sollen, wat die Bekloppte mit den Jungen angestellt hat. Der hatte Wunden am ganzen Körper. Aber damit zum Doktor durfte Dieter nich gehen. Dat wollte die nich, weil Ines Angst hatte, dat man ihnen dann den Jungen wegnehmen würde. Dat Jugendamt durfte davon nix wissen. Ab und zu waren die ja bei denen, aber dann war immer alles picobello. Kaum waren die weg, hat die dem Jungen wieder Zunder gegeben. Dat war son richtiges Miststück, die Ines. Aber wenn Dieter dabei war, durfte man nix gegen die Nutte sagen. Ich hab den Kleinen immer bedauert, obwohl der so komisch war.«

Der Blickkontakt zwischen Rita und Reinder reichte für eine Verständigung darüber, dass weitere Fragen keine brauchbaren Erkenntnisse bringen würden. Rita eilte deshalb zum Herd, wo der Topfdeckel auf der Schaumkrone des Kartoffelwassers tanzte. Nach eingehender Prüfung schüttete sie das Wasser ab und stellte den Topf beiseite.

»Danke für die Hilfe, Frau Kommissarin. Den Rest schaffe ich schon allein. Bin dat ja gewohnt. Wenn Se mal einen einsamen Mann Gesellschaft leisten möchten ... hier sind Sie immer willkommen.«

Rita Momsen spürte den Schauer über den Rücken ziehen schon allein bei der Vorstellung, dem übel riechenden Mann auch nur die Hand reichen zu müssen. Trotzdem bedauerte sie das Schicksal dieses Menschen, der im Leben wenig Glück hatte. Draußen im Wagen atmeten die beiden Beamten durch und ließen alles Gehörte Revue passieren.

»Jetzt haben wir glatt vergessen, nach der Adresse dieser Familie Kopmann zu fragen«, bemerkte Reinder, »aber die dürfte sowieso nicht mehr für den Täter von Interesse sein. Denk mal daran, dass die doch mindestens sechzig Jahre alt sein müssten. Das Schwein nimmt sich doch nur junge Mädchen vor. Sollte das mal wichtig werden, haben wir ja die Namen zum Nachforschen. Lass uns abhauen. Peter hat doch Dr. Afarid eingeladen. Den willst du doch sicher nicht verpassen.«

Rita ignorierte das anzügliche Grinsen, da der Kollege Reinder den Nagel perfekt auf den Kopf getroffen hatte. Sie blickte nachdenklich auf die Straße und ließ, wie sie es immer tat, das Erlebte und Gehörte ein weiteres Mal an sich vorbeiziehen. Sie konnte zu diesem Zeitpunkt noch nicht wissen, wie wichtig die Aussage dieses schmierigen Hollstein noch werden würde.

17

Schon durch die Trennscheiben konnten Rita und Winfried Reinder erkennen, dass die Mannschaft um Peter Liebig bereits im Besprechungsraum Platz genommen hatte. Eilig warfen sie ihre Jacken und Schals über die Garderobe und betraten den Raum. Der Wechsel in den Gesichtern der Anwesenden zwischen anfänglichem Erstaunen und späterem Schmunzeln war auffällig, als Dr. Afarid als einziger Mann in der Runde aufstand, als Rita eintrat. Als er sogar eine höfliche Verbeugung andeutete, veränderte Rita wieder einmal ihre Gesichtsfarbe.

Ich muss unbedingt daran arbeiten, nicht bei jeder Gelegenheit rot anzulaufen. Das ist ja beschissen peinlich. Aber der Typ sieht unverschämt gut aus – und er hat Manieren.

Peters Miene ließ keine Einschätzung seiner Gefühle zu. Er war in diesem Augenblick nur der verantwortungsbewusste und korrekte Leiter einer wichtigen Soko. Nur die Sache stand für ihn im Vordergrund.

»Nun, liebe Kollegen, sind wir ja vollständig, sodass wir zur Sache kommen können. Danke, Dr. Afarid, dass Sie die Zeit gefunden haben, uns Ihre Einschätzung mitteilen zu wollen. Was haben wir bisher?

Fünf Frauen, die bis vor wenigen Stunden als vermisst galten, sind am Wehr in Mülheim tot aufgefunden worden. Die DNA-Vergleiche konnten sicherstellen, dass wir es in allen Fällen mit vier von fünf Gesuchten zu tun haben. Lediglich Helga Körner gilt weiterhin als vermisst. Meiner Meinung nach besteht weiterhin die schwache Hoffnung, dass sie noch am Leben ist. Die Betonung lege ich auf noch. Wie wir mittlerweile von Dr. Schiller wissen, sind alle Opfer auf grausame Art und Weise vor ihrem Ableben gefoltert worden. Wir stellten auf den Leichenteilen fest, dass einzelne Knochen bemoost waren. Das sind Moose, wie sie im fließenden Wasser normalerweise nicht vorkommen. Das Labor sucht fieberhaft danach, wo dererlei Moose vorkommen können. Da sie auch in feuchten, geschlossenen Räumen zu finden sind, müssen wir die Lagerung der Opfer etwa in Ruinen, alten und verlassenen Häusern sowie in Kellern in Betracht ziehen. Das erfordert eine ungeheure Sisyphusarbeit von uns, die mit den wenigen Angaben kaum zu schaffen sein wird. Ich erhoffe mir deshalb von einem möglichen Täterprofil eine bessere Eingrenzung der Möglichkeiten. Ich bitte Dr. Afarid deshalb um seine Einschätzung. Ich habe ihm die Aussage der Bedienkraft aus Kettwig in die Hand gegeben, da sie doch wichtig sein könnte.«

»Wie Sie hier alle wissen, liebe Kollegen«, folgte Afarid der Bitte, »sollte man als Ermittler immer versuchen, sich in die Lage und die Persönlichkeit eines solchen Täters hineinzuversetzen. Sicher können wir deshalb noch nicht das Motiv für die Taten verstehen, haben aber eine ungefähre Vorstellung davon, wie wir vorgehen würden oder besser, wie der Täter vorgehen würde.

Der Täter soll nach Aussage der Bedienkraft sehr gut aussehen. Das kann zur Überheblichkeit führen. Ihm hat Gott das Aussehen geschenkt, macht ihn mächtig gegenüber den weniger Schönen. Ein Motiv? Ich glaube, dass kaum einer deshalb alles Hässliche ausmerzen will. Das, denke ich, ist eine Laune der Natur. Da wir gerade bei Gott sind. Da kann zumindest bei Psychopathen ein Grund vorhanden sein, da sich viele für eine Gottesinkarnation halten. Gepaart mit der meist vorhandenen hohen Intelligenz erheben sie sich gerne über andere und töten unwertes Leben. Dass sie dabei keinerlei Reue zeigen, beweisen uns die Gräueltaten der Nazis im letzten Weltkrieg.«

Dr. Afarid machte eine bedeutungsvolle Pause und sah in die Runde. Dann fuhr er fort: »Auch diese Bestien realisierten damals mit wachsender Begeisterung ihre Gewaltfantasien. Wir müssen uns deshalb diese Nazis, die sich ja gegenseitig in der Grausamkeit der Taten übertreffen wollten, als Einzeltäter vorstellen. Sie finden die Stimulation für weitere Morde nicht in der Anerkennung durch Kameraden, sondern dadurch, dass man sie in der Öffentlichkeit fürchtet. Und denen gegenüber, die ihre Furcht von Angesicht zu Angesicht deutlich zeigen, empfinden sie lediglich Verachtung – sie sind in ihren Augen unwert.«

Rita, die wieder einmal an Dr. Afarids Lippen hing, unterbrach ihn.

»Könnte es sein, dass die Suche und die episch breite Berichterstattung in der Presse ihm weitere Anreize liefern? Dass wir ihn praktisch anstacheln, weiterzumorden?«

»Das haben Sie zu unser aller Bedauern sehr treffend dargestellt. Er ergötzt sich daran, alle an der Nase herumzuführen. Er ist unbesiegbar, zumal ihm jede Form von Empathie und Mitgefühl fremd ist. Selbst wenn er das vor seinem ersten Mord noch besaß, verliert er diese menschlichen Tugenden mit jeder Tat mehr. Sie müssen sich das etwa so vorstellen, dass jede Tat sein Belohnungssystem im Gehirn befriedigt. Die Tat macht ihn zumindest für den Augenblick glücklich. Lässt das Glücksgefühl nach, tritt stattdessen eine Sucht ein, die unbedingt befriedigt werden muss.«

Peter Liebig sah in Gesichter, die nicht nur Unglaube ausdrückten, sondern auch eine gewisse Angst.

»Wie euch Dr. Afarid schon sehr deutlich machte, wird der Kerl nicht damit aufhören. Seine Gier nach Macht über andere lässt es nicht zu, irgendwann damit aufzuhören. Pausen sind hin und wieder möglich, was jedoch oft aus taktischen Erwägungen erfolgt. Aber er mordet so lange weiter, bis er eines Tages diesen fatalen Fehler macht, den wir erkennen und finden müssen. Nur so ist ein solcher Teufel zur Strecke zu bringen. Wir brauchen Zeit, die aus Sicht der Opfer leider nicht vorhanden ist und viel Glück. So mancher Mörder ist durch seine grenzenlose Selbstüberschätzung und Machtsucht zur Strecke gebracht worden. Fordern wir also das Schwein heraus, damit es Fehler macht. Zeigen wir ihm, dass wir ihn ernst nehmen.«

Dr. Afarid nickte bestätigend und ergänzte Liebigs Bemerkungen.

»Bevor ich mich aus der Runde verabschiede, lassen Sie mich noch erwähnen, dass die meisten Psychopathen nicht die Fähigkeit besitzen, Ängste der Opfer zu interpretieren. Diese menschlichen Gefühle rufen bei den Psychopathen – ich wiederhole mich da gerne – nur tiefe Verachtung hervor.

Ängste können bei ihm sogar die Mordlust zusätzlich anstacheln. Sie fordern sie quasi heraus. Die Gespräche mit den Tätern sind hochinteressant. Ich habe mich bei meinen Studien zur forensischen Psychologie oft darüber gewundert, womit diese Mörder ihre schwerwiegenden Taten rechtfertigen. Schockierend war für mich immer das Pragmatische in ihrer Argumentation. Sie sehen einfach nicht ein, warum sie für ihre Taten bestraft werden sollen. Sie verweisen in vielen Fällen auf die Mächtigen der Welt. Es sind in ihren Augen die Reichen, die Politiker und die hohen Militärs, die vor Gericht gestellt werden müssten. Sie morden unter dem Deckmantel der Gesetzmäßigkeit des Kriegsrechtes. Es gab Augenblicke, liebe Kollegen, da habe ich die Diskussion zu diesem Thema bewusst vermieden, da ich mich der traurigen Logik nicht zweifelsfrei entziehen konnte.«

Dr. Afarid hielt einen Moment inne und wartete vermutlich auf Äußerungen. Als keine kamen, fuhr er fort: »Suchen Sie nach einem Mann in mittleren Jahren, der außergewöhnlich gut aussieht und sich hinter dem Mantel der Unauffälligkeit versteckt. Doch achten Sie bei Ihren Ermittlungen auf kleine Verhaltensauffälligkeiten, denn die besitzen sie alle. Das kann Tierquälerei ebenso sein wie übertriebene Liebe oder Hass gegenüber bestimmten Personen. Und denken Sie daran, dass unser Unterbewusstsein niemals vergisst, was wir in unserem Leben an oft geglaubtem Unrecht und an Qualen erleiden mussten. Es wird der Tag kommen, an dem wir es leider viel zu oft der Gemeinschaft zurückzahlen möchten.« Wieder ließ sich der Psychologe Zeit, bevor er zum Ende kam. »Aber es ist auch schon vorgekommen, dass Täter auf sich aufmerksam machten, indem sie bewusst

Fehler verursachen oder sich sogar stellen. Warum tun sie das, werden Sie sich fragen? Sie sind mit ihrer Mordlust einfach überfordert, halten das nicht länger durch! Doch darauf können wir nicht hoffen. Ich wünsche Ihnen allen ein gutes Gespür, offene Augen und Ohren. Das Böse lebt direkt neben uns. Doch was erzähle ich Ihnen da? Sie wissen es viel besser als ich.«

Als Letzte stand Rita auf, die ein Kribbeln spürte, das sie sich nicht sofort erklären konnte. Doch immer wieder dachte sie über die Worte des Zeugen Hollstein nach.

18

Verzweifelt versuchte Helga, die Blutungen zu stoppen, die dieses Ritzen mit dem Messer auf ihrer Haut verursacht hatte. Sie leckte über die Wunden an den Armen, um eine Infektion weitestgehend zu verhindern. Sie wurde sich dessen mit Erschrecken bewusst, dass es ein vergebliches Unterfangen war, da die Beinschnitte immer wieder mit der verschimmelten Matratze und den Tieren in Berührung kamen. Immer mehr Käfer und Ratten wurden vom Geruch des Blutes angezogen. Fasziniert verfolgte Helga das seltsame Verhalten *Rockys*. Die Ratte versuchte, alle anderen Artgenossen von ihr fernzuhalten. *Rocky* schien ihre Herrin zu verteidigen. Das häufig lautstarke Fiepen bei den Kämpfen zerrte an Helgas Nerven. Immer wieder zuckte sie zusammen, wenn es zu einer Begegnung zweier Rivalen kam. Kalter Schweiß hatte sich über ihre Haut gelegt und ließ sie frieren. Die durch ihren Körper ziehende Kälte ließ sich nur dadurch ertragen, dass sie in eine beängstigende Apathie verfiel. Sie half ihr, sowohl Wundschmerzen als auch Kälte fast gänzlich auszuschalten. Der Wunsch verdichtete sich, dass ihr Herz aufhören möge zu schlagen.

Bitte, lass es vorbei sein. Ich halte das nicht mehr aus. Gott, hilf mir.

Als wäre ihr Bitten erhört worden, erklang aus der Ferne das erste Grollen eines sich nähernden Gewitters. Die ersten Blitze erhellten für Millisekunden die schreckliche Öffnung ihres Raumes. Der Regen prasselte in die Dornenbüsche, die sich im Wind bogen. Als ein lang anhaltender Blitz den Eingang für einen längeren Moment erhellte, weiteten sich ihre Augen vor Schreck. Unaufhaltsam floss das dreckige Regenwasser diese eine Stufe herunter in ihr Gefängnis. Helga meinte, das gierige Schlürfen der Matratze zu hören, die das Wasser wie ein ausgetrockneter Schwamm aufsaugte und in die Rohwolle sog, die man früher zwischen die Stahlfedern stopfte. Auf der Matratze wimmelte es plötzlich von kleinen Insekten, die an die Oberfläche flüchteten. Überall an Helgas Körper spürte sie das Krabbeln von kleinen Tieren, die jetzt die Wärme von Helgas Körper suchten und sogar in die Wunden krochen. Sie versuchte zu schreien, was jedoch in ein hilfloses Krächzen mündete.

Das Gewitter lag jetzt direkt über Helgas Behausung und schickte in Sekundenabständen Blitze zur Erde. Der Raum befand sich dann immer für einige Zeit in völliger Helligkeit, sodass Helga jedes einzelne Rattenvieh erkennen konnte, das sich dort aufhielt. Müde verfolgte sie die Versuche der Tiere, die letzten trockenen Stellen zu erreichen, die ihnen der Raum bot. Abgesehen von kleinen Mauervorsprüngen, die von einzelnen Tieren verzweifelt verteidigt wurden, gab es nur noch die Matratze, auf der sie Schutz finden konnten. Mutig hielt *Rocky* die Tiere fern, die sich Helga zu sehr näherten. Es rang ihr sogar ab und zu ein schwaches und dankbares Lächeln ab, das sie jedoch vermuten ließ, kurz vor dem Wahnsinn zu stehen. Sie spürte die

Gefahr, sich aufgeben zu wollen. Gleichzeitig wurde sie sich dessen bewusst, dass sie dann dem Wahnsinnigen endgültig ausgeliefert war. Er hätte gesiegt. Es war genau diese Vorstellung, die in ihr letzte Kräfte mobilisierte. Sie begann wieder einmal damit, wie eine Rasende an den Fesseln zu zerren.

Trotz des Donnergrollens war es da, dieses neue, fremde Geräusch, das sie aufhorchen ließ. Es kam nicht von draußen. Dieses Knirschen entstand immer dann, wenn sie an den Fesseln zerrte. Für einen Moment verharrte Helga in völliger Ruhe, lauschte. Nichts – kein Laut, außer dem Lärm, der vom Gewitter und dem Starkregen erzeugt wurde. Kaum zog sie an den Sisalstreifen, mit denen sie an den Ringen in der Wand befestigt war, knirschte es erneut. Sie konnte es sich nicht erklären, woraus sie die Hoffnung schöpfte, die sie erfüllte, aber sie war da. Wie eine Wilde riss Helga an der Fessel der rechten Hand und feuerte sich selbst an, indem sie immer wieder rief: »Komm doch, komm endlich!«

Wie ein Geschoss flog der Metallhaken endlich quer durch den Raum, wurde erst vom Moos der gegenüberliegenden Wand gebremst und fiel in das aufsteigende Wasser am Boden.

»Herrgott im Himmel, ich danke dir. Bitte hilf mir noch ein einziges Mal. Der andere Haken muss noch raus.«

Mit aller Kraft, beide Hände jetzt zu Hilfe nehmend, stemmte sie sich gegen den Widerstand, den ihr der zweite Haken entgegenbrachte. Mit einem Fuß gegen die Wand gestützt zog sie und schrie immer wieder: »Komm, du verfluchtes Biest. Komm doch endlich!«

Ihr war es völlig egal, dass ihre nackte Fußsohle eine schleimige Schnecke an der Wand zerquetschte. Sie wollte endlich frei sein, wollte raus aus diesem Loch, in dem sie nur der langsame und qualvolle Tod erwartete. Doch dieser verfluchte Haken gab einfach nicht nach. Der von Wunden übersäte freie Arm fuhr immer wieder über ihr Gesicht, wischte die Tränen der Wut, der Enttäuschung fort. Ein neuer Versuch, immer wieder und wieder.

Ihr Körper versteifte sich, als sich ein kräftiger Arm um ihren Hals legte und unbarmherzig zudrückte. Helga rang verzweifelt nach Luft und verfluchte sich dafür, dass sie den Eingang nicht beobachtet hatte. In ihrer Verzweiflung hatte sie nicht bemerkt, dass sich eine Gestalt an ihr vorbei in den Raum bewegt hatte. Sie roch dieses Parfum, das ihren Peiniger unverkennbar machte.

NEIN! Das kann doch nicht sein. Nicht jetzt, so kurz vor dem Ziel. Das kannst du doch nicht gewollt haben, Herr.

Sie trat und schlug um sich, hörte das Monster hinter sich stöhnen, als sie ihn mehrfach an empfindlichen Stellen traf. Woher sie diese Kraft nahm, war ihr nicht bewusst. Sie wusste nur, dass es ihre einzige und letzte Chance war, dem Tod zu entgehen. Er würde sie jetzt auf keinen Fall mehr am Leben lassen. Verzweifelt griff sie nach hinten und krallte sich in seinem Schritt fest, drückte mit aller Kraft zu, die ihr Körper noch hergab. Neue Hoffnung kam auf, als sich der Griff um ihren Hals lockerte und ein Stöhnen hinter ihr laut wurde. Sie schaffte es noch einmal, den Griff zu verstärken, und spürte, wie der Dreckskerl in die Knie ging und schließlich nach hinten fiel und wie leblos in dem noch flachen Wasser liegen blieb.

Wo hat dieser Kerl nur das Messer? Ich brauche dieses verfluchte Messer, bevor der aufwacht.

Beherzt griff Helga nach den Beinen ihres Entführers und zog ihn näher heran. Ihre Finger glitten über den im Dunkeln liegenden Körper, tastete ihn ab. Endlich. In der Innentasche des Sakkos spürte sie diesen harten länglichen Gegenstand, den sie erst beim dritten Versuch herausziehen konnte. Das war kein Messer. Sie fand keine Klinge. Sie wollte das Stück Metall schon zur Seite werfen und weitersuchen, als sich eine Hand fest um Helgas legte. Ihr Herzschlag setzte für einen Moment aus, als sie sich dessen bewusst wurde, dass sie im letzten Moment, Zentimeter vor dem Ziel, verlieren würde. Wie ein Schraubstock lagen die Finger des Mannes um ihr freies Handgelenk und versuchten, es zur Seite zu biegen. Jetzt schlug ihr der heiße Atem des Kerls entgegen. Seine Stimme transportierte den gesamten Hass, zu dem er in dem Augenblick fähig war.

»Das wirst du bereuen, du dreckige Schlampe. Du wirst ganz langsam sterben – heute Nacht. In kleine Stücke werde ich dich schneiden und an die Ratten verfüttern. Gib mir das Messer!«

Ich habe doch das Messer? Er darf es nicht bekommen, denn dann bin ich tot.

In dem Augenblick, als sie das vermeintliche Messer noch fester umfasste, fühlte sie den Knopf und drückte ihn, ohne weiter darüber nachzudenken. Sie erschrak, als die Klinge herausschoss und sie an einem Finger verletzte. Den Schmerz unterdrückte sie und atmete wie wild die modrige Luft in die gepeinigten Lungen. Ein unerklärliches Triumph-gefühl erfüllt Helga und sie hätte am liebsten laut ihre

Freude herausgeschrien. Die andere Hand des Mörders tastete nach ihrer Hand, mit der sie die Waffe fest umfasste. Mit unbändiger Kraft stieß Helga mit der Klinge zu und nahm dieses Knirschen in ihr Bewusstsein auf, das dadurch entstand, dass das Stilett bis zum Schaft irgendwo im Körper des Killers versank. Noch zweimal zog Helga es wieder heraus und stieß erneut zu, ohne zu wissen, was sie traf. Erst dann, als beide Hände des Mannes kraftlos zur Seite sanken, begann sie damit, die letzte Fessel durchzuschneiden.

Ich bin frei. Oh Gott, ich bin frei und lebe noch.

Helga nahm sich keine weitere Zeit, um das Gefühl der Rettung zu genießen. Sie torkelte zum Eingang, stieß im stehenden Wasser etliche Rattenkörper zur Seite und griff nach der Wand, die früher einmal einer Tür den Halt geboten hatte. Obwohl sie wusste, dass sie in der Dunkelheit nichts würde erkennen können, sah sie noch ein letztes Mal in die Höllenkammer, die für einige Tage ihr Zuhause gewesen war. Dieser elende Mörder hatte seine gerechte Strafe erhalten. Sie musste jetzt nur noch hier weg und Hilfe finden.

Dass die Dornen ihr die Haut aufrissen, beachtete Helga nicht. Sie suchte zwischen den Bäumen, die sie bei jedem Blitz erkennen konnte, nach einem Weg, um der Folter-kammer zu entkommen. Der Wind peitschte den Regen fast waagerecht zwischen den Baumstämmen hindurch, nahm ihr die Sicht. Des Öfteren stieß sie mit den nackten Füßen gegen das Unterholz, gegen breite Baumwurzeln, schnitt sich sogar die Haut auf. Dann endlich sah sie es. Es war ein Licht. Das Licht eines Fensters. Wo ein beleuchtetes Fenster war, gab es Menschen, Menschen, die ihr helfen konnten. Mit letzter

Kraft wankte sie auf die schwach beleuchtete Straße zu. Sie übersah den weit herabhängenden Ast, der ihr mit aller Gewalt gegen die Schläfe schlug und auf der Stelle die Besinnung raubte.

19

»Man hat sie gefunden! Helga Körner lebt.«

Niemand hätte Klaus Spiekermann einen solchen Gefühlsausbruch zugetraut, als er in den Besprechungsraum platzte, in dem einige Kollegen Daten verglichen. Keiner war in diesem Augenblick zu einer Reaktion fähig. Selbst Peter Liebig sah seinen Stellvertreter entgeistert an.

»Jetzt beruhigen Sie sich erst einmal, Spiekermann. Erzählen Sie mal der Reihe nach. Sind Sie sich sicher, dass es wirklich die gesuchte Helga Körner ist? Kein Irrtum möglich?«

Rita Momsen, die sich im Nebenraum aufgehalten hatte, war durch den Lärm aufmerksam geworden und setzte sich mit an den Tisch, an dem bereits sechs Männer saßen und auf die Lippen des Kollegen starrten. Spiekermann war anzumerken, dass er nach Fassung rang.

»Wir hatten bereits die Krankenhäuser darum gebeten, uns sofort zu informieren, wenn eine Person mit der Beschreibung von Helga Körner eingeliefert würde. Das war ein Treffer, Leute. Heute Nacht, so gegen fünf Uhr in der Frühe, traf ein Notruf ein, dass eine Frau Weitermann eine hilflose Frau auf der Straße an einem Waldrand verletzt aufgefunden hat.«

Spiekermann erhob sich und zeigte auf der riesigen Stadtkarte, die an der Wand hing, wo die Verletzte gefunden worden war.

»Hier, direkt an der Ecke Mecklensbeckweg und Heimatdank lag sie schwer verletzt halb noch im Wald. Das ist unweit vom Südwestfriedhof, wo wir vor kurzem den verrückten Reisig gefasst haben.«

»Ja, ja, ich weiß. Erinnern Sie mich nicht dauernd daran«, unterbrach Liebig, »Weiter jetzt. Wie geht es der Frau?«

»Genaueres weiß ich auch noch nicht. Sie lebt. Das ist alles, was man bisher aus der Aufnahme preisgab. Aber es klang nicht besonders hoffnungsvoll. Ich habe sofort gefragt, ob sie ansprechbar wäre. Die haben mich gefragt, ob ich verrückt wäre, und haben eingehängt.«

Liebig sprang auf und eilte zum Garderobenständer.

»Rita, Reinder – mitkommen. Sie, Spiekermann, informieren schnellstmöglich Kriminalrat Rösner. Dann bereiten Sie die KTU und eine Einsatzhundertschaft auf einen Einsatz vor. Wenn die Frau so schwer verletzt ist, könnte sie sich zuvor in der Nähe aufgehalten haben. So kannst du dich nicht über weite Strecken bewegen, es sei denn, der Mörder hat sie dort, aus welchem Grund auch immer, abgelegt. Möglich, dass er sie für tot hielt. Wir fahren jetzt zur Fundstelle und befragen die Zeugen. Alle sollen sofort dort hinkommen. Jetzt hat dieses Biest seinen großen Fehler gemacht. Er hat ein Opfer lebend entkommen lassen. Jetzt drehen wir ihm die Luft ab. Los, worauf wartet ihr noch?«

Eine Menschentraube hatte sich vor dem Haus der Familie Weitermann gebildet, als Liebig mit Gefolge dort eintraf. Sie hatten Mühe, die Nachbarn dazu zu bewegen, zurück in ihre Häuser zu verschwinden. Ein Einsatzfahrzeug der Polizei hatte nach der Meldung des Auffindens einer verletzten Person das Gebiet mit Sperrband abgeteilt. Emmy Weitermann, die noch immer ihr Haarnetz über die Lockenwickler gebunden hatte, bat die drei Ermittler herein und bot ihnen eine Tasse von dem Kaffee an, den sie bereits vor zwei Stunden zum Frühstück zubereitet hatte. Bevor sie die Tassen auf den Tisch stellte, entschuldigte sie sich für einen Moment, um ihren Kittel, unter dem sie nach wie vor ein Nachthemd trug, gegen ein Kleid zu tauschen. Sie versuchte lautstark, jemanden dazu zu bewegen, endlich das Bett zu verlassen. Wie sich später herausstellte, handelte es sich dabei um ihren fünfundvierzigjährigen Sohn, der schließlich dem Druck nachgab. Er tauchte mit zerzaustem Haar, blaugeränderten Augen und in Unterwäsche gekleidet in der Küche auf. Er griff ohne weiteren Gruß nach einer trockenen Scheibe Brot. Bevor er wieder im Bad verschwand, betrachtete er mürrisch den ungewohnten Besuch. Die Tür schloss sich hinter dem recht großen Mann, nachdem er sich ausgiebig am Hintern gekratzt hatte.

»Ihr Sohn?«, wollte Reinder wissen, als Frau Weitermann wieder zu ihnen trat.

»Ach, erinnern Sie mich bloß nicht daran. Letzte Woche hat den seine Frau rausgeschmissen. Jetzt geht der mir auf den Senkel. Ich war froh, dass mein Kerl endlich unterm Torf liegt. Jetzt glaubt sein Spross, den er damals von einer anderen mitbrachte, bei mir hier auf lau leben zu können. Der hat nicht mal einen festen Job. Kein Wunder, dass Marianne den rausgekegelt hat. Ich will den aber auch nicht.

Morgen stell ich ihm seinen Pappkarton vor die Tür, mit dem er hier angekrochen kam. Aber Sie sind bestimmt nicht gekommen, um meinen Stammbaum zu erforschen. Was wollen Sie wissen?«

Rita preschte nach vorne und stellte die erste Frage.

»Wie haben Sie die hilflose Frau vorgefunden? Und was führte Sie überhaupt morgens um fünf Uhr vor die Tür? Der Fundort liegt ja immerhin etwa zehn Meter vom Haus entfernt, direkt am Waldrand.«

»Wow, direkt drei Fragen hintereinander. Sie haben es aber verdammt eilig, junge Frau. Gut, fangen wir mal von vorne an. Die Kleine war fast nackt, das heißt, dass sie lediglich ein kurzes zerrissenes Kleid anhatte. Die war von oben bis unten mit Blut beschmiert und hatte verflucht viele Wunden – solche Schnitte am ganzen Körper. Ich denke, dass der Regen schon eine Menge an Blut abgespült hat. Ich wage mir nicht vorzustellen, wie die vor dem Regen aussah. Ich habe versucht, ihr ein Wort zu entlocken, aber die hat die Schnute nicht aufgemacht – war wohl ohnmächtig. Da hab ich die 112 angerufen.«

»Das war genau richtig, Frau Weitermann«, mischte sich jetzt wieder Reinder ein. »Doch um auf die Frage meiner Kollegin zurückzukommen. Was treibt Sie morgens um fünf, wo noch alles dunkel ist, nach draußen? Da schläft doch fast jeder noch.«

»Sie pennen um dieser Zeit sicher noch, Herr Kommissar. Das machen Sie aber nicht, wenn Sie einen rolligen Kater in der Nachbarschaft haben. Dieser Dreckskater steht dann genau unter meinem Schlafzimmerfenster und schreit wie ein Baby, das die Windeln vollgekackt hat. Ich hatte den

Baseballschläger von meinem Alten – Gott habe ihn selig – und wollte dem Mistvieh den Schädel einschlagen. Wäre das Scheißvieh nicht die Straße runtergelaufen, hätte ich das Mädel überhaupt nicht gesehen. Reicht Ihnen das?«

»Alles gut, Frau Weitermann«, antwortete jetzt wieder Rita. »Damit haben Sie ja die letzte Frage auch beantwortet. War Ihr Sohn zu diesem Zeitpunkt, ich meine natürlich auch in der Zeit davor, bei Ihnen zu Hause? Können Sie das bestätigen?«

Frau Weitermann warf Rita einen Blick zu, als würde sie an deren Verstand zweifeln.

»Ob ich das bezeugen kann, fragen Sie? Der Stinksack hat so laut geschnarcht, dass ich mir nicht sicher war, wen ich mit dem Basi zuerst erschlagen soll – den Scheißkerl oder das Katzenvieh. Glauben Sie vielleicht, dass Micha die Frau so zugerichtet hat? Vergessen Sie das. Der hat nur eine große Schnauze, aber wenn der Milchbubi Blut sieht, kippt der sofort aus seinen großen Latschen.«

Die Toilettenspülung übertönte alle anderen Geräusche, als der besagte Micha aus dem Bad kam. Er stellte sich breitbeinig vor den Tisch und reckte die Glieder.

»Ich habe mitbekommen, was Sie hier suchen. Wir beide haben gepennt, da hat Mutter recht. Aber wenn Sie einen Ort in der Nähe suchen, wo ich jemanden verstecken würde, hätte ich sicher eine Idee.«

Als niemand in der Runde eine Frage stellte, sondern alle nur gespannt auf die Fortsetzung warteten, fuhr er mit seiner Mutmaßung fort.

»Wenn ihr quer durch den Wald geht, Richtung Wienenbuschstraße, kommt ihr zum Naturfreundehaus. Das gehört mittlerweile der Stadt. Aber die haben keinen Bock, dieses Horrorhaus abzureißen. Da gibt es Ecken, wo du nicht mal deinen schlimmsten Feind reinjagen würdest. Die bekloppten Nachbarn sagen, da spukt es nachts und man hört Stimmen. Mehr weiß ich auch nicht. So, ich geh noch ´ne Runde pennen. Viel Erfolg.«

Frau Weitermann blickte verständnislos dem Trio hinterher, das sich grußlos auf den Weg zum angegeben Ziel machte. Fluchend packte sie die Tassen beiseite, aus denen der Besuch nicht einen Schluck getrunken hatte.

»Die Männer vom SEK sollen sich rund um das Haus verteilen. Lasst die Metallabsperrung an der Straße unbedingt so stehen. Nichts anfassen, bis die KTU alles untersucht hat. Wir drei gehen von Westen rein, alle anderen sichern den Rest. Los geht`s.«

Liebig hatte längst seine Waffe in der Hand und prüfte, ob sich die Türen und Fensterläden öffnen ließen. Alles war verschlossen, wobei die Haustür zusätzlich mit einem Vorhängeschloss gesichert worden war. Reinder schob sich an seine Seite.

»In diesem Haus ist seit Monaten niemand gewesen. Siehst du den Staub auf dem Schloss? Und die Fensterläden verschließt du nur von innen. Selbst die Türen zum Kellerabgang sind alt und verstaubt. Außerdem liegt da älteres Laub drauf.«

Der Ruf eines Polizisten ließ die Ermittler aufhorchen.

»Hier ist was!«

Es dauerte Sekunden, bis sich eine Menschentraube um die seitlich angegliederten Stallungen gebildet hatte. Ein

Polizist wies auf den von Dornengestrüpp fast zugewachsenen Durchgang.

»Hier war noch vor kurzer Zeit Betrieb. Nicht gerade gemütlich da drin. Aber da wurde mindestens eine Person gefangen gehalten. Das beweisen die durchtrennten Fesseln und eine blutverschmierte Matratze. Nichts für schwache Nerven.«

Dabei sah er auf Rita, die sich schon auf den Weg machen wollte. Sie ließ sich jedoch erst von Liebigs Befehl aufhalten.

»Lassen Sie das, Frau Momsen. Die Männer werden erst Licht in der Kammer installieren. Und dann will ich die Leute der KTU erst darin sehen. Es dürfen keine Spuren zerstört werden. Hören Sie«, sprach er den Polizeimeister erneut an, »wir können sicher sein, dass wir dort keine lebenden oder toten Personen vorfinden werden?«

»Das wäre mir in dem kleinen Verlies sicher aufgefallen, Herr Hauptkommissar. Aber es riecht zumindest danach, als wären dort vor gar nicht langer Zeit Tote aufbewahrt worden. Verdammt ekliger Geruch. Da drin möchte ich nicht mal begraben werden. So stelle ich mir die Hölle vor.«

20

»Und daran besteht kein Zweifel, Doktor Rasmus? Diese Frau ist die Einzige, die dem Mörder entkommen konnte, ihn sah. Und nun wird sie mit einem Mal wertlos für unsere Ermittlungen. Nicht dass wir uns falsch verstehen, Herr Doktor, wir sind glücklich darüber, dass sie noch lebt. Doch ist das, was sie erwartet, wirklich noch als Leben zu bezeichnen?«

Doktor Rasmus, der als Neurologe am Klinikum arbeitete, hatte zu Beginn der Äußerungen von Peter Liebig die Stirn in Falten gelegt. Jetzt wirkte sein Gesicht wieder entspannter, als er zu einer Erklärung ansetzte.

»Wir sind uns noch nicht zu hundert Prozent sicher, ob die fürchterliche Folter und das mögliche damit verbundene Grauen der Patientin bereits den Verstand raubte. Das wird ihr Geheimnis bleiben. Doch vermutlich ein Schlag vor die Schläfe verursachte bei ihr ein Schädel-Hirn-Trauma, das wir schon jetzt in die Stufe 3 einordnen können. Blutungen seitlich des Schläfenlappens haben uns dazu veranlasst, sofort den Schädel zu öffnen, um die Blutungen zu stillen und den durch eine Schwellung entstehenden Druck abzubauen. Es tut mir sehr leid, Herr Hauptkommissar«, unterbrach Doktor Rasmus seine Darstellung für einen Moment,

»dass ich Ihnen nichts Positiveres mitteilen kann. Aber die Patientin liegt weiterhin in einem Wachkoma.«

»Ist der Ehemann schon darüber informiert worden?«, wollte Liebig wissen.

»Den erwarten wir jeden Augenblick. Herr Körner befand sich im Moment unseres Anrufs in der Nähe von Bonn. Das Gespräch würde ich mir sehr gerne ersparen. Aber es gehört nun mal zum Beruf und nimmt einem häufig die Freude daran. Es ist schön, wenn wir den Angehörigen sagen können, dass alles gut wird. Doch hier, Herr Liebig, besteht kaum Hoffnung, dass diese Frau jemals wieder ein normales Leben führen kann. Wichtige Teile des Gehirns wurden irreparabel geschädigt. Kann ich Ihnen sonst noch helfen? Ansonsten muss ich wieder zu meinen Patienten.«

Rita, die den beiden Männern gegenübersaß und der Unterhaltung gefolgt war, zeigte eine ungesunde Blässe, die Peter Liebig auffiel.

»Geht es dir nicht gut? Du siehst total beschissen aus, ich meine ... deine Blässe ...«

»Ist schon gut. Ich weiß, was du mir sagen willst. Aber ich stelle mir das gerade vor. Da macht diese Frau die schlimmste Folter durch, weil ihr der Mörder den Leib peu à peu aufschlitzt. Ich möchte nicht wissen, was sie sonst noch in diesem Loch an psychischer Folter durchstehen musste. Dann schafft sie es endlich irgendwie zu fliehen. Doch anstatt die Freiheit genießen zu können, knallt sie im letzten Moment gegen einen Ast. Ich denke, dass es so war, nachdem wir das Blut daran fanden.«

Rita konnte ihre Gefühle nur sehr schwer kontrollieren, was die feuchten Augen eindrucksvoll bestätigten.

»Ich bin gespannt, was die DNA-Untersuchungen an Brauchbarem für uns liefern. Ich hoffe inständig, dass wir endlich etwas vom Mörder finden können. Schade ist nur, dass man den Körper von Frau Körner sofort komplett reinigte. Ich wette, dass der Mistkerl Spuren an ihr hinterlassen hat. Jetzt stehen wir mal wieder mit leeren Händen da. Doch der Blutfilm auf dem Wasser in dem Raum macht mir Hoffnung, dass sie den Saukerl verletzen konnte, bevor sie abhaute. Da war so viel Blut, dass ich nicht glauben kann, dass es allein von den Schnittwunden des Opfers stammt.«

»Da könntest du recht haben«, erwiderte Liebig und erhob sich gleichzeitig, »Eigentlich müssten die Daten schon vorliegen. Komm, wir gehen rüber zu Dr. Schiller. Der wollte uns doch Näheres über die Knochenfunde berichten, die auf dem Wasser schwammen. Ich würde schon jetzt eine Wette riskieren, dass die mit denen in Mülheim übereinstimmen. Vom Südwestfriedhof bis zum Ruhrufer sind es nur wenige Fahrminuten. Der Kerl war schlampig beim Entsorgen. Hörst du Rita? Er hat den ersten dicken Fehler gemacht. Bald haben wir ihn bei den Eiern.«

Der kleine Mann mit Gummischürze und Mundschutz hob nur kurz den Kopf, um sich sofort wieder den Skelettteilen zu widmen, die vor ihm auf der Edelstahlfläche ruhten. Dr. Schiller murmelte durch den Stoff vor seinem Mund.

»Na, das hat ja wieder gedauert mit euch. Was ist los mit der Frau? Hat sie schon was gesagt? Spiekermann, der gerade anrief, wusste noch nichts darüber.«

Liebig wechselte einen Blick mit Rita und Winfried Reinder, bevor er nachhakte.

»Was wollte Spiekermann von dir? Oder hatte der was Neues?«

»Nö, Neues wollte der von mir wissen. Ich habe ihm erklärt, dass die Knochen zu den Funden in Mülheim gehören. Er wollte das deinem Kollegen Hellermann in Mülheim weiterleiten. Der hatte zwischenzeitlich den aktuellen Stand bei ihm abgefragt.«

Mit erstaunlicher Akribie sortierte Dr. Schiller die Knochenteile, wobei die drei Beobachter feststellen konnten, dass es ihm gelungen war, ein menschliches Skelett zu großen Teilen zusammenzusetzen.

»Hier seht ihr, was dieses Schwein von einem vierzehnjährigen Mädchen übrig ließ. Überall an den Knochen sind Kerben zu sehen. Wir können nur hoffen, dass diese Folter nicht über einen längeren Zeitraum lief. Das führt schon nach kurzer Zeit zum Wahnsinn. Irgendwann verabschiedet sich dein Geist. Da hat die Natur uns einen Schutzmechanismus eingebaut, um bei einem gewissen Schmerzpensum alles abzuschalten. Ich kann nur hoffen, dass es bei der Kleinen auch funktioniert hat.«

Rita lief bei Schillers Worten ein kalter Schauer über den Rücken. Sie sah sich in dem großen kalten Raum um und betrachtete nachdenklich die abgedeckten Körper auf den restlichen Tischen. Sie konnte sich die Frage nicht verkneifen.

»Das sind ja ganz schön viele Leichen, die bei Ihnen landen. Arbeitslos werden Sie wohl niemals.«

»Liebe Frau Momsen, das, was Sie hier gerade sehen, sind die, die nur heute Morgen reinkamen. Und Sie sehen auch nur die, bei denen die Todesursache zweifelsfrei festgestellt werden muss. Die Kühlfächer liegen noch voll. Wir arbeiten hier im Akkord, da wir nicht genug Fächer haben. Aber trösten Sie sich, die sind nicht alle von fremder Hand umgebracht worden. Die beiden da hinten an der Wand zum Beispiel haben sich selber ... Sie wissen schon. Und die drei drüben waren Unfallopfer. Da will die Versicherung ein Gutachten. Langeweile, da gebe ich Ihnen recht, kommt hier nicht auf. Und mein Spezi hat sich heute Morgen auch krank abgemeldet. Was soll`s? Die auf den Tischen sind geduldige Kunden und treiben mich nicht zur Eile an.«

Peter Liebig näherte sich dem Freund und legte die Arme um dessen Schulter. Gespannt sah der Arzt zu ihm hoch.

»Wir haben jetzt bereits erfahren, dass sich unsere Annahme bezüglich der Knochenfunde bestätigt hat. Wir waren also am Ort der widerlichen Taten. Nun kommt die Frage aller Fragen, mein Freund. Haben wir es bei dem Blut auf dem Wasser mit dem der Opfer zu tun oder dürfen wir hoffen, dass ...?«

»Du darfst dich freuen, Peter«, unterbrach ihn Dr. Schiller, »Deine Hoffnung erfüllt sich. Ich, das heißt, das Labor hat verschiedene DNA finden können. Ich habe Helga Körners entdecken können, aber auch eine fremde, männliche DNA. Ihr könnt die gerne durch den Computer laufen lassen. Wenn ihr Glück habt, erhaltet ihr einen Treffer oder der Penner ist schlimmstenfalls unbefleckt. Aber zumindest wissen wir jetzt mehr über das Monster. Ich kann mir nicht vorstellen, dass dieses Blut von einem anderen Opfer stammen könnte.«

Hier unterbrach Schiller für einen Moment und überprüfte durch einen Blick in die Runde, wie seine Feststellung bei den dreien aufgenommen wurde. Erst dann setzte er seine Erklärung fort.

»Ihr müsst wissen, dass wir das Alter von Blut relativ gut bestimmen können. Normalerweise sorgt Sonnenlicht kontinuierlich für eine fortschreitende Umwandlung des Hb in Methämoglobin und Hämatin. Es kommt zur Änderung des Farbtons und Abnahme der Wasserlöslichkeit. Da das Blut kaum dem Licht ausgesetzt war, stand es noch fast unverfälscht zur Verfügung. Es war definitiv sehr frisch. Ich tippe auf maximal achtzehn Stunden. Ich bin mir eigentlich ziemlich sicher, dass es dem Täter zuzuordnen ist. Fazit: Das Schwein ist verletzt und hat viel Blut verloren.«

Reinder ballte die Fäuste und rieb sie anschließend aneinander.

»Ich werde sofort alle Krankenhäuser verständigen lassen. Das wird der von einem Fachmann versorgen lassen müssen. Der ist schließlich kein *Rambo*, der sich seine Wunden selber vernäht. Wir kriegen das Schwein.«

21

»Wollten Sie nicht noch den Kleinen abholen, Frau Schenker? Sie können ruhig schon Feierabend machen. Ich schließe die Praxis selbst ab. Habe noch zwei Berichte zur Durchsicht. Anschließend gehe ich möglicherweise noch mit meiner Frau lecker essen. Sie weiß aber noch nichts davon.«

»Oh, vielen Dank, Doktor Pilz. Ich muss mich dann nicht so beeilen. Ihnen und Ihrer Frau einen supertollen Abend.«

Susanne Schenker wusste, dass ihr Chef seine zehn Jahre jüngere Frau sehr gerne mit gutem Essen verwöhnte und bedauerte einmal mehr, dass ihr Göttergatte die Hausmannskost in den eigenen vier Wänden bevorzugte. Allerdings mussten sie auch das Geld zusammenhalten, um die Hypotheken, die schwer auf dem Haus lasteten, abtragen zu können. Beim Verlassen des Hauses hielt sie einem verdammt gut aussehenden jungen Mann die Tür auf, der sich mit einem bezaubernden Lächeln dafür bedankte.

Den habe ich ja noch nie hier gesehen. So was Hübsches wohnt mit in diesem Haus und ich habe es noch nicht bemerkt? Schade.

Als sie sich ein weiteres Mal umdrehen wollte, war der Typ schon im Flur verschwunden. Dr. Pilz nahm die Lesebrille wieder ab, als es an der Praxistür klopfte.

»Sie haben sicher Ihren Schlüsselbund vergessen. Kommen Sie ...«

Die letzten Worte blieben ihm im Hals stecken, als er auf das Messer in der Hand des Besuchers starrte. Die Spitze berührte fast seinen Kehlkopf, der jetzt ein Eigenleben führte und nervös rauf und runterfuhr.

»Was soll das, junger Mann. Die Sprechstunde ist längst beendet. Kommen Sie bitte morgen früh ...«

»Halt deine Schnauze und mach Platz. Wenn du tust, was ich dir sage, geschieht dir auch nichts. Ich brauche nur deine Hilfe.«

Der großgewachsene Mann stieß Dr. Pilz zurück in die Praxisräume und warf einen Blick in das Wartezimmer. Pilz suchte verzweifelt nach einer Möglichkeit, dem ungebetenen Gast zu entkommen. Er versuchte abzuschätzen, ob es ihm gelänge, den Ausgang zu erreichen, bevor der Kerl zustechen konnte. Er gab diese Idee sehr schnell wieder auf, als die wilden Augen des Mannes auf ihm ruhten.

»Wollen Sie Drogen? Ich habe nur kleinste Mengen im Haus. Da sind Sie bei mir falsch. Gehen Sie und ich werde den Vorfall vergessen. Bei mir ist ansonsten nichts zu holen. Bargeld habe ich auch nur wenig bei. Also, was wollen Sie?«

Der Zweck des Besuches wurde ihm in dem Augenblick klar, als der Besucher seine Jacke öffnete und ein blutverschmiertes Hemd zum Vorschein kam. Zwei Löcher darin zeigten genau, wo der Gegner zugestochen haben musste. Als er den wahren Zweck des Besuches realisierte, wich die Angst von ihm und wurde ersetzt von Hilfsbereitschaft. Schnell vergaß er, dass er noch vor wenigen Augenblicken massiv bedroht worden war. Er wies dem Fremden den Weg in den Raum, wo er seine Kunden behandelte.

»Sie wissen, dass ich normalerweise nur Tiere behandele? Was ist mit Ihnen geschehen? Sie müssen in ein Krankenhaus, denn mir scheint, dass Sie schon viel Blut verloren haben. Ihr Kreislauf kann jeden Moment zusammenbrechen.«

Ohne auf eine Aufforderung zu warten, legte sich der Mann auf den OP-Tisch und zog das Hemd jetzt vollends aus der Hose. Dr. Pilz sah auf den ersten Blick, dass es sich um zwei tiefe Stichwunden handelte, die mit Sicherheit die Blase und den Darm perforiert haben dürften.

»Das kann ich hier nicht versorgen. Damit müssen Sie unbedingt in eine Klinik, die über Blutkonserven verfügt. Sie würden mir hier verbluten. Ich rufe einen Rettungswagen, der Sie dann ...«

»Halt endlich deine Schnauze, Doc, und mach deine Arbeit, sonst ...«

Wieder lag das Messer wie aus Zauberhand zwischen den Fingern des Mannes. Seine Augenlider flackerten, was dem geschulten Arzt zeigte, dass der Blutverlust bereits erste Wirkung zeigte. Schließlich sah Dr. Pilz keine andere Möglichkeit, als den Anordnungen zu folgen.

»Ich werde als Erstes die Wunden desinfizieren. Danach werde ich Ihnen eine Betäubung setzen, damit ich nachsehen kann, was innen beschädigt wurde. Ich muss die Wunde weiter öffnen und sicher nähen.«.

Plötzlich war der Blick des Fremden wieder eiskalt. Die Augen fixierten den Arzt, als er sagte: »Machen Sie, was Sie tun müssen, aber es wird nur lokal betäubt. Hören Sie,

Doktor, nur lokal. Das könnte Ihnen so passen. Sobald ich ohne Besinnung bin, taucht hier die Polizei auf. Vergessen Sie das sofort. Und jetzt bewegen Sie Ihre verdammten Griffel, bevor ich ausblute.«

Der Arzt spürte, dass er seinen Plan nicht ausführen konnte, den er sich zurechtgelegt hatte, da der Besucher die Tür abgeschlossen hatte. Er suchte sich sämtliche Instrumente und Hilfsmittel zusammen, die er für diese gewagte OP benötigte. Jede seiner Bewegungen wurde argwöhnisch verfolgt. Dr. Pilz zögerte noch einen Augenblick, bevor er die örtliche Betäubung durchführte. Er wusste, dass der Patient trotzdem heftigste Schmerzen spüren würde, wenn er an die inneren Organe herangehen musste. Jedoch versuchte er, diese Tatsache zu ignorieren, da es schließlich der Wunsch des Mannes war.

Dr. Pilz musste zugeben, dass es ihm Hochachtung abrang, was dieser Mistkerl an Schmerzen wegzustecken vermochte. Selbst als er einen breiten Schnitt im Darm nähen musste und einen schmaleren in der Blase klammerte, kniff der Mann die Zähne zusammen und stöhnte nur sehr leise. Als Pilz den letzten Faden der Wundnähte abschnitt, entspannte sich das Gesicht des Patienten und er ließ sich ermattet auf den Tisch zurücksinken. Nur für einen kurzen Moment schloss er die Augen, um sie sofort wieder aufzureißen. Seine fiebrigen Augen fixierten den Mann, der ihm wahrscheinlich das Leben gerettet hatte.

»Sie brauchen jetzt absolute Ruhe, damit Ihnen die Nähte nicht wieder aufreißen. Ich gebe Ihnen Zink mit, damit sich das Fibrinnetz und neues Bindegewebe an den Wunden bilden kann. Wenn Sie jetzt bei Ihrem Blutverlust zu viel

Bewegung haben, werden nicht nur die Wunden wieder aufreißen, sondern Ihr gesamter Kreislauf wird kollabieren. Sie gehören in ein Bett.«

Als hätte Dr. Pilz gegen die Wand gesprochen, schob der Fremde die Beine von der Liege und stellte sich neben den OP-Tisch, beide Hände in die Tischkante gekrallt. Es war spürbar, dass der Schwindel eintrat. Mit großer Sorge griff der Arzt unter die Achsel des Patienten und führte ihn zu einem Stuhl, der an der Wand stand. Vorsichtig ließ er den Verletzten darauf nieder und überlegte, welche Medikamente er dem Mann mitgeben konnte, damit er die nächsten Stunden überlebte. Mit einer Handvoll Gläser und Pillendosen kam er vom Schrank zurück und erklärte jedes einzelne Medikament und seine Dosierung. Lediglich ein schwaches Nicken zeigte ihm, dass der Mann zu begreifen schien, was ihm erklärt wurde.

»Ich muss Sie jetzt bitten zu gehen. Meine Frau wird schon ungeduldig warten und möglicherweise bald hier auftauchen, um nach dem Grund meiner Verspätung zu fragen. Darf ich Sie zur Tür bringen?«

Wieder nur das schwache Nicken, bevor sich der Verletzte erhob und zur Tür führen ließ.

»Danke für Ihre Hilfe, Dr. Pilz. Sie werden sicher Verständnis dafür aufbringen, dass ich Sie nicht ...«

Die Augen des Arztes drückten tiefes Erstaunen aus, als sich die Spitze des Messers direkt neben dem Kehlkopf in seinen Hals drückte und beim Herausziehen die Schlagader zerfetzte. Ein gewaltiger Blutschwall schoss gegen den Türrahmen und lief daran herunter. Nachdem seine Lippen mehrfach stumm zuckten, sackte der Arzt im Eingang seiner

Praxisräume zusammen und strampelte mit den Beinen. Mit einem kräftigen Tritt beförderte der Fremde das rechte Bein des Sterbenden zurück in die Diele, bevor er die Tür leise hinter sich zuzog. Er atmete noch einmal kräftig ein und aus und drückte die Tüte mit Medikamenten eng an seinen Bauch. Niemandem fiel der Mann auf der Straße auf, der leicht schwankend in einer Nebenstraße verschwand.

22

»Als hätten wir nicht genug mit dem Mädchenmörder. Verdammt, jetzt kommt noch ein Fall dazu.«

Spiekermann fluchte so laut vor sich hin, dass Rita erstaunt den Kopf hob.

»Was ist denn da reingekommen? Suizid oder noch Schlimmeres?«

»In den frühen Morgenstunden hat eine Ehefrau ihren Mann, einen Tierarzt, tot in der Praxis aufgefunden. Der Mann lag direkt hinter der Praxistür. Die Frau steht unter Schock und wurde, nachdem die Polizei und der Rettungsdienst eintrafen, psychologisch betreut. Kommst du mit? Ich werde mir die Sache mal ansehen.«

Spiekermann wunderte sich schon nicht mehr darüber, dass seine Kollegin, statt eine Antwort zu geben, einfach die Jacke überwarf und Richtung Ausgang strebte.

Die beiden trafen auf mehrere Polizisten, die Mühe hatten, Patienten davon zu überzeugen, dass sie die Praxisräume mit ihren Kleintieren derzeit nicht betreten durften. Immer wieder kam es zu Streitigkeiten zwischen Hunden und Katzen, die auf Armen oder in Käfigen herangetragen wurden. Das Bellen und Fauchen war ohrenbetäubend.

»Sorgen Sie bitte dafür, dass der Platz vor der Praxis geräumt wird«, ordnete Spiekermann gegenüber einem überforderten Polizeimeister an, »die KTU muss arbeiten und braucht dafür Ruhe. Die Herrschaften werden sich einen anderen Tierarzt suchen müssen.«

»Was ist denn da drin passiert? Ist was mit Doktor Pilz passiert? Ich kann mit *Poseidon* nirgendwo anders hin. Der Herr Doktor will den Kater heute Morgen operieren.«

Die ältere Dame hatte Mühe, den Käfig mit dem fetten Kater überhaupt zu tragen. Sie zitterte am ganzen Leib. Rita trat näher und sah in den Korb, aus dem ein klägliches Miauen erklang.

»Ich schätze, gute Frau, dass Sie mit Ihrem Liebling in eine Tierklinik fahren müssen. Doktor Pilz wird für längere Zeit seine Praxis schließen müssen. Und für alle anderen, die hier noch warten, gilt das Gleiche. Suchen Sie bitte nach einem anderen Arzt. Mehr kann ich Ihnen zum jetzigen Zeitpunkt nicht sagen.«

Rita beeilte sich, Spiekermann in den Flur zu folgen, er wartete bereits ungeduldig an der Tür. Mehrere Beamte hatten sich durch den Türschlitz gezwängt, ohne den Leichnam des Arztes zu verschieben. Für Rita stellte die Enge überhaupt kein Hindernis dar. Mit einer gewissen Belustigung beobachtete sie danach das Bemühen ihres Kollegen, den Bauch einzuziehen und die Diele zu erreichen.

»Tja, das sind die Spätfolgen des Kuchenkonsums, lieber Klaus. Das Zeug schmeckt, man muss aber auch mit den Spätfolgen leben. Du solltest ...«

»Halt die Klappe!«, war alles, was Klaus Spiekermann darauf zu antworten bereit war. Gerade wollte er sich bücken, um das Opfer zu betrachten, das in einer riesigen Blutlache lag, als ihn die piepsige Stimme eines guten Bekannten zurückhielt.

»Der ist tot – mausetot, wenn Sie mich fragen.«

Doktor Schiller stand noch auf dem Flur und schien sich gerade zu fragen, wie er seinen imposanten Bauch durch den Türschlitz bekommen würde.

»Ist schon jemand auf den glorreichen Gedanken gekommen, die Lage des Körpers auf dem Teppich anzuzeichnen und Aufnahmen zu erstellen? Ich kann die erste Beschauung schlecht von hier draußen bewerkstelligen. Und so komme ich da nicht durch. Bitte, Spiekermann, schaffen Sie etwas Platz da drinnen. Ich muss zurück an meine Arbeit, meine Herren. Meine Kunden werden sonst ungeduldig.«

Trotz der ernsten Lage konnte Rita ein Grinsen nicht völlig verbergen. Sie liebte den Sarkasmus des Mediziners, der selbst nach dem schrecklichen Tod seiner geliebten Frau wieder zum normalen Alltag zurückgefunden hatte. Ein Mann der Spurensicherung zwängte sich an dem Rechtsmediziner vorbei und erledigte die Anordnungen, bevor sich auch Schiller endlich in die Diele zwängen konnte. Es dauerte nur kurz, bis er erste Fakten zur Lage von sich gab.

»Ein sehr scharfer, spitzer Gegenstand – ich tippe auf ein Klappmesser oder ein Stilett. Der Täter hat dem Mann mit nur einem Stich die Halsschlagader durchtrennt. Wenn ich mir den Gerinnungszustand des Blutes und den Zustand des Opfers betrachte, würde ich auf zwölf bis höchstens sechzehn Stunden setzen, dass der Tod eintrat. Schauen Sie in das Gesicht des Mannes. Fällt Ihnen etwas auf?«

»Er scheint keine Schmerzen gehabt zu haben. Die Augen sind erstaunlich weit geöffnet«, fasste Rita ihre Eindrücke spontan zusammen. Schiller nickte anerkennend.

»Sie haben recht, Frau Momsen. Der Arzt schien überrascht worden zu sein. Ich denke, dass er mit dem Angriff in diesem Moment nicht gerechnet hat. Ich könnte mir zwei Szenarien gut vorstellen. Entweder hat er die Tür geöffnet und wurde sofort mit dem Messer attackiert, oder er hat einen Kunden verabschieden wollen, der ihm möglicherweise als Bezahlung die Kehle durchschnitt und abhaute. Ich tendiere zur Möglichkeit zwei, da man sich die Zeit nahm, die Tür anschließend zu schließen. Bei Fall eins würde ich mir als Täter nicht die Mühe machen und die Tür schließen. Dann steche ich zu und verdufte. Was halten Sie von meiner Theorie, Frau Kommissarin?«

Spiekermann fühlte sich bei diesem Dialog zwischen den beiden etwas ausgeschlossen, sodass er sich einmischte.

»Ich würde auch annehmen, dass der Arzt einen Kunden rauslassen wollte und dann ermordet wurde. Lasst uns doch die Räume untersuchen. Vielleicht finden wir Beweise dafür, dass der Arzt vor dieser Tat in irgendeiner Weise für den Täter tätig war. Die werden sich doch nicht nur über das Wetter unterhalten haben. Vielleicht hatten sie sogar Streit und irgendwas ging dabei zu Bruch. Die Kollegen sollen die Nachbarn befragen, ob es gestern Abend hier laut wurde oder noch späte Besucher gesehen wurden. Ich schau mich mal um.«

Kaum war Klaus Spiekermann im Wartezimmer verschwunden, als der Ruf eines Beamten ihn und Rita in einen Nebenraum eilen ließ. Der Kollege der Spurensicherung wies auf den OP-Tisch, auf dem immer noch Blutspuren vorhanden waren. Daneben lagen in einer Schale noch Skalpelle und Nähmaterial.

»Der hat noch für den letzten Besucher gearbeitet«, bemerkte Schiller, der ihnen ebenfalls gefolgt war. »Nichts anfassen, meine Herren. Der Kollege Pilz hat definitiv eine Wunde genäht, wobei der Patient eine Menge Blut verloren hat. Das muss der letzte Besucher gewesen sein, da Pilz noch keine Zeit hatte, hier aufzuräumen. Und der Eingriff fand statt, nachdem die Mitarbeiterin bereits fort war. Sonst hätte die das sofort gereinigt. Es tut mir leid, aber ich habe da einen schlimmen Verdacht. Ich kann es noch nicht beweisen, aber ich werde das Gefühl nicht los, dass hier kein Tier – ich meine das im engeren Sinne – behandelt wurde.«

Augenblicklich wurde es sehr still im Raum. Jeder schien über den Sinn der Aussage nachzudenken. Rita stotterte: »Sie meinen, dass ...?«

»Ja. Ich kann es jetzt noch nicht beweisen, aber ich glaube, dass es das Blut eines Menschen ist, das wir dort sehen. Der Ouchterlonytest im Labor wird das feststellen, da wir damit zwischen Menschen- und Tierblut unterscheiden können. Was würden Sie tun, wenn Sie ein Krimineller sind und zum Beispiel während einer Tat verletzt beziehungsweise angeschossen wurden? In ein Krankenhaus können Sie nicht, denn die müssen Meldung bei der Polizei machen. Normale Arztpraxen sind eigentlich auch dazu verpflichtet, fallen auch weg. Wäre da ein Tierarzt nicht eine gute Alternative? Der hat auch Medizin studiert und kann operieren. Würden Sie dort als Ermittler nachfragen, wenn es um eine Notoperation ginge? Ich warte dann, bis der letzte Kunde verschwindet, und klingel bei dem Arzt an. Wenn der seine Arbeit gemacht hat, bezahle ich ihn möglicherweise so, wie wir es jetzt vorfinden. Zeuge beseitigt – fertig.«

Spiekermann schaltete sich wieder ein.

»Eine interessante Theorie, Doc. Auf jeden Fall sollten wir schnellstmöglich die DNA bestimmen und durch den Rechner laufen lassen. Vielleicht haben wir Glück. Warum grübelst du so, Rita?«

Klaus Spiekermann war längst aufgefallen, dass seine Kollegin nachdenklich auf die Blutlache starrte, die so allmählich eine feste Struktur und eine sehr dunkle Färbung annahm.

»Ich stelle mir gerade einen Eingriff an einem Menschen vor, der hier auf dem Rücken liegt. Das Blut ist größtenteils auf dieser Seite.« Rita wies auf den Tisch und ging auf die andere Seite. »Der Patient müsste dann die Verletzung an der linken Körperhälfte haben. Wenn ich mir vorstelle, dass hier der Kopf lag«, wieder zeigte sie auf eine Stelle des Tisches, »müsste sich die Wunde in Höhe der Bauchdecke befinden. Liege ich da richtig, Doktor Schiller?«

»Hätte ich einen Hut auf, würde ich ihn spätestens jetzt vor Ihnen ziehen. Das ist vortrefflich kombiniert, Frau Momsen. Ich bin begeistert. Ich kann bei dieser These nur zustimmen. Sollte es wirklich zutreffen, bedeutet das starke Schmerzen bei dem Verletzten. Wenn wir bedenken, welche Organe sich in dem Bereich befinden, sicherlich kein Vergnügen. Die Gefahr von Nachblutungen ist permanent vorhanden, wenn der Patient nicht absolute Bettruhe einhält. Die krassen Faustkämpfe mit Bauchwunden gehören in die Welt der Fabeln und der amerikanischen Spielfilme. Nur

Bruce Willis schafft es dann noch, aus Flugzeugen zu springen.«

Klaus Spiekermann näherte sich Rita und legte ihr eine Hand auf die Schulter.

»Ich glaube, ich weiß, was du gerade denkst. Rita, das wäre ein unglaublicher Zufall. Es gibt noch mehr Kriminelle, die ihre Wunden versorgen müssen. Aber wir werden es bald genau wissen, wenn wir die Blutgruppen und die DNA vergleichen können. Doch lass uns bis dahin weiter nach Hinweisen suchen, um alle Möglichkeiten einzubeziehen. Ich spreche mal mit der Ehefrau. Hoffentlich hat die den Schock jetzt verarbeitet. Die Angestellte ist ebenfalls eingetroffen. Bitte befragen, ob ihr gestern noch etwas aufgefallen ist.«

Stumm stand Rita vor dem OP-Tisch und bewegte kaum merklich die Lippen. Sie formten, ohne dass es ein Anwesender mitbekam, den Namen *Kai*. Warum sie es tat, konnte sie sich selbst nicht erklären. Hatte Peter nicht einmal zu ihr gesagt, dass er viele Dinge und Erklärungen im Bauch spürte? Sie musste diesem Gefühl unbedingt nachgehen.

23

Einen Moment verweilte Schwester Marianne an der Scheibe, die ihr einen freien Blick auf den ruhig daliegenden Körper von Helga Körner gestattete. Es hatte sich auf der Station schnell herumgesprochen, was diese arme Frau mit dem hübschen Gesicht hatte durchmachen müssen. Alle waren darüber informiert worden, dass sie wahrscheinlich für den Rest ihres Lebens in dieser Parallelwelt würde verbleiben müssen, die ein Wachkoma in der Regel bedeutete. Schuld daran sollte ein Serienmörder sein, aus dessen tödlichen Klauen sie sich verletzt befreien konnte. Sie wechselte jedoch nach Meinung der medizinisch versierten Mitarbeiter von einem zwar schrecklichen, dennoch baldigen Tod in einen lang anhaltenden Todeskampf. Das Leben hatte für sie jeden Sinn verloren und doch musste es ihr erhalten bleiben. Schwester Marianne war mehr zufällig Zeuge geworden, als dem Ehemann die nackte Wahrheit mitgeteilt wurde. Sie mussten Reinhard Körner ein Beruhigungsmittel spritzen, da er erst völlig zusammenbrach, um anschließend wie ein Berserker nach Rache rief. Er schrie seine Verzweiflung, seine Trauer über den Flur der Station, ließ dabei keinen Zweifel daran, was er mit dem Täter tun würde, würde er ihn je zu fassen bekommen. Schwester Marianne zuckte zusammen, als Doktor Rasmus neben ihr auftauchte und ebenfalls gedankenverloren durch die Scheibe blickte.

»Was denken Sie gerade?«, wollte er wissen.

»Wenn ich das so frei heraussagen darf, Herr Doktor. Ich wünschte, diese Frau würde gleich friedlich einschlafen, um sich in Gottes gnädige Hände begeben zu können. Das ist kein Leben, so wie wir es uns wünschen. Ich mag es mir nicht einmal vorstellen, dass sie uns vielleicht sogar hört, aber keine Möglichkeit hat, zu reagieren.«

»Auch für uns Neurologen ist dieser Zustand, den man auch apallisches Syndrom nennt, völlig unerforscht. Die Frage steht nach wie vor noch im Raum, ob die Patienten die Geschehnisse um sich herum wirklich bewusst wahrnehmen oder einfach nur rein mechanisch mit geringen Reflexen reagieren. Mich berührt es als Arzt sehr, dass die Patientin mit offenen Augen dort liegt, dennoch den Bewegungen um sich herum nicht folgen kann. Es muss die Hölle sein, wenn sie vielleicht vertraute Geräusche oder Gespräche aufnimmt und keine Chance hat, darauf zu reagieren. Wir können froh sein, dass Frau Körner noch selbstständig atmen kann.«

Doktor Rasmus drückte nach einem Blick auf das Display das eingehende Gespräch auf seinem Smartphone weg und wandte sich wieder an Schwester Marianne.

»Doch geschehen auch bei diesen Patienten hin und wieder kleine Wunder und sie erwachen eines Tages aus diesem Zustand. Das bedeutet, dass sich das Großhirn selbst regeneriert hat, denn andere Hirnareale müssen nicht zwangsläufig geschädigt worden sein. Doch es ist relativ unwahrscheinlich, dass der Patient danach wieder vollkommen gesundet. Hoffen wir für Frau Körner das Beste.«

Der erfahrene Arzt ließ eine Mitarbeiterin zurück, die schon einige Male den Leidensweg solcher Patienten begleiten musste. Sie seufzte ein letztes Mal und folgte dem Geräusch, das ihr anzeigte, dass ein anderer Patient Hilfe anforderte. Sie bekam nicht mehr mit, dass sich die Fahrstuhltür öffnete und eine Gruppe von Besuchern in den Flur strömte, die sich in den Zimmern verteilte. Ein junger Arzt blickte sich suchend um, der noch die grüne Kleidung mit der Haarhaube trug, die anzeigte, dass er aus dem OP-Bereich kam.

Rita und Peter Liebig brachen den Besuch bei Dr. Schiller ab, als sie erfuhren, dass die DNA-Daten erst nach etwa fünfundvierzig Minuten zur Verfügung stehen würden. Sie könnten in einigen wichtigen Punkten Klarheit schaffen. Während Liebig neben Rita Momsen die Treppe zum Empfang hinunterstieg, ging ihm die Tragik seines Jobs durch den Kopf. In den letzten Monaten hatte er einige dramatische Fälle bearbeiten müssen, die ihnen diverse Serienmörder präsentiert hatten. Eigentlich war es eine bewiesene Tatsache, dass die ersten achtundvierzig Stunden wichtig waren, um einen Mord aufklären zu können. Fand man in dieser Zeit nicht die wichtigen Spuren, folgte eine schwierige Detailarbeit, die dem Mörder einen gehörigen Vorteil und Vorsprung bot. Spuren konnten quasi unbrauchbar werden – Erinnerungen von Zeugen konnten verwischen. Genau diese Situation entwickelte sich in dem aktuellen Fall. Selbst die Zeugin wurde auf tragische Weise für sie unbrauchbar, da ihr Erinnerungsvermögen nicht abrufbar war. Er blieb plötzlich stehen und blickte in die Richtung, in der er die Station wusste, in der Helga Körner um ihr Leben kämpfte.

»Was ist mit dir los, Peter?«

»Ich kann dir diese Frage eigentlich gar nicht beantworten. Mir selbst geht eine Frage durch den Kopf, die sicherlich absurd klingen mag, aber sie ist nun einmal da und will beantwortet werden. Bis jetzt haben wir erfolgreich die Information vor der Presse zurückhalten können, dass wir eine Frau fanden, die dem gesuchten Serienmörder entkommen konnte. Ich hoffe wenigstens, dass es so ist. Ich werde es erst morgen früh wissen, wie dicht alle hielten.«

»Ich verstehe nicht, worauf du hinauswillst, Peter.«

»Versetz dich einmal in die Lage des Mörders. Gehen wir einmal davon aus, dass die Situation tatsächlich so war, dass Helga Körner nur deshalb entweichen konnte, weil sie es irgendwie schaffte, den Mann zu verletzen, und somit frei war. Das Schwein ist aber nicht tot, wie Helga annehmen musste. Er sieht, dass sein Opfer entkam – ein Opfer, das ihn gesehen hat, ihn beschreiben könnte. Wo ist die hin, muss er sich fragen? Da bieten sich verschiedene Möglichkeiten an.«

Rita hatte den Blick in die Ferne gerichtet und sinnierte laut.

»Sie könnte, da sie ja schwer verletzt war, mittlerweile irgendwo in der Umgebung tot zusammengebrochen sein. Hat sie es geschafft, Hilfe zu bekommen, würde ich sie in einem Krankenhaus vermuten. Das würde mir als sehr wahrscheinlich erscheinen.«

»Richtig, Rita. Doch bisher ist noch nichts durch den Rundfunk, der sehr schnell darüber berichten könnte, bekannt geworden. Wäre sie gestorben, wüsste bereits jeder davon. Lebt sie noch, wird die Polizei den Mantel des Schweigens darüber legen wollen. Fazit? Sie lebt noch. Wo also hat man die Frau untergebracht? Bedingt durch die Nähe zum Tatort bietet sich das Uni-Klinikum an. So weit, so gut. Du bist jetzt der Mörder. Was tust du?«

Rita zog ihren Chef und Geliebten am Ärmel Richtung Neurologie, während sie ihm die Antwort präsentierte.

»Wir müssen Doktor Rasmus warnen und sofort eine Wache vor die Tür stellen. Das Schwein kann ja nicht wissen, dass Helga Körner quasi tot ist und keine Gefahr für ihn darstellt. Der wird nicht lange brauchen, um rauszufinden, wo sie eingeliefert wurde und auf welcher Station er sie suchen muss. Verdammt, Peter, gut, dass du darauf noch gekommen bist.«

In kürzester Zeit hatten die beiden den Eingang zur Neurologie erreicht und drückten den Fahrstuhlknopf. Der erleuchtete Pfeil zeigte ihnen, dass sich der Korb aus einer der oberen Etagen näherte. Das Geschrei aus dem Flur nebenan ließ die beiden Beamten aufhorchen und durch die Glastür blicken, die zum OP-Bereich führte. Dort waren lediglich mehrere Personen zu erkennen, die wild gestikulierend durch den Flur irrten und immer wieder in ein Zimmer wiesen, in das jedoch keiner gehen wollte. Peter Liebig erfasste die Situation sofort und stieß die Tür auf, wobei ihm Rita auf dem Fuße folgte. Seine Befürchtung bestätigte sich auf eine grausame Weise. Vor ihnen breitete sich eine riesige Blutlache aus, in der sich der Körper eines vermutlich verletzten Mannes befand. Ein Arzt bemühte sich um den Mann, indem er wie wild, dennoch rhythmisch auf den Brustkorb drückte. Der Hals war notdürftig bandagiert worden, vermutlich, weil dort die eigentliche Verletzung saß. Immer wieder hörte man die Worte zwischen dem Keuchen des Arztes.

»Komm zurück Jan, bitte tu uns das nicht an! Du sollst atmen, verdammt! Bitte atme!«

Ein Arztkollege drückte Peter Liebig zur Seite und fasste den jetzt weinenden Helfer an der Schulter.

»Karlheinz, hör auf damit. Bitte lass Jan. Er ist tot. Und du weißt das so gut wie ich. Es ist zu spät.«

Der mit Karlheinz angesprochene Arzt ließ sich aufschreiend nach hinten fallen und saß nun komplett in der großen Blutlache des Kollegen. Ständig konnten die Umstehenden seine Worte hören.

»Er war doch mein Freund. Wir wollten morgen die Geburt seiner Tochter feiern. Der verdammte Kerl kann doch nicht so einfach ...«

Obwohl auch bei Peter Liebig die Szene Wirkung hinterließ, fasste er sich sehr schnell und drängte die hinter sich versammelten Angestellten zurück.

»Bleiben Sie bitte alle zurück. Wir sind von der Polizei und bitten Sie, vernünftig zu sein. Niemand darf diesen Raum ab jetzt betreten. Das ist ein Tatort und wird sofort verschlossen. Bitte, meine Herren, stehen Sie auf und warten Sie vor der Tür!«

Während er die Anordnungen gab, zog er die beiden Ärzte hoch, die sich um das Opfer gekümmert hatten. Es war ein schauderhafter Anblick, als der blutbesudelte Karlheinz in den Flur torkelte und von weiteren Angestellten gestützt werden musste. Rita zog die Tür zu und stellte sich demonstrativ davor. Das Smartphone lag an ihrem Ohr, mit dem sie die Spurensicherung herbeibeorderte. Peter Liebig wandte sich der Gruppe zu und stellte erste Fragen.

»Wer hat das Opfer gefunden? Hat jemand etwas zum Hergang beizusteuern? Dann bitte auf die linke Seite. Alle anderen möchte ich darum bitten, wieder an die Arbeit zu gehen und Platz zu schaffen. Auch wir müssen jetzt unsere Arbeit erledigen. Also, wer hat den Mann gefunden und wie lange ist das her?«

Der zaghaft erhobene Finger einer älteren Schwester zeigte, wer sich angesprochen fühlte. Sie trat einen Schritt nach vorne und senkte den Kopf.

»Der Herr Doktor war immer so nett zu uns. Das hat er nun wirklich nicht verdient.«

Liebig nahm die Frau beiseite und sah in deren verweinte Augen.

»Was haben Sie genau gesehen? Jedes Detail ist für uns wichtig.«

»Doktor Schäfer hatte mit uns vor einer halben Stunde eine OP durchgeführt und wollte einen Moment haben, in dem er seine Frau anrufen konnte. Die beiden haben ...«

»Ich weiß, gute Frau, er ist gerade Papa geworden. Wann haben Sie ihn gefunden?«

»Das müsste vor ungefähr zwanzig Minuten gewesen sein. Ich wollte ihn daran erinnern, dass wir einen weiteren Patienten schon in Narkose hatten und er dringend gebraucht würde. Doch da lag er schon da.«

Schwester Kerstin, wie sich später herausstellte, schlug die Hände vor das Gesicht und schluchzte. Liebig legte seinen Arm um sie und zog die weinende Frau an die Brust, was bei Rita ein mildes und bejahendes Lächeln erzeugte.

Sie hatte mitgehört, was die besorgte Schwester von sich gegeben hatte. Bei der nächsten Antwort zuckte sie zusammen. Peter Liebig reagierte ebenso schnell.

»Ist Ihnen etwas Besonderes aufgefallen, als sie den Raum betraten?«

Schwester Kerstin befreite sich dankend aus der Umarmung und tupfte mit ihrem Taschentuch die Tränen fort. Sie überlegte nur einen Moment, bevor sie die entscheidenden Worte von sich gab. Genau in diesem Augenblick konnte Liebig aus den Augenwinkeln erkennen, dass mehrere Uniformierte den Flur betraten und Neugierige zurückdrängten.

»Ich habe nicht verstanden, warum sich Doktor Schäfer umgezogen hatte. Er wusste doch, dass er noch einmal in den OP musste. Aber sein Arztkittel war nicht mehr da.«

Ein einziger Blick zwischen Rita und Peter Liebig genügte, um eine Reaktion zu erzeugen.

»Sie, Sie und Sie kommen mit uns. Sie, Herr Kollege, warten hier vor der Tür und lassen nur die Kollegen der Spurensicherung hinein. Die anderen sofort folgen. Wir sichern jetzt den Aufzug und alle Treppen, die nach oben führen. Es darf keiner an Ihnen vorbei. Achten Sie besonders auf Männer in OP-Bekleidung. Und Sie, lieber Kollege rufen sofort Verstärkung herbei. Keiner darf das Haus ohne meine Genehmigung verlassen. Das gilt auch für Angestellte. Los geht`s, meine Herren!«

Die angesprochenen Polizisten verteilten sich auf die Treppenaufgänge, während Rita im Windschatten von Liebig im Aufzug verschwand. Ungeduldig trommelte Liebig gegen die Schalttafel, da ihm das geringe Tempo des Fahrstuhls gehörig auf die Nerven ging. Als sie endlich auf den Flur traten, wandten sie sich sofort nach links, wo sie das Zimmer von Helga Körner wussten. Fast wäre Liebig gegen den riesigen Wagen gestoßen, mit dem das Essen der Patienten befördert wurde. Im letzten Moment konnte er dem Ungetüm ausweichen. Am Ende des Flurs schloss sich mit kaum hörbaren Schmatzen eine Glastür. Wir gebannt starrte Liebig auf den Eingang zu Zimmer vierhundertachtzehn, um kurz davor abzubremsen. Eine Person im weißen Kittel beugte sich weit über Helga Körner und versuchte, auf der anderen Seite des Bettes an den Schlauchverschlüssen Einstellungen vorzunehmen. Peter Liebig riss die Tür auf und stürmte auf das Bett zu, während Rita die Waffe aus dem Holster riss und auf die Person anlegte.

»Polizei. Nehmen Sie die Hände hoch und legen Sie die sofort hinter den Kopf. Treten Sie langsam vom Bett zurück und drehen sich um.«

Ritas Stimme war kühl und sachlich. Niemand bemerkte in diesem Augenblick ihre Erregung. Endlich hatten sie den Mann, der so viel Leid verursacht hatte. Liebig war währenddessen am Bett angekommen und riss den Verdächtigen herum.

»Sie? Was tun Sie hier bei Frau Körner?«

Schwester Marianne befreite sich mit einer energischen Bewegung vom festen Griff des Hauptkommissars. Ihre Augen funkelten wild, als sie ihn anschrie.

»Sind Sie wahnsinnig geworden? Bin ich vielleicht die Stationsschwester? Was erlauben Sie sich eigentlich? Nehmen Sie bitte Rücksicht auf die Patientin. Und nun raus hier, damit ich weiter arbeiten kann!«

160

Rita steckte zögernd die Waffe zurück und wechselte einen Blick mit Liebig, der nun langsam seine Fassung zurückgewann.

»Ist Ihnen jemand aufgefallen in den letzten Minuten? Machen Sie schon, Schwester, es ist sehr wichtig. Wir suchen jemanden, der Frau Körner töten will.«

Jetzt endlich war der Augenblick gekommen, an dem selbst Schwester Marianne die Gesichtsfarbe wechselte. Sie schnappte erregt nach Luft und griff sich an die Brust.

»Wie meinen Sie das? Jemand will Frau Körner töten.«

»Genauso, wie ich es gesagt habe. Diese Frau befindet sich in größter Gefahr. Was ist also? War jemand ...?«

»Ja, ja, als ich reinkam, war ein Arzt im Zimmer, der sich die Patientin ansehen wollte. Er ging aber wieder, als ich ihn ansprach. Ich finde, man darf ja wohl noch fragen, wenn man den Arzt nicht kennt. Ich hatte mich gewundert, dass sich hier ein Arzt rumtreibt, der eigentlich in den OP gehörte. Hier oben trägt man keine OP-Kleidung.«

Rita fasste Schwester Marianne am Arm und schüttelte sie leicht.

»Wo ist dieser angebliche Arzt hin? Haben Sie ihn weggehen sehen?«

»Natürlich habe ich den Mann gesehen. Aber der müsste Ihnen doch auch auf dem Flur begegnet sein. Das war doch erst vor wenigen Sekunden.«

Liebig sprintete los, riss Rita mit sich auf den Flur.

»Die Feuertreppe. Er ist über die Feuertreppe nach unten. Wie konnte ich nur die Feuertreppe vergessen? Ich bin ein Vollidiot. Los, Rita, vielleicht erwischen wir den Kerl noch, bevor er im Getümmel verschwinden kann.«

Fast wäre der Hauptkommissar gegen das Geländer gestürzt, als sich seine Schuhe in einem grünen Kittel verfingen, den jemand auf der obersten Plattform der Nottreppe abgelegt hatte. Ein Blick nach unten ließ die Hoffnung auf null sinken, den Flüchtigen noch im Gebäude zu erwischen.

24

»Ich verstehe Sie einfach nicht, Liebig. Das hätten Sie sich als erfahrener Polizist doch denken können. Der Mörder lässt den einzigen Zeugen, der ihn identifizieren könnte, nicht lebend davonkommen. Himmel noch einmal. Wie hätten wir in der Öffentlichkeit dagestanden, wenn die Schwester nicht zufällig dazugekommen wäre? Hat sie denn wenigstens eine Beschreibung geben können?«

Kriminalrat Rösner lief in einer Tour quer durch Liebigs Büro und ruderte wild mit den Armen. Die Mitglieder der Soko konnten die Szene Wort für Wort verfolgen, da der Dezernatsleiter ungewohnt erregt und laut seinem Ärger Luft machte. Doch jeder im Raum wusste, dass er ebenso schnell wieder runterkam, wenn er alles losgeworden war. Auch Liebig versuchte als Kenner des Metiers gar nicht erst, die Situation zu beschönigen. Er nahm den Anschiss ungerührt hin und schwieg. Wie zu erwarten war, beruhigte sich der Chef wieder und setzte sich an den Schreibtisch. Schon viel gefälliger kamen jetzt seine Fragen.

»Was ist nun mit der Beschreibung und was werden wir jetzt tun, Liebig?«

»Sie können sich dessen sicher sein, dass ich als Erstes nach dem Aussehen des Mannes gefragt habe. Aber auch da haben wir nichts in der Hand. Schwester Marianne, das ist diejenige, die ins Zimmer kam, konnte das Gesicht nicht erkennen, da sich dieser vermeintliche Arzt sofort abwandte und aus dem Zimmer verschwand. Was ihr im Gedächtnis blieb, waren Kleinigkeiten. Sie meinte, dass der Mann etwa Mitte dreißig war und leicht gebeugt lief. Sie hatte den Eindruck, dass er eine Schonhaltung eingenommen hätte, so als hätte er Magenschmerzen. Außerdem wunderte sie sich darüber, dass dieser Besucher mit einer OP-Kleidung im Krankenzimmer auftauchte. Das ist sehr ungewöhnlich.«

»Hören Sie, Liebig. Von oberster Stelle habe ich gehört, dass sich die Klinikleitung an den Polizeipräsidenten gewandt hat. Sie wollen eine Untersuchung anstrengen, warum das mit ihrem angestellten Arzt überhaupt passieren konnte. Sie meinen, dass das hätte verhindert werden können, hätten wir unseren Job gemacht. Ich weiß ja, dass es sich bekloppt anhört, doch die fordern eine interne Untersuchung ein. Der Präsident hat das erst einmal abgelehnt und erwartet jetzt die Ansprache durch deren Anwälte. Machen wir uns also auf einiges gefasst. Doch losgelöst von dem Unsinn – was haben Sie jetzt vor?«

Peter Liebig wirkte sogar nach dieser Ankündigung sehr gelassen und winkte Rita herein, die ihn durch die Glasscheibe beobachtete.

»Ich werde neben den Standardrecherchen über bekannte Psychopathen einer Idee von Frau Momsen nachgehen, die das Ihnen aber selbst erläutern kann. Moment.«

Rita, die heute eine eng anliegende Lederhose trug, die ihre tadellose Figur extrem gut zur Geltung brachte, setzte sich nach Aufforderung auf den zweiten Stuhl neben den

Kriminalrat. Ihr war nicht entgangen, dass Rösner ungewöhnlich lange auf ihre Beine starrte und hochschreckte, als er von Peter Liebig angesprochen wurde. Wie ein Schüler, der beim Abschreiben erwischt wurde, überzog sein Gesicht eine leichte Röte. Verwirrt suchte er den Blick seines Abteilungsleiters.

»Wie ich schon erwähnte, Herr Kriminalrat, hat die Kollegin Momsen eine Theorie entwickelt, deren Logik ich mich nicht entziehen möchte. Bitte, Frau Momsen, erzählen Sie.«

»Ich war mit dem Kollegen Reinder zu einer Befragung eines Zeugen, der uns wegen der Ähnlichkeit der Frau Körner mit einer ehemaligen Nachbarin, einer gewissen Ines Kopmann, angerufen hatte. Im Grunde gab es keine Hinweise darauf, dass diese Nachbarin in irgendeiner Beziehung zu der Gesuchten stehen könnte. Auch um einige Ecken herum keine Verwandtschaftsverhältnisse. Das haben wir überprüft. Folglich handelte es sich wohl um eine zufällige Ähnlichkeit. Doch die Beschreibung der Familie blieb bei mir unbewusst hängen.«

»Und was empfanden Sie so bedeutend, dass Ihnen das jetzt plötzlich erwähnenswert erscheint?«, hinterfragte Rösner, der dieser Erklärung noch keinen Wert beizumessen schien.

»Es war die Bemerkung, dass es sich bei Ines Kopmann um eine Prostituierte handelte. So betitelte der Zeuge Hollstein zumindest die Frau. Ich weiß, dass dieser Verdacht schnell von bösen Nachbarn ausgesprochen wird, doch erschien mir das in dem Fall sogar realistisch. Aber das allein macht mich nicht nachdenklich. Es war das Verhältnis der Familie untereinander. Hier gab es den Vater, einen

165

Dieter Kopmann, der ein inniges Verhältnis zu dem kleinen Kai unterhielt. Nicht dass wir uns falsch verstehen, der mochte den unehelichen Sohn von Ines Kopmann wie ein eigenes Kind. Soll ein wirklich toller Vater gewesen sein, behauptet Hollstein. Doch wenn man ihn nach dieser Ines, der Mutter von Kai fragte, verdrehte der die Augen. Die soll den Kleinen schikaniert und sogar des Öfteren gequält haben. Es wurde erzählt, dass er oft Brand- oder Schlagwunden davontrug.«

Rösner hatte sehr gut zugehört und zeigte erstes Interesse an dem Bericht.

»Und nun denken Sie, dass dieser Kai sich rächen will? Liege ich da richtig?«

»Versetzen wir uns doch einmal in die Person dieses Jungen. Der hat eine leibliche Mutter, die ihn misshandelt. Diese Mutter reagiert ihre Aggressionen an dem eigenen Kind ab. Das muss ein Kind, das doch normalerweise Liebe bei einer Mutter erwartet, zutiefst enttäuschen. Nun geht die eigene Mutter, die doch eigentlich ein Vorbild an Reinheit für einen Sohn sein sollte, auch noch auf den Strich, was das Bild des Kindes von einer perfekten Mutter vollends zerstört. Dr. Afarid klärte uns vor einiger Zeit darüber auf, dass die Grundlagen der Entwicklung bereits im Kindesalter gelegt werden. Mir kam einfach die Idee, dass dieser Kai einfach nicht vergessen kann, was er an Schmerzen und Erniedrigungen erleben musste. Wäre es nicht denkbar, dass er sich nun als Erwachsener für all das Leid an den Frauen rächen will, die so aussehen wie seine Mutter?«

»Oha, das ist eine gut durchdachte, aber auch gewagte Theorie, Frau Momsen. Wie denken Sie darüber, Liebig?«

Zwei Augenpaare ruhten jetzt auf dem Hauptkommissar, der schon mit der Frage des Kriminalrats gerechnet hatte.

»Ich muss sagen, dass mich, nachdem ich davon gehört habe, der Gedanke ebenfalls beschäftigt. Es wird besonders interessant, wenn wir die ersten Ergebnisse der Recherche in die Waagschale werfen. Wir haben nach der Familie gesucht und Interessantes herausgefunden. Dieter Kopmann, der sich vor neun Jahren von seiner Frau Ines scheiden ließ, verstarb vor zwei Jahren an einem Krebsleiden. Kurze Zeit später verschwand Ines Kopmann, die zwischenzeitlich wieder ihren Mädchennamen Parkau angenommen hatte, spurlos. Bis heute ist sie nicht wieder aufgetaucht. Als wir versuchten, den Wohnort von diesem Kai Kopmann herauszubekommen, gab es Hinweise darauf, dass er angeblich bereits vor Jahren ausgewandert sei. Derzeit versuchen wir, herauszufinden, wo der Mann, der jetzt vierunddreißig Jahre sein müsste, verblieben ist. Für mich ist das ein hochinteressanter Verdacht, dem ich jetzt meine volle Aufmerksamkeit widmen werde.«

»Haben wir Bilder von dem Kerl?«, wollte Rösner wissen.

»Bisher existieren nur Fotos aus Kinderzeiten. Ich bin da aber dran, Herr Kriminalrat. Ich bin mir sicher, dass wir Fotos bekommen werden und auch den Aufenthaltsort herausbekommen. Wenn der Mann sich im Bundesgebiet aufhält, bekommen wir ihn zu fassen. Ich glaube, dass es Gründe geben muss, dass sich der Mann unsichtbar machen will.«

»Das hört sich sehr gut an, Frau Momsen. Gute Arbeit. Bleiben Sie dran an der Sache und halten mich bitte auf dem Laufenden.«

Kriminalrat Rösner erhob sich müde und machte Anstalten, sich zum Ausgang zu bewegen. Auf halbem Wege blieb er stehen und drehte sich um.

»Bevor ich es vergesse, Herrschaften. Ich weiß, dass Sie beide aus sicherlich gutem Grund Ihre Liebschaft, wenn ich es so nennen darf, vor mir verbergen wollen. Es mag Ihrer naiven Vorstellung geschuldet sein, das vor mir verbergen zu können. Doch habe ich Augen im Kopf und Ohren, die das Wispern der Hausflöhe verstehen können. Die klaren Anzeichen einer innigen Beziehung zweier Menschen in meinem Team entgehen mir nicht. Vergessen Sie niemals, dass auch ich die gleiche Ausbildung hatte wie Sie, aber mit noch mehr Lebenserfahrung aufwarten kann. Und das Wichtigste an der Sache: Auch ich war einmal jung und war mit einer ehemaligen Mitarbeiterin lange verheiratet. Wir werden ein anderes Mal darüber sprechen.«

Rösner legte eine Pause ein und betrachtete mit einem unergründlichen Lächeln die verdutzten Gesichter.

»Was ist los mit Ihnen? Wollten Sie sich nicht in die Arbeit stürzen?«

25

Die Schmerzen drohten dem Killer das Bewusstsein zu rauben. Bei seiner Flucht über die Feuertreppe war er schwer gestürzt und gegen das Geländer gekracht. Er presste beide Hände gegen die teilweise aufgebrochenen Wunden und spürte, dass erneut Blut austrat. Über sich hörte er, wie die Tür zum Gang aufgerissen wurde und zwei Personen sich über seine Flucht austauschten. Wären sie ihm weiter gefolgt, hätte er keine Chance gehabt zu entkommen. Inständig betete er dafür, dass sie die Verfolgung aufgaben. Minuten später atmete er befreit auf, da er sicher sein konnte, dass genau das eingetreten war. Unter ihm auf dem Gelände tummelten sich mittlerweile Horden von uniformierten Polizisten. Er riskierte einen Blick in den Gang, vor dessen Außentür er sich gerade aufhielt. Mehrere Patienten hielten sich dort auf und machten erste Gehversuche. Trotz der Schmerzen überzog plötzlich ein gemeines Lächeln sein Gesicht. Die offen stehende Tür eines Krankenzimmers erlaubte ihm einen Blick auf den darin liegenden Patienten, der die Augen geschlossen hielt und ruhig atmete. Er ahnte nichts von der ihm drohenden Gefahr.

Holger Hirscher bäumte sich auf, als sich die Hand mit dem Waschlappen über Mund und Nase legte und unbarmherzig zudrückte. Mit all der ihm zur Verfügung stehenden Kraft versuchte er, diese Hand wegzureißen, was ihm jedoch so kurz nach einer Narkose schwerfiel. Er trat in seiner Verzweiflung um sich, sah dabei in das Gesicht eines Mannes, der seinen Triumph nur schwer verbergen konnte, als die Gegenwehr immer mehr nachließ. Schließlich erschlaffte der Körper des Kranken und seine Pupillen verschwanden für einen Augenblick unter den Augenlidern. Er bekam nicht mehr mit, dass der Besucher seinen Schrank inspizierte und den Inhalt prüfte. In dem Zimmer breitete sich eine erschreckende Stille aus, die nur der Tod selber so schaffen konnte.

Besucher, unter denen sich auch zwei Polizisten befanden, warteten höflich vor dem Fahrstuhl, bis der sichtlich geschwächte Patient in dem leicht verschlissenen Trainingsanzug den Fahrkorb verlassen hatte.

»Kann mir jemand sagen, wo ich die Röntgenabteilung finden kann?«

Eine Krankenschwester, die sich ebenfalls unter der Gruppe befand, die nach oben fahren wollte, zeigte auf die Linien, die auf dem Boden geklebt worden waren.

»Folgen Sie nur der gelben Linie, dann kommen Sie automatisch hin.«

Die Hektik im Eingangsbereich war unübersehbar. Schnell hatte der gebeugt gehende Mann erkannt, dass ein Verlassen des Gebäudes durch den Haupteingang ohne eingehende Kontrolle für ihn kaum möglich war. Der gelben Linie folgend schlurfte er weiter Richtung Röntgenabteilung. Hier herrschte noch völlige Ruhe, wenn man von vier wartenden Patienten in der Sitzecke absah. Am Ende des Flurs sah der Neuankömmling zwei Schwestern, die sich Mäntel über die Kittel geworfen hatten, mit einer Zigarettenschachtel in der Hand um die Ecke verschwinden.

Rauchen kann man nur draußen in der Raucherecke. Also muss dort ein Hinterausgang sein.

Die Logik in seinen Gedanken funktionierte noch trotz neu einsetzender Schmerzen. Er folgte den beiden und wurde nicht enttäuscht, als er ebenfalls um die Ecke bog. Bevor eine der Schwestern auch nur eine Frage stellen konnte, gab der Mörder schon die Antwort.

»Nur mal schnell eine Kippe, dann husch ich wieder rein. Ist ja auch viel zu kalt hier draußen, um länger zu bleiben. Sie haben wenigstens einen Mantel. Aber das ist es immer wieder, diese beschissene Sucht, die uns in die Kälte treibt.«

Die beiden Schwestern, die nur kurz ihr Gespräch unterbrochen hatten, widmeten sich wieder ihren Zigaretten und verloren schnell ihr Interesse an dem Mann, der wirklich krank aussah und leicht gebeugt der Kälte trotzte. Keiner von ihnen fiel auf, dass er sich keine Zigarette anzündete, sondern lediglich die Fluchtmöglichkeiten auslotete. Als er endlich allein am unteren Ende des Kellerabgangs stand, bemühte er sich Stufe für Stufe nach oben, wo der Blick zum kleinen Raucherpavillon für Patienten frei wurde. Viel interessanter für ihn war der schmale Pfad, der zum Nebengebäude führte. Niemand hinderte ihn daran, als er daran vorbeilief und das große Parkhaus betrat.

Gemessen an der allgemeinen Hektik auf dem Gelände der Uniklinik herrschte hier vergleichsweise Ruhe. Die Augen des Killers suchten jeden Winkel der riesigen Parkfläche ab. Sie verfolgten jeden einzelnen Besucher, bewerteten das Risiko, bei einem Überfall entdeckt zu werden. Die kleine Frau, die unsicher um sich blickend den Fahrstuhl verließ, fiel ihm sofort auf. Sie war die Einzige, die sich im Moment auf der Parketage befand und vermutlich ihr Auto suchte. Wie eine Spinne, die ihr Opfer fest im Blick behielt, folgte er ihr und registrierte endlich befriedigt, dass die Blinklichter eines BMW auf die Signale der Fernbedienung reagierte. Fast gleichzeitig traf er mit der Besitzerin am Fahrzeug ein und ließ ihr höflich den Vortritt. Mit einem dankbaren Lächeln ließ sich Angelika Rossberg in den Fahrersitz fallen und suchte nach dem Türgriff. Als sich die Fahrertür nicht schließen ließ, suchte ihr Blick nach dem möglichen Hindernis. In dem Augenblick, als sie ihr langes blondes Haar zur Seite strich und in das Gesicht des jungen Mannes sah, fuhren gleichzeitig zwei Finger tief in ihre Augenhöhlen und drückten die Augäpfel weit hinein. Obwohl sie es versuchte, gelang es ihr nicht zu schreien, da ihr im selben Moment eine andere Hand den Kehlkopf zertrümmerte. Lediglich ein kaum wahrnehmbares Schmatzen entfuhr ihrer jetzt komplett deformierten Kehle. Ihre Hände versuchten die Stelle zu berühren, an der noch kurz zuvor die Augen ihren Dienst versehen hatten. Die Finger glitten über austretendes Blut und glibberige Augenflüssigkeit. Die Füße, die sie weit in den Fußraum gestreckt hatte, verfingen sich zwischen Gas- und Bremspedal, versuchten wieder freizukommen. Das gelang erst, als der Mann sie brutal aus dem Sitz zerrte und vor der Front des Wagens ablegte. Dort klammerte sich Angelika Rossberg mit letzter Kraft an der Stoßstange fest. Sie hatte keine Möglichkeit, sich durch Rufen bemerkbar zu machen.

Als der schwere BMW die Frau überrollte, erstarb fast augenblicklich jede ihrer Bewegungen. Der teure Wollmantel bedeckte teilweise ihren zertrümmerten Schädel und die zerquetschten Gliedmaßen. Den bezahlten Parkschein entriss der Mörder ihren noch leicht zuckenden Fingern. Ruhig glitt der schwarze Luxuswagen über die Kaulbachstraße und verschwand im dichten Verkehr, ohne dass auch nur der geringste Verdacht auf den Fahrer fiel, der leise einen Helene-Fischer-Song mitsang, der aus den Boxen der Anlage in den Innenraum drang. Wenn er auch nicht sein gesetztes Ziel erreicht hatte, wusste er dennoch, dass Helga Körner derzeit keine Gefahr für ihn darstellen würde.

26

»Wie konnte uns dieses Schwein nur entkommen? Das waren doch nur Minuten, die er Vorsprung hatte. Wir haben jetzt drei Tote mehr, die mit Sicherheit auf sein Konto gehen. Ich könnte kotzen. Wo verdammt ist die Lücke in unserem Netz? Ich versteh das einfach nicht.«

Peter Liebig konnte und wollte seine Enttäuschung nicht verbergen. So stinksauer hatte man ihn noch nie erlebt. Seine Faust donnerte auf die Tischplatte und ließ etliche Kaffeetassen hüpfen. Keiner am Tisch traute sich, eine Erklärung abzuliefern, zumal es auch keine gab. Selbst Rita Momsen, die dafür bekannt war, sich nicht einschüchtern zu lassen, sah stumm auf ihre Notizen. Liebigs Erregung legte sich wieder, was er auch sofort deutlich machte.

»Nun gut, ich weiß selbst, dass ich eine Mitschuld am Tod der Menschen trage. Lasst uns deshalb mit voller Energie auf die Jagd gehen. Helga Körner hat nun ihre Dauerwache vor dem Zimmer stehen, zumindest so lange, bis wir das Tier hinter Schloss und Riegel haben. Hat jemand einen Vorschlag?«

Endlich konnte Rita Momsen aufatmen und zaghaft ihre ersten Vorschläge unterbreiten. Sie konnte sich der ungeteilten Aufmerksamkeit aller am Tisch sicher sein.

»Wie mittlerweile alle wissen, verfolge ich den Gedanken, dass wir dem Hinweis eines früheren Zeugen, diesen Karl Hollstein, intensiver nachgehen sollten. Ich denke, keiner von uns glaubt noch an Zufälle. Und die Tatsache, dass eine seiner ehemaligen Nachbarinnen dem Profil der weiblichen Opfer entsprach, ist eine dieser Zufälle. Ich habe versucht, den Aufenthaltsort des Sohnes, diesem Kai Kopmann, herauszufinden. Bisher Fehlanzeige. Über den Vater kommen wir nicht weiter, da der zwischenzeitlich an einem Krebsleiden verstarb. Ines Kopmann ist nach wie vor verschollen. Dazu habe ich meine eigene Theorie entwickelt, die ich aber nicht beweisen kann. Die Behörden konnten bisher keinerlei Hinweise auf den Verbleib des Sohnes liefern – weder über den Namen Kopmann noch über den Geburtsnamen der Mutter. Der Mann muss unter falschem Namen mitten unter uns leben. Wie er das über Jahre schaffte, kann nur mit gefälschten Papieren funktionieren. Er muss die Identität einer anderen Person angenommen haben, denn das ist unabdingbar, um zum Beispiel Konten führen zu können und krankenversichert zu sein. Ich habe die Uniklinik um Herausgabe der Videoaufzeichnungen des Eingangsbereiches gebeten. Nun können wir nur hoffen, dass wir eine Person darauf finden, die der ominösen Beschreibung der Kellnerin aus dem Kettwiger Café entspricht. Das wird die Suche nach der berühmten Nadel im Heuhaufen sein.«

»Wenn der Typ durch das Parkhaus gekommen ist«, warf Reinder ein, »werden wir dabei nichts finden.«

»Die Ebenen werden ebenfalls überwacht, habe ich herausgefunden. Doch wie der Teufel es will – die Zone, in der die BMW-Fahrerin getötet wurde, liegt in einem toten Winkel. Pech auf der ganzen Linie. Wir fahnden ja bereits nach dem Wagen, was bisher erfolglos blieb. Das Schwein weiß genau, was es tut. Er ist unglaublich gerissen.«

An dieser Stelle schaltete sich Liebig wieder ein, da er bemerkte, dass sie alle in einer Sackgasse gefangen waren.

»Wir können versuchen, durch die Presse etwas über den Verbleib des Jungen herauszubekommen. Uns bleibt auch noch der Aufruf über die Sendung XY ungelöst. Wir müssen den Aufenthaltsort des Mannes herausfinden, ohne dass wir der Öffentlichkeit den wahren Grund nennen. Wir können bisher ja nur von einem Verdacht ausgehen, obwohl viel für ihn als Täter spricht. Wir suchen ihn eben nur als wichtigen Zeugen bezüglich einer Straftat. Wer übernimmt das mit der Presse?«

Spiekermann hob unlustig und daher zögernd die Hand, da sich sonst keiner meldete.

»Das ist gut, Spiekermann. Wie alle wissen, gibt es da bei Ihnen die besten Beziehungen«, bemerkte Liebig, bevor er den Hörer seiner Telefonanlage aufnahm. Die Nachricht war recht kurz, zauberte jedoch ein befreiendes Lächeln auf sein Gesicht.

»Warum dürfen wir nicht auch einmal Glück haben? Der BMW wurde gefunden. Der Fahrer hat den Wagen vor einen Baum gesetzt und ist verletzt geflohen. Ein Zeuge hat ihn bei der Flucht gefilmt. Rita, Winfried, wir sehen uns die Sache mal an.«

Die Parkplätze auf der Freiherr-von-Stein-Straße oberhalb der Südtiroler Stuben waren bei dieser Witterung reichlich vorhanden. Umso mehr musste es die Spaziergänger gewundert haben, dass jemand ohne Beeinträchtigung durch den Verkehr gegen einen Baum am Rande der Straße bretterte. Als die Ermittler dort ankamen, war der Bereich durch die Polizei bereits abgesperrt worden. Der rechte vordere Kotflügel war komplett eingedrückt. Das Vorderrad stand in einem auffälligen Winkel, sodass selbst ein Laie erkennen konnte, dass zumindest die Spurstangen gebrochen waren. Nur wenige Schaulustige beobachteten den Unfallort und traten näher heran, um mit ihren Smartphones jetzt das Geschehen besser für die Freundeskreise festhalten zu können. Ein Polizist schob ein junges Pärchen auf die eintreffenden Beamten zu.

»Ich hatte die Nachricht an die Zentrale übermittelt und die beiden Zeugen gebeten, so lange zu bleiben, bis Sie eintreffen. Der Herr Krüger«, dabei wies Polizeimeister Hagedorn auf einen jungen Mann, »hat den Unfallort gefilmt und zufällig auch den Fahrer erwischt, als er sich aus dem Staub machte. Er hat uns direkt angerufen.«

Hauptkommissar Liebig begrüßte das junge Pärchen, das sichtlich nervös auf die ersten Fragen wartete. Peter Liebig wunderte sich über das Verhalten und erhielt die Begründung, bevor er nachfragen konnte.

»Das tun wir sonst nie. Ich meine, Unfälle filmen. Das habe ich nur getan, weil der Kerl ausstieg und fast über den Boden kroch, bevor er Richtung Lerchenstraße loslief. Der hat sich ständig eine Hand auf den Bauch gedrückt. Der muss sich wohl bei dem Unfall erheblich verletzt haben. Ich denke, dass der bestimmt besoffen war und nicht erwischt werden wollte.«

Rita schob sich nach vorne und streckte die Hand aus, als Peter Liebig den Zeugen beruhigte.

»Das haben Sie absolut richtig gemacht. Fahrerflucht ist strafbar und wird von uns verfolgt. Sind Sie so nett und überlassen der Kollegin Ihr Smartphone, damit wir uns ein Bild vom Hergang machen können. Hoffen wir, dass der Fahrer gut erkennbar ist, damit wir das bei Anklageerhebung als Beweismittel anführen können. Ich denke, dass Sie dem Kollegen von der Polizei bereits Name und Adresse gegeben haben. Wäre es möglich, dass Sie uns Ihr Video übermitteln können? Dann kann ich Ihnen das Telefon direkt wieder aushändigen.«

Rita reichte Herrn Krüger ihre Visitenkarte, auf der alle relevanten Daten standen, um das Video übertragen zu können. Nachdem die Sendung abgeschlossen war, betrachteten die Ermittler das kurze Video auf dem Bildschirm des Zeugen. Immer wieder war das leise Fluchen Reinders zu hören, der sofort erkannte, dass diese Aufnahmen für sie weitestgehend wertlos waren.

»Dieser verdammte Drecksack. Der muss gesehen haben, dass ihn jemand filmte. Jetzt wissen wir nur, dass er mittelblond ist und mit einem Puma-Trainingsanzug rumläuft. Das mit den Klamotten hätten wir sowieso erfahren, wenn die Angehörigen von dem Krankenhaus-Patienten die verbliebene Garderobe inspiziert hätten. Der Mistkerl hat den Papst in der Tasche. So kriegen wir den nie.«

»Nun mal langsam, Reinder. Lass erst mal die Techniker ran. Vielleicht holen die aus dem Video was Interessantes für uns raus. Zumindest die Rückansicht haben wir. Da wird bestimmt noch mehr zu sehen sein. Abwarten.«

Peter Liebig gab dem jungen Mann das Telefon zurück und besah sich den lädierten Wagen näher. Er öffnete die Fahrertür und beugte sich hinein. Auf der anderen Seite konnte er das Gesicht von Rita erkennen, die den Kopf durch die zertrümmerte Seitenscheibe gesteckt hatte. Auch ihre Augen suchten jeden Zentimeter im Frontbereich des Wagens ab. Hinein durfte sie nicht, bevor die Spurensicherung ihre Arbeit getan hatte. Jede noch so kleinste Spur würde ihnen helfen.

»Wo der Kerl wohl mit dem Wagen hinwollte?«, bemerkte Rita und sah ihren Partner fragend an. »Hier gibt es doch weit und breit kein Wohnhaus. Da vorne ist der ehemalige Badebereich vom Strandbad und weiter hinten befindet sich nur noch das Schloss Baldeney. Der Typ ist mir ein absolutes Rätsel.«

»Es könnte doch sein, dass er hier in der Gastronomie arbeitet und in dem Haus ein Zimmer bewohnt. Auf jeden Fall werden wir den angrenzenden Gastronomen ein Bild von der Rückansicht des Killers vorlegen. Wir haben nichts zu verlieren und müssen nach jedem Strohhalm greifen. Ich brauche eine Vergrößerung von einem Foto. Sagst du im Präsidium Bescheid?«

Liebig erschien wieder, wobei er Mühe hatte, sich dabei nicht mit den Händen an den Türholmen abzustützen. Direkt neben ihnen stoppte der Wagen der Spurensicherung. Weißgekleidete Gestalten schälten sich aus dem Innenraum und umringten den Unfallwagen. Die wenigen Zuschauer traten ehrfürchtig zurück. Reinder, der direkt neben dem Zeugen Müller stand, musste die Frage des Mannes über sich ergehen lassen.

»Machen Sie das immer so bei Fahrerflucht? Ich meine, es ist doch nur Sachschaden. Man könnte meinen, dass der eine Leiche im Kofferraum liegen hat.«

Nur kurz überlegte der Kripomann, bevor er ausweichend antwortete.

»Wir vermuten, dass dieses Fahrzeug zur Ausübung einer Straftat dem rechtmäßigen Besitzer entwendet wurde. Zumindest wurde der Wagen gestern als gestohlen gemeldet. Sie haben uns mit Ihren Aufnahmen sehr geholfen. Wir gehen fest davon aus, dass wir den Dieb in Kürze finden werden. Er scheint sich ja erheblich verletzt zu haben.«

27

Frank Volkerts zog die Kapuze seines Anoraks schützend über die Haare. Schließlich wurde die neue Frisur erst gestern von seinem Lieblingsfriseur gestylt und sollte am nächsten Tag Sylvia vorgestellt werden. Sie schwärmte immer von diesem verdammten Keanu Reeves und seinem tollen Aussehen. Sie würde staunen, wenn er später mit der gleichen Frisur wie dieser Superstar auftauchen würde. Obwohl Sylvia es uncool fand, dass er einmal wöchentlich den Ersthelferkursus beim Malteser Hilfsdienst besuchte, setzte er sich in diesem Fall durch. Wenn er bei seinem Arbeitgeber punkten und vorwärtskommen wollte, war es angeraten, die Ausbildung zu absolvieren. Der Nieselregen überraschte Frank auf der Frankenstraße kurz vor der Tennisanlage. Er zog die Schultern zusammen und stemmte sich gegen den Wind. Es waren nur noch wenige Hundert Meter, bis er endlich in seiner kuscheligen Zweizimmerwohnung auf der Couch entspannen konnte.

Das leise Stöhnen ordnete er zuerst dem pfeifenden Wind zu, obwohl er einen Moment stehen blieb und lauschte. Als es sich nicht wiederholte, griff er seinen Rucksack fester und setzte seinen Marsch fort. Da war es wieder. Ein krächzender Hilferuf. Diesmal hatte er sich nicht getäuscht. Jemand rief nach Hilfe. Frank versuchte, durch die dicht stehenden Bäume etwas erkennen zu können. Da der Regen jetzt dichter geworden war, verzerrten sich die Umrisse der Bäume und Sträucher. Doch er hatte sich nicht verhört. Dieser Hilferuf war noch in seinen Ohren. Entschlossen teilte er die Zweige eines dichten Besenginsterstrauchs, der hier massenhaft wuchs. Frank schrak heftig zusammen, als sich eine kräftige Hand um sein Fußgelenk legte und daran zerrte. Im Nebengebüsch erkannte er einen Körper, der einem hilflos scheinenden Mann gehörte, der sich vermutlich sturzbetrunken dort zum Schlafen niedergelegt hatte. Schon wollte sich Frank mit einer heftigen Bewegung von dem harten Griff des Kerls befreien, als er die Worte vernahm: »Hilf mir bitte. Ich halte die Schmerzen nicht mehr aus.«

Erst jetzt erkannte Frank, dass der Mann sich eine blutüberströmte Hand gegen die Bauchdecke presste. Ohne lange zu überlegen, warf er seinen Rucksack zur Seite und beugte sich über den verletzten Mann.

»Was ist passiert? Sind Sie überfallen worden? Zeigen Sie einmal, wo Sie verletzt wurden.«

»Bitte ... bitte, helfen Sie mir auf. Ich friere so sehr und muss neu verbunden werden. Die Schmerzen ... ich halte das nicht aus. Bitte helfen Sie mir auf.«

Frank Volkerts tastete seinen Anorak ab und wurde sich im gleichen Augenblick dessen bewusst, dass er sein Smartphone zum Kursus niemals mitnahm. Er blickte verzweifelt um sich, entdeckte aber niemanden, der ihm in dem Augenblick zur Hand gehen konnte. Beherzt griff er zu und zog den verletzten Mann aus dem Gebüsch auf den Gehweg. Im

Laternenschein erkannte er jetzt, dass der Mann schwer verletzt war.

»Ich würde Ihnen ja einen Rettungswagen rufen, aber ich habe kein Telefon dabei. Wissen Sie was? Ich nehme Sie mit in meine Wohnung. Das sind nur hundert Meter die Straße runter. Schaffen Sie das, wenn ich Sie stütze? Von dort können wir dann Hilfe holen. Und außerdem habe ich dort Verbandszeug.«

Ein angedeutetes Nicken sah der Helfer als Zustimmung an. Mit geübtem Griff stellte er den Verletzten auf und legte dessen Arm um seine Schulter. Nach einer Viertelstunde hatten sie es endlich geschafft und Frank ließ den stöhnenden Mann auf die Liege gleiten, die normalerweise als Schlafstätte für mitfeiernde Freunde diente. Als er zum Telefon greifen wollte, hielt ihn die Hand des Mannes zurück, wobei seine Lippen leise und undeutlich Worte formten.

»Verbinden ... kannst du mich verbinden? Erst verbinden ... bitte. Das Bluten muss aufhören. Später ... den Rettungsdienst erst später ... hilf mir.«

Frank legte vorsichtig die Stelle frei, auf die der Verletzte ständig die Hand presste. Sein Erstaunen war groß, als er die klaffende Wunde sah, aus der immer wieder Blut pulsierte. Für die Versorgung solcher Wunden war er nicht ausgerüstet. Er schüttelte verzweifelt den Kopf und wollte gerade eine Erklärung aussprechen, als sich wieder diese feste Hand um seinen Arm legte.

»Druckverband ... du kannst das. Leg mir etwas auf die Wunde und ... und dann einfach einen Gürtel drum. Das muss aufhören ... darf nicht mehr Blut verlieren. Bitte.«

183

Die Verzweiflung in den Augen des Mannes und das Wissen, dass er einen Vorrat an Verbandsmaterial besaß, ließ ihn die fatale Entscheidung treffen, die Erstversorgung zu übernehmen. Danach würde er die 112 anrufen. Mit einem Korb voller Binden und Pflaster kam er zurück aus dem Schlafzimmer und breitete alles auf der Folie aus, die er auf dem Boden ausgelegt hatte. Eine halbe Stunde später war sich Frank sicher, dass er die Blutung zum Stillstand gebracht hatte. Der Patient, wie er mittlerweile seinen Gast nannte, konnte nun gefahrlos transportiert werden. Mit Freude stellte er fest, dass sich die Gesichtsfarbe des Mannes bereits wieder normalisiert hatte.

»So, mein Freund, jetzt hätten wir das Gröbste erledigt. Die werden sich im Krankenhaus den Schaden mal genauer ansehen. Da haben Sie aber verdammt viel Glück gehabt, dass ich Sie dort gefunden habe. Da läuft um diese Zeit kaum einer vorbei. Sie wären glatt verblutet.«

»Hätten Sie einen Kaffee für mich oder irgendetwas anderes zur Stärkung? Es geht mir schon viel besser. Das wäre sehr nett.«

Es waren die ersten zusammenhängenden Sätze, die Frank von seinem Besucher hörte. Ein gewisser Stolz erfüllte ihn, da er ohne fremde Hilfe einem Menschen helfen konnte. Die Geschichte würde ihm keiner glauben. Auch er konnte nach dieser Aufregung gut eine Stärkung vertragen.

»Hören Sie, ich mache uns eine kräftige Brühe. Nur heißes Wasser drüber und wir können gemeinsam löffeln. Wäre das o. k. für Sie?«

»Vortrefflich, das wäre klasse. Das mit dem Rettungsdienst hat noch Zeit. Zuerst würde ich mich über die Suppe freuen. Wie heißen Sie eigentlich? Ich möchte wissen, wie mein Retter heißt.«

Während sich Frank stolz in die Brust warf, nannte er seinen Namen und machte sich auf in die Küche. Dort erreichte ihn der Ruf seines Patienten.

»Mich können Sie übrigens Jürgen nennen. Und danke für alles. Man könnte meinen, dass Sie das gelernt haben. Ist es so? Sind Sie Arzt oder etwa Pfleger?«

»Nein, nein, da liegen Sie falsch. Ich arbeite in einer großen Versicherungsagentur und habe mich ein wenig in Erster Hilfe ausbilden lassen. Aber warten Sie, bin gleich fertig und wieder bei Ihnen.«

Vorsichtig jonglierte Frank das Tablett, worauf zwei große Suppentassen dampften. Zwischenzeitlich hatte er die durchnässten Klamotten gegen einen trockenen Jogginganzug, außerdem die Strümpfe gewechselt. Sein leicht zur Korpulenz neigender Körper fühlte sich in legerer Kleidung viel wohler. Als er das Tablett auf dem Tisch abgesetzt hatte, betrachtete er seinen Gast mit besorgter Miene.

»Wissen Sie was, Jürgen? Was halten Sie davon, wenn ich Ihnen trockene Sachen von mir gebe, damit Sie diesen nassen Jogger ausbekommen? Dann können Sie mir endlich erzählen, warum Sie verletzt in den verdammten Büschen lagen. Das mit dem Krankenhaus können wir ja später noch diskutieren.«

Jürgen nickte bejahend, während er über den Löffel blies, auf dem die herrlich duftende Brühe dampfte. Es war viele Stunden her, dass er etwas in den Magen bekommen hatte. Gierig verschlang er die kräftige Hühnerbrühe und beobachtete Frank, der ihm einen weiteren Jogginganzug auf die

Liege legte und glattstrich. Er nahm in Kauf, dass seine Brühe erkaltete, während er seinem Gast beim Umziehen half. Als er den nassen Jogger zur Seite legte, fiel das Klappmesser auf den Boden. Völlig irritiert betrachtete Frank das Messer, ohne Anstalten zu machen, es aufzuheben. Die Waffe lag genau zwischen Frank und Jürgen, schien wie ein Fremdkörper eine Atmosphäre zu schaffen, die nicht erklärbar war. Jürgen reagierte als Erster.

»Da ist es, dieses verfluchte Messer. Fassen Sie es nicht an. Das habe ich dem Kerl abgenommen, nachdem er es mir in den Bauch gestoßen hatte. Da müssten seine Fingerabdrücke drauf sein. Der andere Kerl ist schon vorher abgehauen. Man kann in dieser Gegend nicht mehr gefahrlos joggen gehen. Die Ganoven sind überall. Was glauben die eigentlich, was ein Jogger an Reichtümern mit sich führt? Die bringen dich heutzutage schon für ein Smartphone um.«

Frank trat einen Schritt zurück, so als würde das Messer plötzlich glühen.

»Dann müssen wir das der Polizei melden. Die Verbrecher dürfen so nicht davonkommen. Wir rufen die gleich an. Wann war das denn? Haben Sie da schon lange gelegen?«

Jürgen winkte ab und presste seinen Oberkörper gegen die Rückwand. Ein leises Stöhnen war zu hören.

»Das hat jetzt keine Eile mehr. Die sind schon längst über alle Berge. Sobald ich wieder halbwegs fit bin, zeige ich die an. Vielleicht sind die schon bei der Polizei bekannt und man hat deren Fingerabdrücke. Dann können die immer noch eingesperrt werden. Geben Sie mir einen Moment Ruhe. Da das schon vor Stunden geschah, kommt es jetzt auch nicht mehr auf eine weitere Stunde an. Darf ich mich noch einen

Moment bei Ihnen ausruhen? Und das Messer wickeln wir in eine Serviette, damit keine falschen Spuren entstehen. Legen Sie es dann ruhig auf den Tisch.«

Frank funktionierte in diesem Augenblick wie ein Roboter, der die Befehle seines Herrn befolgt. Er holte aus einer Schublade des Wohnzimmerschrankes eine kitschig bunte Serviette und näherte sich damit dem Messer. Er zögerte lange, bevor er sie auf die Waffe fallen ließ, so als müsste er eine furchteinflößende Spinne einfangen. Er zuckte sofort wieder zurück, so als fürchtete er, dass sich das eingefangene Messer unter dem Papier bewegen könnte. Schweiß trat ihm sogar auf die Stirn, als er die Klinge mit zusammengepressten Lippen einwickelte.

Sein Gesichtsausdruck veränderte sich augenblicklich, zeigte tiefes Erstaunen und Unglauben, als sich der Löffelstiel mit einem hässlichen Knirschen an seinen Nackenwirbeln vorbei in den Hals bohrte. Wie ein lebloser Sack fiel er auf den Teppich und bedeckte mit seinem zuckenden Körper das Messer.

28

Das Telefonat am frühen Morgen hörte sich vielversprechend an, da der Mann behauptete, dieses Kinderfoto aus der Zeitung schon gesehen zu haben. Rita beobachtete Peter Liebig vom Beifahrersitz aus und wurde das Gefühl nicht los, dass er dem heutigen Unternehmen keine besondere Bedeutung zumaß. Zu oft in den letzten Tagen wurden sie enttäuscht, wenn Menschen behaupteten, den gesuchten Jungen zu kennen. Auch die Befragungen der umliegenden Gastronomiebetriebe bezüglich des Fotos des flüchtenden Fahrers verliefen im Sande. Rita gab zu, dass dieser Fall sie immer zum gleichen Ergebnis führte: Sie traten weiter auf der Stelle.

Der Weg zu Richard Münch, dem neuen Zeugen, führte das Ermittlerpärchen in den Velberter Raum. Sie folgten dem Hinweisschild zum Kinderhort Kolping, der sich idyllisch in den umliegenden Wald einfügte. Münch erwartete die beiden schon, als sie auf den Parkplatz fuhren, und kam ihnen mit ausgestreckter Hand entgegen.

»Sie sind ja überpünktlich, muss ich sagen. Ich vermute, dass Sie die angekündigten Kommissare aus Essen sind. Richard Münch, mein Name. Entschuldigen Sie bitte, wenn ich Sie hier draußen empfange, aber die Heimführung ist in solchen Dingen etwas zurückhaltend. Als ich denen erzählte, dass ich mich mit der Polizei in Verbindung gesetzt habe, reagierte man ungewöhnlich distanziert und reserviert. Man bat mich, das Gespräch fern von den Kindern mit Ihnen zu führen. Nun ja, da sind wir nun. Wir können uns dort in den Pavillon setzen, wenn Sie nichts dagegen haben.«

Richard Münch wies auf einen kleinen Holzbau, der mitten auf der Wiese stand und in der Mitte einen Tisch mit Stühlen beherbergte. Rita und Peter nickten nur und folgten dem kleinen kahlköpfigen Mann mit einem Meter Abstand.

»Sie werden entschuldigen, Herr Münch«, meldete sich Rita, »wenn ich eine Frage an den Anfang setze. Wir wissen, dass dies hier einen Kinderhort darstellt, in dem in der Regel Kinder bis zur Einschulung untergebracht werden. Der Junge, den wir suchen, war jedoch in dem Alter noch bei den Eltern in Essen untergebracht. Könnte es sein, dass wir uns da ...?«

Münch unterbrach Rita und räumte Zweifel in dieser Frage aus.

»Sie müssen wissen, dass ich bis vor sechs Jahren noch in einer Jugendeinrichtung in Siegen beschäftigt war. Erst danach übernahm ich den Job hier in Velbert, da mein Partner hier wohnt. Als wir heirateten, meinte Philipp, dass es besser wäre, einen wohnortnahen Job anzunehmen. Dieses besagte Jugendheim, in dem ich damals arbeitete, hatte es sich zur Aufgabe gemacht, unter anderem Jungen zwischen zehn bis vierzehn Jahren eine Perspektive zu geben, wenn sie unter sozialen und emotionalen Persönlichkeitsstörungen litten. Mit dem fünfzehnten Lebensjahr wechselten sie dann in Verselbstständigungsgruppen. Es gibt viele

189

Kinder, die nach dem Verlust der familiären Konstellation den Halt verloren oder sogar Gewalterfahrungen machen mussten. Mit gezielten pädagogischen Hilfen können wir die Jugendlichen in den meisten Fällen vor dem Abstieg in eine von Kriminalität geprägte Welt bewahren.«

»Nun gut«, schaltete sich Liebig ein, »Sie wissen, warum wir hier sind. Sind Sie sich sicher, dass der Junge in diesem Heim untergebracht war? Ich gebe zu bedenken, dass das ja schon viele Jahre zurückliegen müsste. Vielleicht erinnern Sie sich besser an den Namen des Jungen. Er müsste Kai Kopmann geheißen haben. Klingelt da was?«

Münch überlegte nicht lange und schüttelte den Kopf.

»Ich erinnere mich so genau an den Jungen, da er plötzlich dort völlig verwahrlost auftauchte und scheinbar an einer Amnesie litt. Er war nicht in der Lage, uns seinen Namen zu nennen. Er berichtete uns lediglich, dass er keine Eltern mehr hätte und dass er sich nur daran erinnern konnte, von der Mutter geschlagen und gequält worden zu sein. An den Verbleib seines Vaters konnte er sich nicht erinnern. Der Junge besaß zwar selbstverständlich eine Vergangenheit, die er aber trotz psychologischer Hilfe nicht aufarbeiten konnte. Selbst an seinen Namen konnte er sich nicht erinnern. Der Fall hat wochenlang die Behörden beschäftigt mit dem Ergebnis, dass nach vielen vergeblichen Versuchen, das Gedächtnis aufzufrischen, ihm ein neuer Name gegeben wurde und ein Vormund staatlicherseits bestimmt werden musste. Nur mit Mühe konnten wir diesen einmaligen Fall vor der Öffentlichkeit verbergen.«

Rita und Peter Liebig wechselten einen vielsagenden Blick, bevor Liebig fortfuhr.

»Es konnte wahrscheinlich auch das Alter nicht sicher bestimmt werden. Liege ich da richtig?«

»Das war nicht einfach. Doch man kam zu der Überzeugung, dass es sich anhand seiner Konstitution um einen Vierzehnjährigen handeln musste. Entsprechend wurden seine Papiere ausgestellt. Es gibt daher natürlich keine Geburtsurkunde oder sonstige Nachweise über seine Vergangenheit. Was uns überraschte, war die Tatsache, dass dieser Junge eine relativ hoch entwickelte Intelligenz besaß. Er muss bereits sehr gute schulische Ergebnisse erreicht haben. Ansonsten ...«

Hier zögerte Richard Münch einen Moment und schien zu überlegen, ob er überhaupt weiter erzählen sollte. Liebig gab ihm einen Moment Zeit, bevor er nachfragte.

»Ansonsten ...? Was möchten Sie uns erzählen?«

»Ach wissen Sie. Der Junge hatte etwas an sich, was uns Erziehern gewisse Rätsel aufgab, sogar Sorgen bereitete. Er war anders als seine gleichaltrigen Kameraden.«

»Was müssen wir uns darunter vorstellen, wenn Sie ihn als anders bezeichnen?«, forschte Rita.

»Nun ja. Die Jungs in dem Alter spielten Fußball, sahen sich Star-Wars-Filme an und taten Dinge, die man als pubertierender Junge eben so tut. Denis – so hatten wir ihn übrigens genannt, sonderte sich meistens ab und lief allein durch die Wälder. Seine Freunde, so er denn überhaupt welche hatte, erzählten davon, dass er Tiere mit ins Zimmer brachte und dort mit ihnen spielte. Es hieß, dass er sie irgendwann ziemlich spektakulär tötete. Er soll sie fürchterlich gequält haben. Das machte uns Sorgen und der Psychologe vermutete, dass dahinter Erlebnisse aus seiner Kindheit stecken könnten. Denis wich diesen Fragen immer aus und erzählte, dass er sich daran nicht erinnern könne.«

»Sie erklären, dass man ihn Denis nannte. Wie war sein Nachname?«, wollte Rita wissen und machte sich Notizen.

»Oh, entschuldigen Sie. Das vergaß ich zu sagen. Er müsste unter dem Namen Denis Hofleder irgendwo leben.«

Liebig wartete einen Moment, bis Rita sich die Aussagen des Erziehers vollständig notiert hatte.

»Was wurde aus diesem Jungen? Er wird ja nicht bis in alle Ewigkeit in dem Heim geblieben sein. Ging er in eine Ausbildung oder hat er sich schulisch fortgebildet? Existiert eventuell eine Adresse, unter der man ihn suchen könnte?«

»In dem Punkt kann ich Ihnen nicht weiterhelfen, denn er wechselte, als er achtzehn wurde, in eine eigene Wohnung, die ihm sehr günstig angeboten wurde. Soviel ich weiß, bekam er die Möglichkeit einer Bankkaufmannslehre. Danach haben wir ihn aus den Augen verloren. Doch die Heimleitung sollte zumindest die Erstadresse haben. Vermutlich wird er dort aber nicht mehr anzutreffen sein, denn es handelte sich um ein Einzimmerappartement. Ich nehme an, dass es Ihnen schnell gelingen wird, den heutigen Wohnort zu ermitteln. Ich hoffe, dass ich Ihnen in der Sache weiterhelfen konnte. Was mich noch interessiert: Warum suchen Sie ihn überhaupt? Hat der Junge auf dem Foto was Schlimmes angestellt?«

»Nein, nein, Herr Münch, der Grund ist weitaus weniger spektakulär, als Sie annehmen. Es handelt sich um eine Aussage eines Angeklagten, die wir überprüfen müssen. Er behauptet, dass er der Bruder dieses Jungen wäre. Das ist für unsere Ermittlungen äußerst wichtig.«

Liebig wunderte sich schon lange nicht mehr darüber, wie schnell Rita in der Lage war, glaubhafte Halbwahrheiten zu präsentieren. Er ließ diese Feststellung unkommentiert, fügte nur noch eine Frage an, während er sich erhob.

»Sind Sie bitte so nett und schreiben uns die Adresse auf von dem Jugendheim. Falls es Ihnen möglich ist, wären wir für einen Namen des dortigen Verantwortlichen sehr dankbar. Wir wollen Sie nicht weiter von Ihrer verantwortungsvollen Aufgabe bei den Kindern abhalten. Sie haben uns übrigens sehr geholfen. Dafür danken wir Ihnen.«

Liebig nahm den Zettel entgegen, den ihm Richard Münch reichte. Auf dem Weg zum Wagen wirkte Liebig sehr nachdenklich, was Rita sofort spürte.

»Worüber denkst du nach? Du möchtest bestimmt wissen, wie du dich bei mir für den tollen Hinweis auf den Jungen bedanken kannst. Ich hätte da schon eine Idee.«

»Halt mal für einen Moment deine süße Klappe, Rita. Ich denke immer wieder über diese Tierquälerei nach. Das fiel mir schon bei früheren Fällen auf, dass die Täter ein ziemlich verkorkstes Verhältnis zur Tierwelt hatten. Ich denke mir mal, dass sie selbsterlittenes Leid am Anfang ihrer Mörderkarriere an den Schwächeren zurückzahlen möchten. Und da bietet sich ein Tier doch hervorragend an. Erst später, wenn dieser Trieb sie vollends beherrscht, wechseln sie wohl zu Menschen über. Aber das ist nur so eine Spekulation von mir. Das muss ja nicht unbedingt auf diesen Denis zutreffen. Es ist noch früh. Lass uns nach Siegen fahren. Du kannst vorher die Herrschaften telefonisch auf unser Kommen vorbereiten.«

29

»Ich gebe zu, dass alles dafür spricht, in diesem Denis Hofleder den Hauptverdächtigen gefunden zu haben. Doch dafür müssen wir ihn erst einmal haben, um ihn befragen zu können.« Reinder sah sich Beifall heischend im Kreis der Kollegen um. »Dieser Kerl hat es schon als Jugendlicher verstanden, seine wahre Identität zu verschleiern. Jetzt ist er unter dem neuen Namen immer noch das Phantom. Wir jagen einen Geist, der einer Hölle entwichen ist. Warum kennt ihn niemand? Man kann sich doch nicht einfach in Luft auflösen.«

»Jetzt beruhige dich wieder, Winfried. Zumindest haben wir seine letzte Adresse und wissen, dass er unter diesem Namen noch vor einem Monat Geld abgehoben hat. Dass wir ihn dort nicht antrafen, darf uns nicht verwundern. Wir erinnern uns an die Aussage des Herrn Münch, als er erwähnte, dass der Junge hochintelligent erschien. Der Mistkerl ist verletzt und wird wissen, dass nach ihm gefahndet wird. Dem wird nicht entgangen sein, dass er von dem Pärchen am See gefilmt wurde. Ich würde mich an seiner Stelle auch nicht mehr in meiner Wohnung blicken lassen. Vielleicht haben wir ja trotzdem Glück und die Kollegen, die dort warten, erwischen den Saukerl.«

Liebig war während seiner Ansprache aufgestanden und wanderte unentwegt durch den Raum. Erst als Rita hüstelte, blieb er stehen und blickte in erwartungsvolle Gesichter.

»Was ist los mit euch? Ihr dürft auch gerne einmal selber nachdenken, wie wir an den Kerl rankommen. Also – ich höre. Irgendwann muss der doch in seine verdammte Bude. Der braucht Kleidung und sicher schleppt der nicht alle wichtigen Papiere mit sich herum. Hätte uns der Staatsanwalt den Durchsuchungsbeschluss unterschrieben, wüssten wir vielleicht mehr über das Biest. Aber nein. Die Verdachtsmomente reichen ihm nicht aus. Dieser Sesselfurzer – was weiß der schon? Wenn ich das schon höre. Muss das Schwein erst ein weiteres Opfer präsentieren? Mir wird ganz schlecht, wenn ich daran denke.«

»Ich hätte da einen Vorschlag.«

Augenblicklich war Stille im Raum, als Rita Momsen diesen einen Satz aussprach. Peter Liebig setzte sich wieder und reihte sich in diejenigen ein, die erwartungsvoll auf eine weitere Erklärung der jungen Kollegin warteten. Was dann kam, löste nicht nur bei ihm nacktes Entsetzen aus. Ungläubig sah einer zum anderen – niemand wollte glauben, was sie eben zu hören bekamen.

»Hast du deinen Verstand verloren, Rita?« Lauter, als er es vielleicht geplant hatte, schrie Peter Liebig die Bemerkung durch den Raum und begann wieder seine Wanderschaft. »Niemals werde ich das zulassen!«

»Was werden Sie nicht genehmigen, Liebig?«

Keiner der Anwesenden hatte bemerkt, dass Kriminalrat Rösner den Raum betreten und die letzten Bemerkungen verfolgt hatte.

»Es würde mich brennend interessieren, warum Sie alle die Kollegin anstarren. Lassen Sie hören, liebe Frau Momsen, was Sie so Unglaubliches dieser Männerwelt präsentiert haben. So konsterniert habe ich Ihren Chef bisher noch nie erlebt. Kommen Sie, lassen Sie mich teilhaben an Ihrem genialen Plan.«

Klaus Rösner zog sich einen Stuhl heran und wartete ab, bis sich die Lippen in dem erröteten Gesicht der Kommissarin endlich öffneten. Er versuchte, sein Erstaunen zu verbergen, was ihm nur teilweise gelang. Allerdings war augenblicklich sein Lächeln eingefroren.

»Es ist Fakt, dass dieser Killer alles riskiert, um seine Spuren zu verwischen. Und genau darin lag bisher unser Problem. Doch wir könnten diese Tatsache auch gegen ihn verwenden. Er hat bereits einmal versucht, Helga Körner zu töten. Er muss damit rechnen, dass sie gesund wird und uns auf seine Spur setzt. Wie nahe wir ihm tatsächlich schon sind, kann er nicht wissen. Da habe ich mir gedacht, dass wir die Story zumindest teilweise in die Öffentlichkeit tragen sollten. Er weiß wahrscheinlich bisher nur, dass sein Opfer noch lebt. Wie schlimm es tatsächlich um sie steht, kann er in der kurzen Zeit nicht herausgefunden haben, die er in ihrem Krankenzimmer zubrachte. Folglich stellt sie immer noch seine größte Gefahr dar.«

Rösner sah Rita entgeistert an.

»Nun ja, so weit waren wir ja alle schon. Was wollen Sie uns damit sagen?«

»Der Wahnsinnige sollte wissen, dass Helga Körner nun vernehmungsfähig ist und in Kürze ihre Aussage zu Protokoll geben wird. Und dazu benötigen wir die Hilfe der

Presse. Die Öffentlichkeit muss ja nicht die ganze Wahrheit erfahren. Das würde zu einer Panik führen. Doch sollten wir ihr eine Geschichte präsentieren, die glaubhaft wirkt, dem Mörder jedoch die Gefahr vor Augen führt, dass sein Gesicht bekannt wird. Er wird alles daransetzen, die einzige Zeugin zu beseitigen.«

»Das ist uns allen klar, Frau Momsen. Das bringt die Zeugin jedoch in größte Gefahr. Das können und das wollen wir nicht riskieren. Was bezwecken Sie sonst noch damit? Ich werde niemals das Leben von Frau Körner aufs Spiel setzen.«

Jeder im Raum nickte zu der energisch vorgetragenen Bemerkung des Kriminalrates. An dieser Stelle schaltete sich Peter Liebig dazwischen.

»Frau Momsen hat Ihnen nur die halbe Wahrheit erzählt. Sie glaubt nämlich, dass sie in der Lage ist, ganz allein der Schlange den Kopf abschlagen zu können.«

»Drücken Sie sich bitte etwas klarer aus, Liebig. Mit Ihren Aphorismen kann ich wenig anfangen. Was meinen Sie damit, dass sie etwas allein tun will? Reden Sie nicht um den heißen Brei herum.«

Mit dem Finger zeigte Liebig auf seine Partnerin, während seine Augen sie fest fixierten. Seine Stimme hatte einen unangenehmen, festen Ton angenommen.

»Diese Frau da, Herr Kriminalrat, möchte den Köder für die Bestie spielen. Wissen Sie jetzt, warum ich mich so aufrege? Die Verrückte möchte das Biest anlocken, damit wir es dingfest machen können. Doch da spiele ich nicht mit.«

»So ganz verstehe ich das Vorhaben noch nicht. Wie genau hatten Sie sich das denn vorgestellt?«

Rösner strömte jetzt wieder die gewohnte Ruhe aus und ignorierte die Reaktion seines Dezernatsleiters, winkte sogar ab. Sein Blick ruhte wieder auf Rita.

»Ich finde die Idee nicht so ungewöhnlich, Herr Kriminalrat. Ich habe von solchen Praktiken schon häufiger gehört.«

Rita zuckte zusammen, als sie von Liebigs Stimme unterbrochen wurde, der sich nun über den Tisch beugte und sie mit seinen energischen Einwänden konfrontierte.

»Ja, mein Täubchen, das gibt es. Aber du hast dir mit Sicherheit einmal zu oft diese CSI-Serien oder Tatort angesehen. Dort funktionieren solche Methoden immer hervorragend. Und wenn sie nicht gestorben sind ...«

»Seien Sie endlich ruhig, Liebig!«, rief Rösner dazwischen. »Jetzt werden Sie verstehen, warum man nicht gerne ein Paar gemeinsam in einer Abteilung arbeiten lässt. Es sind diese Interessenkonflikte, die der Arbeit im Wege stehen. Sie können nicht mehr objektiv urteilen, wenn es um Ihre Freundin geht. Wenn der Vorschlag von einem anderen gekommen wäre, hätten Sie wohl auch anders reagiert. Nehmen Sie sich gefälligst zusammen. Ihr Verhalten ist unprofessionell.«

Rösner wartete Liebigs Reaktion nicht ab und wandte sich abermals an Rita.

»So, noch einmal von vorne. Wie würden Sie jetzt vorgehen wollen? Ich bin ganz Ohr.«

Rita versuchte, die bösen Blicke ihres Chefs zu ignorieren und konzentrierte sich auf die Frage des Kriminalrats. Der hörte interessiert zu und zeigte deutlich, dass er sich mit Ritas Vorstellungen für dieses Täuschungsmanöver anfreunden konnte.

»Was sollte dieses Theater bei der Besprechung eigentlich? Du behandelst mich immer noch wie eine Praktikantin. Irgendwann wirst du akzeptieren müssen, dass ich zum Team gehöre und alle Pflichten übernehmen kann, zu denen alle anderen in der Lage sind. Mein Diensteid war nicht einfach so dahergesagt. Ich stehe dazu und werde alles tun, um ihn zu erfüllen. Du hast mich wie ein dummes Kind behandelt. Was sollen die anderen von mir denken?«

Rita stand mit blitzenden Augen ihrem Chef gegenüber, dem sie sogar in die Herrentoilette gefolgt war. Peter Liebig versuchte, sie zu ignorieren, fuhr sich mit der feuchten Hand durch das Stoppelhaar.

»Ach so, der Herr kehrt jetzt den Vorgesetzten raus. Ich existiere mit meiner Meinung einfach nicht für ihn. Du bist ein Arschloch. Weißt du das?«

Die offen stehende Tür ließ beide zur Seite schauen. Der junge Mann aus der Betrugsabteilung blickte irritiert von einem zum anderen und zog die Tür mit einer gemurmelten Entschuldigung wieder zu.

»Antworte mir endlich, du arroganter Kerl! Ich bin nicht schuld daran, dass Rösner deine Anordnung überstimmt hat. Du selbst trägst die Schuld, weil du dich von persönlichen Motiven hast leiten lassen. Alle anderen haben erkannt, dass mein Vorschlag in der jetzigen Situation eine Möglichkeit darstellt, den Wahnsinnigen aus dem Versteck zu locken.«

Peter Liebig konnte seine Gefühle nicht länger unter Kontrolle halten und konterte.

»Das ist die Idee von jemandem, der nicht einschätzen kann, was dabei alles schieflaufen kann. Wir brauchen nur Sekunden zu spät auftauchen oder die Funkverbindung bricht ab. Was glaubst du, was der Kerl mit dir anstellt, wenn er merkt, dass er verarscht wird? Er hat dann nichts mehr zu verlieren. Eine Frau, ein Opfer mehr oder weniger. Was soll`s. Das ist nur eine Kerbe mehr auf seinem Messerknauf. Glaubst du eigentlich, dass ich mich aus reiner Selbstsucht gegen dein Vorhaben stelle? Glaubst du das wirklich?«

Liebig fuhr fort, als Rita ihn nur wütend anstarrte.

»Du bist mir zu wichtig, um dich für den Erfolg des Falles aufs Spiel zu setzen. Ich will dich nicht verlieren. Verstehst du das? Ich will dich nicht auch noch verlieren!«

Er wiederholte den letzten Satz so laut, dass Rita ihm die Hand über die Lippen legte. Kurz darauf zog sie diese zurück und küsste den Mann auf den Mund, der jetzt sogar feuchte Augen zeigte.

»Ich weiß das doch. Ich hänge doch ebenfalls an meinem Leben und möchte weiter bei dir sein. Doch wir müssen uns darüber klar werden, dass die Falle zuschnappen wird, wenn wir alles so planen, wie ich es vorhin geschildert habe. Alle, einschließlich Rösner haben das verstanden und für machbar erachtet. Du bist der Einzige, der sich sperrt. Und warum du das tust, dürfte allen bekannt sein. Und dafür liebe ich dich auch. Du musst dahinterstehen, du Dummchen, sonst zieht dich Rösner noch vom Fall ab. Bitte, tu uns den Gefallen und spiele mit. Ich kann das nicht, wenn ich mich nicht auf dich in meinem Rücken verlassen kann. Bitte, Peter.«

Ohne ein weiteres Wort küsste Liebig sie auf die Stirn und schob Rita aus der Herrentoilette.

»Kann ich jetzt endlich das tun, weshalb ich hergekommen bin?«

Rita wusste, dass sie soeben einen Teilsieg errungen hatte.

30

Die Presse verbreitete die Meldung über einen missglückten Entführungsversuch eines mutmaßlich Verrückten auf eine junge Frau, nahm sie sogar auf die Titelseite. Es geschah schließlich nicht jeden Tag, dass jemand versuchte, eine Frau zu entführen, die über nur geringe finanzielle Mittel verfügte und somit für Lösegeldforderungen kaum in Frage kam. Nachdem mittelschwere Verletzungen im Krankenhaus behandelt wurden, konnte man das Opfer wieder nach Hause entlassen. Das unscharfe Profil des Attentäters, das ein Zeuge während der Flucht aufnehmen konnte, wurde ebenfalls veröffentlicht, ergab jedoch vorerst nur wenig Resonanz. Die Polizei meinte, dass die Zeugenaussage des Opfers bei einer Gerichtsverhandlung ausreichen würde, um den Täter zu verurteilen. Man war sich sicher, ihn bald zu fassen zu kriegen.

Das Gesicht des Mörders verzog sich zu einer Grimasse, die seine Wut über diesen Artikel zum Ausdruck brachte. Im Hausflur hatte ihn niemand bemerkt, als er die aktuelle Zeitung aus einem Briefschlitz gezogen hatte. Niemand würde ihn jemals zu fassen kriegen. Dafür war er einfach zu schlau. Es gab keine Spuren, die zu ihm führen konnten. Seine Identität hatte er geschickt verschleiert. Und diese kleine

Nutte – sie würde ihn noch ein weiteres Mal kennenlernen. Er hatte ihre hässliche Fratze direkt vor seinen Augen, während sich seine Hände zu Fäusten ballten. Er wusste schon jetzt, was er mit ihr anstellen würde. Man sollte nur noch ihren blutbesudelten Kadaver vorfinden, wenn man sie zur Zeugenaussage abholen wollte.

Vorsichtig löste er den Verband, mit dem die Mullbinden auf die Wunden gepresst waren. Zufrieden betrachtete er die Krusten, die sich um die Wundränder gebildet hatten und zeigten, dass die Heilung ohne Wundbrand voranging. Dem Himmel sei Dank besaß Frank Volkerts einen reichlichen Vorrat an Verbandsmull. Als der Killer mit dem neuen Verband fertig war und ein frisches Hemd seines naiven Gastgebers überzog, machte er sich wieder an die Arbeit, die in der Küche auf ihn wartete. Er ignorierte das erneute Klingeln des Telefons und griff nach dem Winkelschleifer, den er schon am Vorabend zum Trennen der Körperglieder seines Opfers benutzt hatte. Frank war scheinbar ein talentierter Hobbybastler gewesen, der über ausgezeichnetes Werkzeug verfügte. Eine quietschbunte Küchenschürze, die er an der Garderobe fand, schützte ihn vor Knochensplittern und Blutspritzern. Erst nach langem Suchen fand er kleinere Müllbeutel, die ihn jedoch dazu zwangen, sein Opfer zu zerkleinern.

Eigentlich war es nicht seine Art, Männer zu töten, denn sie waren faktisch Leidensgenossen. Sie waren die Opfer dieser dreckigen Huren, die ihren Körper verkauften, um in Luxus und Fleischeslust leben zu können. In der Hölle sollten diese Monster schmoren. Als Nächste sollte das Biest leiden, das ihm durch die Lappen gegangen war, flüchten konnte. Ihre Freiheit würde ihr nichts nützen, denn ihr Leiden würde weitergehen.

Ich kriege dich, du verfluchtes Weib. Für dich werde ich mir etwas Besonderes ausdenken. Dein Leiden wird schrecklich sein.

Die Gedanken verfolgten ihn, während er Stück für Stück die Einzelteile des Wohnungsinhabers in die Müllbeutel verteilte. Mit dem Handrücken wischte er sich über das Gesicht, wobei er die kleinen Blutspritzer über das zur Fratze entstellte Gesicht verteilte. Die Lippen presste er zusammen, was seinem Äußeren etwas Diabolisches verlieh. Als er den gesamten Körper von Frank Volkerts gut verstaut wusste, sah er zufrieden auf den Berg an Müllbeuteln. Er hasste diese Arbeit. Doch es musste sein, da der später eintretende Verwesungsgeruch die anderen Hausbewohner auf den Plan rufen würde. Jetzt musste er nur noch das Blut abwischen, um weitere Tage der Genesung in dieser Wohnung zubringen zu können. Nach getaner Arbeit sank er erschöpft auf die Couch und schlief ein. Immer wieder tauchte das Gesicht von Helga Körner vor seinen Augen auf und rang ihm ein genießerisches Stöhnen ab.

31

Als Rita und Peter den Flur zu ihren Büros betraten, hörten sie schon am Aufzug, dass in den Räumen Unruhe herrschte. Der Verdacht bestätigte sich, als sie fast mit Spiekermann an der Tür zusammenprallten, der hinauswollte.

»Was ist hier los, Klaus?«, wollte Rita wissen, als sie ihn am Arm festhielt.

»Lass dir das von Reinder erklären – ich muss mal für kleine Königstiger. Bin gleich wieder da.«

Kopfschüttelnd sahen die beiden dem Kollegen nach, der kurz darauf auf der Herrentoilette verschwand. Winfried Reinder stand in einer Gruppe von Kollegen und eilte auf Liebig zu, der dieser Szene aufmerksam folgte, während er seinen Mantel an den Haken hängte.

»Das stinkt mir im wahrsten Sinne des Wortes nach unserem Täter, Peter. Das kann kein Zufall sein, dass man die Leichenteile genau in der Gegend findet, in der unser Gesuchter vor Tagen untertauchte. Sagt dir das was? Frankenstraße? Das ist doch ganz in der Nähe von der Lerchenstraße, wo unser Flüchtiger verschwand. Jetzt rechne ich mal eins und eins zusammen. Dann ist es gut möglich, dass sich dieses verletzte Schwein in eine Wohnung zurückgezogen hat und den Inhaber umlegte.«

»Jetzt mal langsam, Winfried. Ich höre immer nur Leichenteile und Frankenstraße. Was ist genau passiert? Würde mich mal jemand aufklären?«

Reinder griff sich ein Blatt Papier vom Schreibtisch und hielt die Nachricht der Leitstelle seinem Chef unter die Nase. Deutlich stand dort, dass Nachbarn eines gewissen Frank Volkerts die Polizei angerufen hatten, da man vor zwei Tagen seltsame Arbeitsgeräusche aus dessen Wohnung vernommen hatte, seitdem jedoch kein Lebenszeichen mehr aus der Wohnung kam. Eine Nachbarin, die einen Schlüssel besaß und dort hin und wieder putzte, wollte nachsehen und erkannte, dass dort ein Mord geschehen sein musste. Die eintreffenden Beamten sperrten den Tatort sofort ab und benachrichtigten die Mordkommission.

Reinder wartete ab, bis Liebig alles gelesen hatte.

»Wir wollten auf dich warten, bevor wir dort auftauchen. Die Spurensicherung ist schon vor Ort, Schiller dürfte auf dem Weg sein. Können wir los?«

»Du kommst mit, Rita ebenfalls. Alle anderen arbeiten weiter an den Vorbereitungen für unser Manöver.«

Die drei Kripoleute kämpften sich durch die Menschenmenge, die sehr schnell davon erfahren hatte, dass es hier zu einem grauenhaften Gewaltverbrechen gekommen war. Mit geübtem Blick registrierte Liebig, dass der graue Ford Taunus von Dr. Schiller bereits an der Straße parkte. Vor der Wohnungstür begrüßte sie ein Polizeimeister, dessen Gesichtsfarbe ungesund wirkte. Rita blieb einen Moment vor ihm stehen.

»So schlimm dadrin?«

»Ich habe nur kurz einen der geöffneten Beutel gesehen. Grauenhaft, kann ich nur sagen. Ich wäre doch besser zur Verkehrspolizei gegangen.«

»Auch nicht besser, Herr Kollege. Die Verkehrstoten sehen auch nicht anders aus. Bleiben Sie mal ruhig bei uns. Sie gewöhnen sich irgendwann daran.«

Was erzähl ich dem Mann da gerade? Ich tu so, als machte mir das Ganze nichts aus. Rita, du bist ein verlogenes Luder!

Sie beeilte sich, Peter wieder zu erreichen. Er beobachtete Dr. Schiller, der mehrere Plastikbeutel geöffnet hatte und erste Untersuchungen an den Inhalten vornahm.

»Es scheint alles vorhanden zu sein. Die Teile kann ich leicht wieder zusammensetzen. Es handelt sich vermutlich um den Wohnungsinhaber, einen Frank Volkerts. Irgendwie verstehe ich nicht, warum man sich die Mühe macht, einen Mann zu zerstückeln, um ihn dann hier liegen zu lassen. Das ergibt keinen Sinn.«

In dem Augenblick, als Schiller seine Gedanken laut vortrug, erschien ein Kollege der Spurensicherung mit einem Abfalleimer, in dem blutige Verbände abgelegt worden waren.

»Na, das ist doch interessant«, konstatierte Rita und trat näher heran. »Da wird Reinder wohl recht haben mit seiner Vermutung, dass es sich hier um das Versteck unseres Mannes handelt. Das Schwein hat hier einen Unterschlupf nach seinem Unfall gefunden und den Mieter zur Vorsicht mal umgelegt. Ich habe die Vermutung, dass er das schon sehr früh tat und den Mann zerstückelte, um sich durch den Verwesungsgeruch nicht vorzeitig zu verraten. Den einzigen

206

Grund für die Zerstückelung sehe ich darin, dass er keine größeren Müllbeutel fand.«

»Und hier haben wir auch den Winkelschneider, mit dem er das bewerkstelligt hat«, bemerkte ein weiterer Kollege der Spurensicherung. Um das zu bezeugen, hielt er das Gerät in die Höhe.

»Das gibt ein brauchbares Bild«, meinte Liebig lakonisch und zog sich die Handschuhe über. Ihn interessierte ein kleinerer Beutel, der noch ungeöffnet neben dem Küchenschrank lag. Dr. Schiller reichte ihm ein Skalpell, mit dem er den Beutel aufschnitt. Entsetzt zuckte Liebig zurück als er in die erstaunt dreinblickenden, jedoch leeren Augen eines Mannes blickte. Das blutbesudelte Gesicht schien die Gefühle des Opfers zu offenbaren, die er im Augenblick des Todes empfand.

»Lass mich mal ran!«

Dr. Schiller schob seinen Freund mit sanfter Gewalt zur Seite.

»Wenn ich mir das Gesicht betrachte, würde ich darauf tippen, dass dieser Mann überhaupt nicht mit seinem Tod rechnete. Der kam für ihn völlig überraschend, sonst würde er Angst zeigen. Hast du dieses Loch im Nacken schon gesehen, Peter? Das wird der Grund für seinen Tod sein. Ein stumpfer Gegenstand, der dem Opfer mit aller Gewalt zwischen die Nackenwirbel gestoßen wurde. Ein relativ kurzer Todeskampf, da die Nervenbahnen durchtrennt wurden.«

Schiller stoppte einen Moment und sah auf den Suppenlöffel, den ihm Liebig unter die Nase hielt.

»Könnte es das gewesen, was dem armen Kerl die Kerze ausblies?«

Zögernd nahm Schiller dem Hauptkommissar die Mordwaffe aus der Hand.

»Wo hast du den her? War der auch in dem Beutel? Nun ja, zumindest ist das Schwein ordnungsliebend und räumt sauber auf.«

Zwei Beamte drehten sich ab, als Schiller vorsichtig den Löffelstiel in die Wunde schob und wieder herauszog.

»Passt. Die Sache dürfte klar sein. Für das Motiv seid ihr zuständig, Peter. Zum Todeszeitpunkt kann ich euch nach der Beschauung Näheres sagen. Doch wenn ich mir die Abfolge der Geschehnisse vor Augen führe, dürfte das eigentlich klar sein. Der hat den armen Kerl umgebracht, kurz nachdem er den Unfall am See hatte. Sehe ich das richtig so?«

»Zumindest liegt darin eine gewisse Logik. Der muss sich also mindestens vier Tage hier aufgehalten haben. Mich wundert nur, dass ihn niemand vermisste. Wir sollten mal im Haus nachfragen, ob dieser Frank Volkerts keine Beziehungsperson hatte. Rita, kannst du das übernehmen?«

»Yes, Sir«, bestätigte Rita die Anordnung ihres Chefs und hob salutierend die Hand an die Schläfe. Sie verschwand in der Diele und trat auf den Flur, in dem einige Hausbewohner neugierige Blicke in die Wohnung warfen.

»Wer von Ihnen ist Frau Scharping?«, rief sie in den Flur.

Eine kleine zarte Frau schob sich zögernd nach vorne und hob wie eine Schülerin den Finger.

»Ich ... ich habe den Toten gefunden und angerufen. Habe ich was falsch gemacht?«

»Nein, nein, Frau Scharping, es ist alles gut. Sie haben vollkommen richtig gehandelt. Darf ich Sie einen Augenblick zur Seite bitten, damit wir uns unterhalten können? Vielleicht in Ihrer Wohnung?«

Fast ängstlich zeigte die Frau auf die offen stehende Tür, direkt neben der Wohnung von Volkerts. Rita glaubte sich in einer Klinik, da sich die Einrichtung komplett von ihrer eigenen unterschied. Bei Frau Scharping schien jedem Gegenstand ein ewiger, fester Platz zugeteilt worden zu sein. Keinem Staubkorn wurde eine Chance eingeräumt, sich auf dem Mobiliar niederzulassen. Reinlichkeit in Perfektion. Selbst die Luft war durchzogen von Reinigungsmitteln. Erst jetzt spürte Rita das leichte Zupfen am Ärmel. Schweigend, aber bittend wies die Frau auf Ritas Schuhe. Sofort verstand sie die Bitte und stellte die Schuhe auf die Matte. Entsetzt beobachtete sie Frau Scharping dabei, wie sie Ritas Schuhe in einen rechten Winkel korrigierte. Die Fliesen in der gesamten Wohnung waren dermaßen glatt, dass Rita sich sehr vorsichtig Richtung Wohnzimmer schob, um dort vor den Zierkissen des Sofas zu stoppen. Rita wunderte sich schon jetzt nicht mehr darüber, dass eines der Kissen vorsichtig an den Ecken angehoben und an anderer Stelle wieder abgesetzt wurde.

»Setzen Sie sich doch, Frau ...?«

»Momsen ... Kommissarin Rita Momsen. Können wir nun beginnen?«

»Aber natürlich, Frau Momsen.«

Frau Scharping saß Rita gegenüber, beide Hände madonnengleich gefaltet und im Schoß liegend. Ihr Gesicht drückte absolute Wachsamkeit und Ergebenheit aus.

»Uns interessiert, ob Sie in den letzten Tagen etwas festgestellt haben, was Ihnen ungewöhnlich vorkam. Wenn man

Tür an Tür wohnt, gibt es doch sicher Dinge, die Aufmerksamkeit erzeugen. Gab es da etwas?«

»Eigentlich war Frank immer ein sehr stiller und zurückhaltender Mieter. Selbst die Musik stellte er immer auf Zimmerlautstärke. Ich habe alle zwei Wochen bei ihm eine Grundreinigung durchgeführt. Eigentlich hätte das ja wöchentlich gemacht werden müssen, weil ...«

Hier unterbrach Rita, da sie befürchtete, in jede Schmutzecke des Verstorbenen geführt zu werden.

»Hatte Herr Volkerts hin und wieder Besucher, einen Freund, eine Freundin?«

»Wenn Sie darauf anspielen, dass er mit zweiunddreißig noch alleine lebte ... nein, Männerbesuche hatte er nicht. Ich denke, Sie wissen, worauf ich hinauswill. Da gab es nur manchmal Damenbesuch. Er hatte eine Bekannte. Ich will sie bewusst nicht Freundin nennen, denn sie haben sich oft gestritten. Das war eine ... wie sagt man so ... es war eine richtige Zicke. Die ganze Nachbarschaft wusste, dass die einen anderen hatte. Die wurde schon mit dem anderen Freier gesehen in der Öffentlichkeit, wie sie sich küssten. Nur Frank wollte das nicht wahrhaben. Wenn ihn einer darauf ansprach, wurde der wütend. Das kennt, ich meine, das kannte man an ihm sonst gar nicht.«

»Können Sie sich an einen Namen erinnern? Ich meine den Namen der Bekannten. Wir würden dann doch gerne mit ihr reden. Normalerweise vermisst man jemanden doch, wenn der sich einige Tage nicht meldet.«

Frau Scharping drehte die Pupillen zur Decke und seufzte.

»Diese Person wird froh sein, wenn sie Frank los ist. Ich will damit jedoch nichts andeuten. Nicht dass mir nachgesagt wird, ich hätte diese Frau verdächtigt. Ich möchte nur sagen, dass ...«

»Ist schon gut, Frau Scharping«, unterbrach Rita die Frau. »Kann ich den Namen haben? Eine Adresse werden Sie ja wohl nicht haben.«

»Die kann ich Ihnen geben. Jeder hier im Haus kann die Ihnen nennen. Fragen Sie mal Frau Nieswand im Parterre. Die kann Ihnen Sachen über das Frauenzimmer erzählen. Oh, Gott, die ist nicht ohne.«

Rita hatte es plötzlich sehr eilig, die Wohnung verlassen zu können. Nachdem ihr ein Zettel mit Namen und Adresse in die Hand gedrückt wurde, hätte man es schon als Flucht bezeichnen können, als sie wieder das Tatzimmer betrat.

»Na, bist du fündig geworden? Gibt es da eine Person, die ihn vermissen könnte?«

Winfried Reinder steckte seinen Notizblock ein, auf dem er die Aussagen einiger Hausbewohner vermerkt hatte. Er lachte laut, als Rita ihm berichtete, was sie nebenan erleben durfte.

»Na, das ist doch mal ein Erlebnis. Da kann man nur froh sein, wenn man nicht unter dieser Zwanghaftigkeit leidet. Wusstest du, dass der Milliardär Howard Hughes seine letzten Jahre nackt auf Kleenex-Lagern verbrachte? Oder denke mal an Michael Jackson und seinen Mundschutz. Im Grunde tun mir die Leute leid, da sie sich der Absurdität ihrer Handlungen voll bewusst sind, sich aber nicht dagegen wehren können. Hauptsache wir haben den Namen der Freundin. Den kannten aber alle anderen Bewohner auch. Das muss ja ein Früchtchen sein.«

Liebig trat in die Diele und wandte sich an die Begleiter.

»Hier sind wir fertig. Das Schwein hat tatsächlich den armen Kerl mit einem Löffel getötet. Mir ist ja schon viel untergekommen, aber mit einem Löffel – einfach ekelhaft. Habt ihr jemanden herausbekommen können, dem wir auf die Pelle rücken können?«

»Die Bekannte von Frank Volkerts«, antwortete Rita.

»Dann lasst uns mal die Freundin besuchen«, ordnete Peter Liebig an. Er sah sich verwundert um, als Rita laut und bestimmt etwas klarstellte: »Die Bekannte, Peter, keine Freundin! Ich erkläre dir das später.«

32

Es war schon früher Nachmittag, als die drei Ermittler wieder im Präsidium eintrafen und in eine kleine Besprechungsrunde des Teams platzten. Neugierig näherten sich die drei dem Tisch, an dem eine rege Unterhaltung ablief.

»Gibt es Neuigkeiten zu unserem Fall? Habt ihr was rausgefunden über den Verbleib von Denis Hofleder?«, wollte Reinder wissen.

»Genau das ist das Problem.«

Spiekermann fuhr sich durch das sehr unordentlich frisierte Haar. Ein Zeichen dafür, dass er das heute schon mehrfach getan haben musste.

»Das Arschloch löst sich immer wieder an einem bestimmten Punkt in Luft auf. Der wechselt die Standorte wie wir unsere Hemden. Erstaunlicherweise hat der nach der Ausbildung zum Bankkaufmann, die er übrigens mit Bravour geschafft hat, ein Jahr im freiwilligen Dienst im Ausland zugebracht. Nur gute Zeugnisse. Dann war er sieben Jahre bei der Deutschen Bank beschäftigt. Als er dort aufhörte, konnten wir noch vier weitere Banken ausmachen, bei denen er beschäftigt war. Nachdem wir insgesamt vier Wohnungen ausmachen konnten, bricht die Suche vor zwei Jahren ab. Keiner weiß, wo das Schwein jetzt lebt. Er scheint kein laufendes Einkommen zu haben, hebt nur ab und zu von einem Sparkonto ab, auf dem sich eine ansehnliche Geldsumme befindet. Die hat er sich im Laufe der Jahre angespart. Wohin er gezogen ist, kann uns niemand sagen. Das Geld hebt er immer an verschiedenen Stellen ab, Transaktionen nur online, sodass wir nicht einmal dadurch einen ungefähren Aufenthaltsort lokalisieren könnten. Er benutzt stets öffentlich zugängliche Rechner. Der Kerl ist schlau und bleibt ein Phantom.«

Alle Augen richteten sich auf Rita, die sich ihre Aufregung nicht anmerken ließ. Längst hatte sie ein mulmiges Gefühl bei dem Gedanken entwickelt, als Köder für die Bestie zu fungieren. Einmal mehr könnte sie sich dafür ohrfeigen, in manchen Situationen so vorlaut zu sein. Doch konnte sie jetzt nicht mehr zurückziehen. Sie versuchte, einen selbstsicheren Ton in ihre Stimme zu legen, als sie das von sich gab, was alle außer Liebig von ihr hören wollten.

»Seht ihr, wir kommen nur weiter, wenn wir das durchziehen, was ich vorgeschlagen habe. Als wir vorhin in der Wohnung von Frank Volkerts waren, fiel uns eine Zeitung der letzten Tage auf. Das allein wäre nicht erwähnenswert. Doch da stand groß und breit der Bericht, den wir an die Presse weitergaben. Zufall? Nein. Der Satan wird den Köder gefressen haben und nun darauf lauern, seinen Plan, Helga Körner zu töten, endlich in die Tat umsetzen zu können. Ich denke, dass Frau Körner sicherheitshalber, so wie wir es besprochen haben, verlegt wurde. Es wird Zeit, unseren Plan umzusetzen.«

»Jetzt wird nichts überstürzt, Leute. Niemand tut etwas, bevor ich nicht den Befehl dazu gegeben habe. Das gilt besonders für dich, Rita. Einige scheinen vergessen zu haben, wer hier die Verantwortung trägt. Das betrifft vor allem das Leben und die Gesundheit des Teams. Wir werden jetzt nicht nur jeden einzelnen Punkt noch einmal durchgehen, sondern auch die ganze Aktion ein weiteres Mal diskutieren müssen. Es darf nichts schieflaufen – nicht eine winzige Kleinigkeit. Nach wie vor bin ich dagegen und gebe nach den aktuellen Ereignissen zu bedenken, wie gnadenlos und vorausschauend diese Bestie arbeitet. Wir verfolgen keinen Eierdieb, sondern einen Mörder, der uns bisher stets um Längen voraus ist.«

Rita, die Peter bei seiner Ermahnung sehr genau beobachtete, entging nicht der besorgte Unterton. Er vermied es dabei, ihr in die Augen zu sehen. Doch auch jeder andere aus dem Team wusste, in welche Gefahr sich die junge Kollegin begeben würde. Eine Panne konnte nie wirklich ausgeschlossen werden. Wie diese später tatsächlich aussehen würde, konnte sich niemand zum jetzigen Zeitpunkt ausrechnen.

»Setzen Sie sich, Hauptkommissar Liebig. Es wird Zeit, dass wir mal unter vier Augen miteinander reden. Ich will auch gar nicht lange um den heißen Brei herumreden. Es geht um Ihr Verhalten, was den Einsatz von Frau Momsen betrifft. Da sind mir Dinge zu Ohren gekommen, die mir überhaupt nicht gefallen. Ich denke, Sie wissen, was ich meine. Das geht so nicht, Herr Kollege. Sie können nicht einfach meine Anweisungen infrage stellen. Das könnte man Insubordination nennen. Und genau das kann und werde ich nicht dulden. Ich denke, das werden Sie verstehen.«

Kriminalrat Rösner lehnte sich in seinem breiten Ledersessel zurück und tippte ungeduldig mit dem Bleistift auf ein leeres Blatt Papier. Seine Miene drückte pure Entschlossenheit aus, die man in dieser Art nicht von ihm gewohnt war. Normalerweise kannte man ihn als kooperativ und anpassungsfähig, wie es im Team immer hieß – womit man eigentlich nachgiebig umschreiben wollte. Heute schien diese Fähigkeit zu Kompromissen abhandengekommen zu sein. Er wartete ab, bis Peter Liebig seine Überraschung überwunden hatte und sprechbereit war.

»Herr Kriminalrat. Sie arbeiten nun schon viele Jahre mit mir zusammen und wissen, dass ich gerne einmal ein Risiko eingehe, was auch nicht immer mit den Dienstvorschriften einhergeht. Doch kann ich diese Risiken, die ich eingehe, auch in den meisten Fällen gut einschätzen. Außerdem betrifft die Gefahrenlage dann nur mich allein. Noch nie habe ich einen meiner Leute einem solchen ausgesetzt. Und ich möchte damit jetzt nicht anfangen. Das hat überhaupt nichts mit der Beziehung zu Frau Momsen zu tun. Bei jedem anderen Mitglied meiner Mannschaft würde ich die gleiche Entscheidung treffen. Ich werde ...«

»Hören Sie auf, Liebig, mir einen solchen Mist zu erzählen. Sie wollen mir verkaufen, dass die Beziehung zu Ihrer Mitarbeiterin Sie nicht in Ihrer Entscheidungsfindung beeinflusst? Für wie blöd müssen Sie mich halten, dass Sie mir das zumuten. Hätten Reinder oder Spiekermann eine ähnliche Aktion mit ihrer Beteiligung vorgeschlagen, säßen wir jetzt nicht hier. Sie sind befangen in Ihrer Beurteilungsfähigkeit. Schluss und aus, Herr Kollege. Daran gibt es nichts zu rütteln. Und soll ich Ihnen was sagen? Das gefällt mir nicht und wird den Fall nur noch verkomplizieren. Das Schwein muss gefasst werden. Und ich kann mir keine geeignetere Person für den zugegeben etwas heiklen Einsatz vorstellen als Kommissarin Momsen. Sie handelt trotz ihrer noch kurzen Dienstzeit erstaunlich umsichtig und logisch.«

Peter Liebig lehnte sich nach vorn und sah seinen Vorgesetzten mit zugekniffenen Augen an.

»Was genau wollen Sie mir eigentlich sagen? Ich vertrete Ihre Meinung zumindest in einigen Punkten nicht und Sie wollten nicht um den heißen Brei herumreden. Also, wie lautet Ihre Entscheidung?«

Wenn Liebig glaubte, mit seiner Konfrontation den Chef von seiner Meinung abbringen zu können, wurde er Sekunden später enttäuscht.

»Nun gut, Hauptkommissar Liebig. Ich erkenne in Ihrem Verhalten keine Möglichkeit, dass Sie Ihre Meinung ändern. Dann gibt es für mich keine andere Entscheidung, als Sie wegen Befangenheit von dem Fall abzuziehen. Ab sofort übernimmt der Kollege Spiekermann die Leitung der Soko. Ihnen werde ich einen anderen Fall zuweisen, in dem jedoch Frau Momsen nicht involviert sein wird. In Kürze werde ich den Antrag stellen, die junge Kollegin in ein anderes Dezernat zu versetzen. Ich werde es nicht ein weiteres Mal riskieren, dass persönliche Gründe den normalen Dienstbetrieb beeinflussen. Ab sofort gehören Sie nicht mehr der Soko an. Sie haben es nicht anders gewollt, Herr Liebig.«

Peter Liebig presste den Rücken gegen die Stuhllehne, wirkte geschockt. Mit einem Anschiss hatte er gerechnet, auch dass ihn eine kontroverse Diskussion erwartete, aber mit dieser Maßnahme nicht. Im gleichen Augenblick erkannte er aber auch, dass es dem Chef sehr ernst mit dieser Entscheidung schien. Das entnahm er der Mimik, die er so noch nie bei ihm gesehen hatte. In Liebig tobte ein Vulkan, den er nur schwerlich unter Kontrolle halten konnte. Doch jede Bemerkung, die ihm jetzt auf der Zunge lag, hätte augenblicklich zu einer Suspendierung geführt. Er spürte, dass nichts den Kriminalrat hätte umstimmen können. Er zog es vor, die Entscheidung mit Fassung zu akzeptieren und den Rückzug anzutreten.

»Und damit eines zwischen uns klar ist, Liebig. Meine Meinung über Ihr fachliches Können wird durch diese Maßnahme in keiner Weise beeinträchtigt. Ich halte Sie nach wie vor für einen meiner fähigsten Ermittler. Herrn Spiekermann werde ich selbst in Kenntnis setzen. Das brauchen Sie nicht tun. Und ich gehe davon aus, dass Sie sich ab sofort strikt aus der Ermittlung heraushalten. Wir haben genug Fälle, denen Sie Ihre volle Aufmerksamkeit widmen können. Das war`s für den Augenblick. Ich wünsche Ihnen trotzdem einen guten Tag.«

Was ist da gerade passiert? Hat sich jemand über mich beschwert? War es vielleicht sogar Rita selbst, die sich unbedingt nach vorne spielen will? Nein, das würde sie niemals tun. Doch irgendwie muss Rösner davon erfahren haben, dass ich gegen den Einsatz bin. Verdammt, sehe ich in der Sache zu schwarz? Ich habe Angst, dass ihr was passiert. Scheiß drauf, ich bin raus und die Sache wird schon gut gehen.

Rita beobachtete voller Sorge den Vorgesetzten, als er wieder sein Büro betrat und seinen Blick auf die Papiere senkte, die auf dem Schreibtisch ruhten. Da stimmte etwas nicht. Er kam geradewegs von Rösner – das wusste sie von ihm selbst. Sie wurde aus ihren Gedanken gerissen, als sich das Telefon von Spiekermann meldete. Das *Jawohl, Herr Kriminalrat* holte sie schnell wieder in die Realität und warf noch mehr Rätsel um die Vorgänge auf. Sorgenvoll verfolgten ihre Augen Spiekermann, der sichtlich verstört den Weg in die Chefetage antrat. Auch Peter sah ihm mit einem rätselhaften Ausdruck im Gesicht nach. Danach widmete er sich wieder den Unterlagen.

»Was in Gottes Namen ist hier los? Bis zum Feierabend spricht weder Klaus noch du ein Wort mit mir. Ich will jetzt auf der Stelle wissen, was ich falsch gemacht habe. Denn es scheint ja an mir zu liegen, dass keiner von euch bescheuerten Kerlen mit mir redet. Also?«

Mit hochrotem Kopf stand Rita vor Peter Liebig, der gerade in seinem Wagen die Heimfahrt antreten wollte. Mit dem Gesäß drückte sie die Fahrertür wieder zu und verschränkte die Arme vor der Brust. Liebig erkannte augenblicklich, dass er nun um eine Antwort nicht herumkam, obwohl er keine plausible zur Hand hatte. Er versuchte, Rita mit sanfter Gewalt zur Seite zu schieben.

»Jetzt nicht, Schatz. Lass uns zu Hause darüber reden. Ich fühle mich beschissen.«

»Nein, nichts da. So kommst du mir nicht davon. Ich will jetzt und hier wissen, was ich falsch gemacht habe. Ihr Kerle zickt schon den ganzen Nachmittag rum. Auch Klaus hat sich in den Außendienst verpisst, um meinen Fragen aus dem Weg zu gehen. Das machst du nicht, verstanden? Da ist was bei Rösner passiert, wovon ich wissen sollte. Ich bin schon groß und werde es verkraften können. Hat es mit meinem Einsatz zu tun?«

Rita hielt Peter Liebig mit ihrem Blick gefangen, ließ ihm keine Möglichkeit, mit Ausreden aus der Sache rauszukommen. Er gab es schließlich auf, nach welchen zu suchen, und antwortete ihr resigniert.

»Ja, ja ... du hast recht. Es hat mit dir zu tun. Ich will nicht, dass du dich unnötig in Gefahr begibst. Das ist kein normaler Fall und kein normaler Täter. Wir haben es mit einer hochintelligenten Bestie zu tun, deren Vorgehen wir unmöglich vorausberechnen können. Da reichen die Standardsicherungen nicht aus. Alles, aber auch alles kann passieren, was wir nicht voraussehen können. Verstehst du? Ich will nicht ein weiteres Mal einem Menschen nachtrauern müssen, der mir viel bedeutet. So, jetzt weißt du es.«

Wenn Liebig glaubte, jetzt Ritas Wut abgebaut zu haben, wurde er heftig enttäuscht.

»Das hört sich ja mächtig gut an. Ich fühle mich geehrt. Doch lasse ich mich nicht von euch Machos verarschen. Ich will wissen, was da oben besprochen wurde. Was du für mich empfindest und dass dieses Arschloch gefährlich ist, wusste ich auch, bevor du mir diesen Mist präsentiert hast. Rösner holt euch nicht ins Allerheilige, um die Sachlage mit jedem Einzelnen zu erörtern. Da gibt es mehr. Und genau darauf habe ich ein Recht. Ich höre.«

Liebigs Augen suchten die Hausfront ab, richteten sich in den Horizont, bis er die Hand auf seiner Wange spürte, die sein Gesicht wieder in Ritas Richtung drehte. Mit leiser Stimme ließ er die Wahrheit raus. Ritas Blick erstarrte.

»Der Irre hat dich vom Fall abgezogen? Hat der was geraucht? Das kriegt Klaus niemals alleine hin. Jetzt weiß ich, warum du Angst um mich hast. Ich will Klaus nicht absprechen, dass er ein guter Ermittler ist, aber er hat keinerlei Erfahrung mit der Organisation und Führung. Ich gebe zu, jetzt bekomme ich auch Angst. Das können wir so nicht durchziehen. Wir müssen was unternehmen.«

Peter Liebig atmete erleichtert auf, als sich Ritas Arme um seinen Hals legten. Er ignorierte den erhobenen Daumen und das Grinsen eines Kollegen aus der Drogenfahndung, der ebenfalls sein Fahrzeug aufsuchte.

»Du kannst immer noch deinen Einsatz stoppen und erklären, dass es dir zu heiß wäre. Dann wird man eine andere Lösung oder nach einem anderen Köder suchen.«

»Bist du wahnsinnig, Peter? Dann bin ich im Präsidium unten durch, erledigt. Außerdem geben wir Rösner damit recht. Das wird man mir immer nachtragen. Ich muss dir doch wohl nicht die Folgen schildern, wenn man als Polizist einmal öffentlich seine Angst eingestanden hat. Das hängt dir immer an und keiner wird sich in Einsätzen auf dich verlassen wollen. Nein, es muss eine andere Lösung her. Was hältst du davon, wenn ich zu Rösner gehe und ihm erkläre, dass ich den Einsatz nur dann durchziehe, wenn du im Boot bist?«

Liebig schob Rita ein wenig zurück, um ihr direkt ins Gesicht sehen zu können.

»Das geht gar nicht. Auf eine Erpressung lässt sich Rösner nicht ein. Das hätte nur zur Folge, dass er dich sofort versetzt und ebenfalls vom Fall abzieht. Eine derartige Aktion wird der niemals dulden. Und nach so was sähe es auch aus. Du kannst nur deine Zusage zurücknehmen mit allen Konsequenzen oder das Ganze bis zum hoffentlich guten Ende durchziehen.«

Die Resignation bei Rita war augenblicklich spürbar. Sie klammerte sich fast hilfesuchend an Peter und versuchte, ihr Zittern zu unterdrücken. Die festen Hände ihres Partners hielten sie fest umklammert, gaben ihr Halt.

»Ich werde dich das nicht allein durchstehen lassen, Schatz. Wir finden einen Weg – gemeinsam. Morgen spreche ich mit Spiekermann. Der wird mir zuhören, dafür kennen wir uns schon lange genug. Außerdem steht ja die Aktion bis auf kleinere Details. Das wird schon klappen. Du wirst uns den Wahnsinnigen ans Messer liefern. Wenn wir alle fest daran glauben, wird es gut gehen. Basta. Lass uns zu mir fahren. Ich habe einen guten Wein gekauft, den solltest du unbedingt probieren.«

33

Die Uferbepflanzung an der Ruhrstraße erlaubte dem stillen
Beobachter einen klaren Blick auf das Haus, in dem man
Helga Körner untergebracht hatte. Als er mit dem Blumen-
strauß in der Hand an der Information im Uniklinikum nach
der Patientin gefragt hatte, erfuhr er sehr schnell, dass sie
zwei Tage zuvor nach Hause entlassen worden war. Niemand würde sich in der Verkleidung, einem durchgehenden
Arbeitsanzug, dem Drei-Tage-Bart und der tief in die Stirn
gezogenen Wollmütze an ihn erinnern können. Er ließ der
Dame an der Information auch keine Zeit und Gelegenheit,
womöglich Alarm zu schlagen. Schon draußen, wenige
Schritte entfernt und unbeobachtet, entledigte er sich teilweise der Verkleidung, warf sie in einen Müllbehälter und
tauchte im Strom der anderen Besucher unter. Niemand verfolgte ihn auf dem Weg zum Ausgang.

Seine Augen tasteten Zentimeter für Zentimeter die
Umgebung ab, durchsuchten jedes Fahrzeug, das im Umfeld
parkte oder die Straße befuhr. Keine Bewegung in und aus
dem Haus entging dem forschenden Blick. Ihm entging auch
nicht der weiße Passat, der nun schon zum dritten Mal an
dem Haus vorbeifuhr und den freien Parkplatz direkt vor

dem Haus ignorierte. Das Pärchen, das kaum miteinander sprach und eine Parkbank besetzt hielt, erregte seine Aufmerksamkeit. Der Mann lächelte, wobei seine Augen kalt blieben. Er war sich sicher, dass man ihm eine Falle stellen wollte. Ob sich Helga Körner wirklich in der Wohnung befinden würde, wurde für ihn immer unwahrscheinlicher. Plötzlich wurde er sich der Absurdität bewusst, mit der die Presse die Entlassung eines Entführungsopfers so auffällig feierte. Diese unspektakulären Ereignisse wurden in der Regel irgendwo im Innenteil abgefeiert, jedoch nicht der kostbare Platz auf der Titelseite geopfert. Das war eine Falle – da war er sich jetzt sicher.

Die werden sich wundern. Was glauben diese Anfänger, mit wem sie es hier zu tun haben? Die gucken viel zu oft amerikanische Serien. Doch wie komme ich an die dreckige Fotze ran? Ich muss die zum Schweigen bringen, bevor die als Kronzeugin vor Gericht gegen mich aussagen kann.

Er kam zu dem Schluss, dass er genügend Zeit hatte, sich einen Plan zurechtzulegen. Die Polizei konnte nicht wochenlang auf der Lauer liegen. Irgendwann würden sie aufgeben. Und er würde auf irgendeine Art herausfinden, wo er diese Frau finden und unschädlich machen konnte. Schon vor zwei Tagen war ihm ein Pärchen aufgefallen, das das Haus betrat, wobei er die Frau kein zweites Mal sah. Nur ihr Begleiter erschien immer zur gleichen Zeit und verließ das Haus auch zu einer bestimmten Uhrzeit. Dabei begrüßte er stets einen anderen Mann, der das Haus betrat.

Wo blieb die Frau? Es konnte sich bei den Männern nur um Kripoleute handeln. Doch welche Rolle spielte die Frau dabei? War sie die Aufpasserin von Helga Körner?

Da war sie. Endlich, am dritten Tag erschien die Frau, die er im Verdacht hatte, das Objekt der Begierde zu beschützen. Er konnte nicht umhin, das Äußere dieser attraktiven Frau zu bewundern. Wären nicht alle Frauen dieser Welt so unsagbar verdorben, konnte dieses Wesen schon mit ihren äußerlichen Reizen seine sexuelle Lust wecken.

Still versteckt hinter den Büschen, die das Ufer der nahen Ruhr säumten, verfolgte er, wohin sich dieses Teufelsweib begab. Schon zwei Stunden später tauchte sie wieder auf. Er zog sich tief in das schützende Gebüsch zurück, als die Frau einen Moment an der bereits geöffneten Haustür verharrte und in seine Richtung blickte. Ein Gefühl beschlich den Killer, dass sie ihn bemerkt hatte und ihn nun beobachtete. Nach kurzer Überlegung entschied er sich dafür, dass es unmöglich für sie war, ihn hier in den Tiefen des Grüns auszumachen. Er musste sich täuschen. Schließlich atmete er erleichtert auf, als die Schönheit im Hausflur verschwand. Kurze Zeit später tauchte auch dieser große Mann wieder auf, der am Spätnachmittag abgelöst werden würde. Das Schema war nun für ihn klar. Helga Körner wurde von der Polizei beschützt.

Rita versuchte, vom Balkon aus in der näheren Umgebung verdächtige Personen auszumachen. Sie hatte etwas gespürt, als sie das Haus betrat, konnte jedoch nicht klar definieren, was es war. Es vermittelte ihr lediglich ein Gefühl der Unsicherheit. Schon kurz darauf verflüchtigte sich die Unsicherheit, als sie in der Küche Ablenkung bekam.

Sie mussten lange mit Reinhard Körner diskutieren, bis er sich bereit erklärt hatte, bei der Aktion mitzuspielen und seine Wohnung zur Verfügung zu stellen. Erst das Argument, dass man damit seine Frau vor dem perfiden Mörder schützen wollte, überzeugte ihn schließlich. Das Versprechen, damit den Mann dingfest zu machen, der Helga das angetan hatte, weckte in ihm endgültig den Kampfgeist. Er quartierte sich für unbestimmte Zeit bei seinem Bruder ein, der grob in die Situation eingeweiht wurde – mit der Zusage, das auf jeden Fall bis zur völligen Klärung des Falles für sich zu behalten.

Immer wieder korrigierte Rita im Spiegel den Sitz ihrer Perücke und das Make-up. So allmählich wuchs sie in die Rolle der misshandelten Frau und dachte vermehrt daran, was ihr dieses Monster angetan hatte. Für sie gab es keine Zweifel daran, dass sie das Richtige tat. Sie mussten diese Bestie unbedingt aus dem Verkehr ziehen, damit diese Familie endlich den Frieden finden konnte, so das überhaupt möglich war. Ritas Hass auf den Mann wuchs mit jedem Tag mehr, den sie in der Rolle von Helga Körner zubringen musste. Erste Zweifel mehrten sich am Erfolg der Aktion. Warum in aller Welt wartete dieses Biest so lange? Selbst Rösner, der anfangs Feuer und Flamme war, machte Andeutungen, als wolle er die Aktion in Kürze abbrechen. Sie hatte den Nachteil, dass viele Leute gebunden wurden, die man an anderer Stelle dringend brauchte. Das Böse schlief deshalb nicht in der Stadt, nur weil sie nach einem Serienmörder fahndeten. Immer öfter ließ sich Rita deshalb auf dem Balkon sehen. Falls der Killer das Haus belauerte, sollte er sie sehen. Sie wollte den Fehler bei ihm provozieren, auf den alle warteten. Sie konnte nicht ahnen, wie sehr sie sich genau in diesem Punkt irrte.

Tag fünf bedeutete schließlich Abbruch. Kriminalrat Rösner informierte das Team über seine Entscheidung, die ihm sogar vom Polizeichef befohlen worden war. Die Kosten für die Observierung der Wohnung waren der Führung einfach zu hoch, zumal man dem möglichen Erfolg kaum noch eine Chance einräumte. Es stand für die meisten von ihnen fest, dass der Mörder kein Interesse mehr daran hatte, die Zeugin zu beseitigen. Womöglich hatte er auch ihren Plan durchschaut und hielt sich in sicherer Deckung auf. Es war Zeit, über eine neue Strategie nachzudenken.

Ein teuflisches Grinsen überzog das Gesicht des Killers, als er die Frau in Begleitung von drei Männern das Haus verlassen sah. Er erkannte sie selbst unter der Perücke, die auf den ersten Blick das Äußere von Helga Körner imitierte. Einer der Männer schleppte eine schwere Tasche zu einem schon seit Tagen neben dem Haus stehenden Ford Transit. Nach einer kurzen Besprechung trennten sich alle und die junge Frau setzte sich in einen Mini Cooper.

Das war es also? Ihr gebt auf? Nichts anderes habe ich von euch Idioten erwartet. Ich werde euch zeigen, wie genial ich bin. Wartet nur.

Rita war zutiefst enttäuscht und legte die Stirn auf das Lenkrad. Sie versuchte, die Entscheidung der Führung nachzuvollziehen, was ihr schließlich sogar gelang. Mitten in ihren Gedanken schrak sie hoch, als sie das Klopfen an der Seitenscheibe vernahm. Als wäre sie aus einem schlimmen Traum erwacht, blickte sie auf das männlich schöne Gesicht eines Passanten, der mit Gesten andeutete, dass sie doch bitte das Fenster herunterkurbeln sollte. Sie folgte dem Wunsch und ließ die Scheibe zumindest zur Hälfte herunter.

Eine Stimme, die ein beeindruckendes Timbre beherrschte, drang an ihr Ohr.

»Sie nehmen es mir hoffentlich nicht übel, falls ich Sie erschreckt haben sollte. Ich möchte Sie nur etwas fragen. Ich suche eine Familie Stockhausen. Die sollen hier in einem der Häuser wohnen. Ein Ehepaar mit zwei kleinen Mädchen. Ich denke, da Sie hier ja wohl wohnen, dass Sie die Leute kennen. Auf den Klingelschildern finde ich die nicht. Das ist hier doch die Ruhrstraße, oder etwa nicht?«

Das verlegene, fast schon hilflose Lächeln des Mannes, ließ Rita jede Zurückhaltung vergessen. Sie drückte das Waffenholster ein wenig nach hinten, um den Passanten nicht zu verschrecken, bevor sie antwortete.

»Das tut mir wirklich leid, dass ich Ihnen dabei nicht helfen kann. Ich bin selbst nicht aus der Gegend und war nur zu Besuch. Klingeln Sie doch einfach irgendwo oder fragen Sie dort hinten am Kiosk. Da kann man Ihnen bestimmt helfen. Und machen Sie sich keine Sorgen wegen des Klopfens. So leicht kann man mich nicht erschrecken. Ich wünsche Ihnen noch einen schönen Tag. Ich muss jetzt aber wirklich los. Und viel Erfolg bei Ihrer Suche.«

Der gut aussehende Mann blieb freundlich lächelnd zurück, während er auf die Rücklichter des davoneilenden Mini Cooper blickte. Sekunden später änderte sich der Gesichtsausdruck und das freundliche Lächeln wurde durch ein diabolisches Grinsen ersetzt. Mit beiden tief in den Taschen vergrabenen Händen schlenderte er davon und verschwand in einer Nebenstraße.

34

»Wir haben wieder eine Abbuchung vom Konto«, meldete sich Reinder und starrte auf den Bildschirm seines Computers. »Das gibt`s doch nicht. Der Kerl hat einen Geldautomaten in Kettwig benutzt. Das nenne ich mal abgewichst. Vor unseren Augen stolpert der durch die Gegend und verarscht uns. Ich werde das Gefühl nicht los, dass er die ganze Show beobachtet und genossen hat. Wir haben uns zum Kasper machen lassen. Der Chef hat recht damit, wenn er meint, dass der uns überlegen ist und jeden Schritt im Voraus plant. Man sollte meinen, dass der alle unsere Aktionen schon kennt, bevor wir sie in die Tat umsetzen. Sei ehrlich, Rita, du hast ihm alles erzählt.«

Rita, die gedankenverloren auf ein leeres Blatt Papier starrte, wurde hellwach, als sie ihren Namen hörte. Bevor sie etwas erwidern konnte, meldete sich Klaus Spiekermann.

»Lass die Scheiße, Winfried. Damit macht man keine Scherze. Ich glaube, dass Rita auch schon ohne deine geschmacklosen Späße genug gestraft ist.«

»Was war denn los? Ich habe nur meinen Namen gehört«, wollte Rita wissen.

Erst jetzt wurde Reinder sich dessen bewusst, dass er weit über ein Ziel hinausgeschossen war.

»Ach nichts weiter, nur ein blöder Witz von mir. War nicht wichtig. Aber hast du das mit der Kontoabhebung mitbekommen?«

Reinder wiederholte die Information für Rita noch einmal und blickte in große Augen.

»Ich habe es doch gewusst. Schon vor Tagen hatte ich das Gefühl, dass uns jemand beobachtet. Dieser Mistkerl hat jede unserer Bewegungen mitbekommen und sich köstlich amüsiert. Dass er das Geld in Kettwig abgehoben hat, hat er nur deshalb getan, um uns zu zeigen, wie genial er ist. Ihr werdet euch sicher an die Bemerkung von Dr. Afarid erinnern. Er meinte, dass wir es mit einem Mann zu tun bekommen, der starke narzisstische Züge aufweist. Das war eine seiner Shows und wir waren die Statisten in seinem Spiel. Ich bekomme Gänsehaut bei der Vorstellung, dass der sich immer in meiner Nähe aufhielt. Und keiner von uns hat was gemerkt.«

Immer wieder glitt ihr Blick in das Nachbarbüro, in dem Peter Liebig telefonierte und so tat, als würde ihn die Aufregung des Teams nicht interessieren. In Wirklichkeit registrierte er jeden Ton, jede Bemerkung und Bewegung. Rita ließ er keinen Moment aus den Augen. Er verfolgte sogar ihre plötzliche Reaktion, als sie sich an das Team wandte und laut durch den Raum rief.

»Hört mal Leute. Haben wir da nicht die ganze Zeit etwas verpennt?«

Sofort besaß sie die volle Aufmerksamkeit aller im Raum.

»Wenn ich an einem Bankautomaten Geld abhebe, wird dann nicht, während ich davor stehe, ein Bild oder ein Video aufgenommen?«

»Da bin ich mir sicher. Ich weiß nur nicht, wie lange die aus datenschutzrechtlichen Gründen gespeichert werden dürfen. Ich vermute da mal drei Monate maximal.«

Spiekermann wurde plötzlich hektisch und suchte nach der Liste mit den Geldautomaten, von denen ihr mutmaßlicher Täter in den letzten Monaten abgehoben hatte. Endlich fand er sie und hielt sie triumphierend hoch.

»Rita, du bist ein Schatz. Das ist es. Wir werden schon bald ein Foto von dem Schwein haben. Dann geht das zur Fahndung raus. Sofort die Bankfiliale in Kettwig oder besser noch deren Zentrale anrufen. Ich hole mir die richterliche Verfügung für die Einsicht der Fotos. Verdammt, ich könnte dich küssen.«

Mit einem Blick ins Nebenbüro murmelte Rita kaum verständlich für die anderen Kollegen: »Ich glaube, das käme momentan nicht so gut an.«

»Eigentlich war das doch klar, Leute. Der lässt sich doch nicht auf solche Anfängerfehler ein. Wäre ja auch zu schön gewesen, diese Fresse endlich im Original sehen zu können. Aber er scheint zumindest eine gepflegte Hand zu haben. Keine einzige Schwiele an den Fingern. Dieser Mistkerl wusste immer genau, wo die Kamera sitzt und wie er sie abdecken kann. Wir sind wieder genau am Anfang.«

Enttäuscht betrachteten sie alle die Fotos, die ihnen von den Banken zur Verfügung gestellt worden waren. Irgendwann schob Spiekermann sie zu einem Stapel zusammen und verstaute sie in einer Schublade. Die Stimmung lag förmlich am Boden. Selbst die stets gut gelaunte Rita scrollte lustlos in Seiten, auf denen die Gewaltverbrechen der letzten Tage aufgelistet waren. Schließlich fuhr sie ihr System runter, blickte auf ihre Armbanduhr und griff nach ihrem Mantel.

»Leute, ich feier heute mal ein paar Mehrstunden ab. Sobald der Chef wieder ins Büro kommt, könnt ihr ihm sagen, dass ich zum Frustshoppen ins Rhein-Ruhr-Center fahre. Könnte etwas später werden.«

Der kleine Mini Cooper suchte sich den Weg über die wie üblich stauende A40. Als sie schließlich die Ausfahrt Heimaterde erreichte, ging es zügiger zum Parkplatz des Einkaufscenters, wo sie für ihren Wagen einen geschützten Platz am Ende des überdachten Parkhauses fand. Die Ruhe in diesem Teil des Parkhauses genoss sie sogar einen Augenblick, bevor sie ihre Handtasche fest unter den Arm klemmte und Richtung Ladenzone marschierte.

Nun kam der Moment, in dem sich Rita darüber ärgerte, den Wagen so weit entfernt von der Ladenstraße abgestellt zu haben. Sie war müde und hatte fast alle Modegeschäfte besucht, die das Center aufzuweisen hatte. Die dreißig Prozent auf die enge, affengeile Lederhose hatte sie ihrer Beharrlichkeit bei Preisverhandlungen zu verdanken. Doch Peter würde erst richtig Augen machen, wenn sie ihm den neuen Pyjama vorführen würde. Bei dem Gedanken überzog ein frivoles Grinsen ihr hübsches Gesicht, das jedoch sofort einfror, als die Stimme hinter ihr auf sich aufmerksam machte.

»Waren Sie erfolgreich und haben etwas Passendes gefunden? Ich bin mir sicher, dass es so ist. Sie würden sogar einem Leinensack Stil verleihen. Bitte drehen Sie sich nicht um und geben Sie sie mir nach hinten. Ich meine damit Ihre Dienstwaffe.«

Rita lief es kalt über den Rücken, als sie diese bekannte Stimme hörte, die jetzt allerdings einen scharfen, gefährlichen Unterton besaß. Sie versuchte, die Atmung zu kontrollieren und keine schnelle Bewegung zu machen, die der Angreifer falsch auslegen könnte. Sie war sich sicher, dass der Mann bewaffnet war und ohne Warnung handeln würde.

»Ich besitze keine Dienstwaffe. Die liegt im Waffenschrank. Wollen Sie nachsehen? Was soll das? Wollen Sie Geld oder vielleicht die Einkaufstüten? Ich denke, dass meine neuerworbene Hose nicht Ihren Körpermaßen entsprechen wird. Aber was mich am Rande interessiert: Haben Sie die Familie in Kettwig gefunden, oder war das nur eine Finte, um an mich ranzukommen? Machen Sie schon, ich warte.«

Woher sie die Kaltblütigkeit nahm, in dieser Situation derart sarkastisch zu reagieren, konnte sich Rita selbst nicht erklären. Sie hatte Mühe, das Zittern, das ihren gesamten Körper erfasst hatte, aus ihrer Stimme herauszuhalten. Es gelang ihr nur mäßig.

»Das gefällt mir ebenfalls an Ihnen. Ihre rotzfreche Klappe in ausweglosen Situationen.«

»Ist sie wirklich ausweglos? Wollen Sie mich etwa schon hier und jetzt töten? Vor den Augen möglicher Zeugen? Ihnen scheint eine Zeugin noch nicht zu reichen, die Ihnen vor Gericht das Genick brechen wird. Wenn Sie es tun wollen, machen Sie es bitte schnell, denn ich bin zum Essen verabredet.«

Hinter sich hörte Rita das verhaltene Lachen des Fremden, den das zu amüsieren schien. Rita zuckte zusammen, als eine Hand über ihren Körper strich, jeden Bereich nach einer Waffe abtastete. Abgrundtiefer Hass breitete sich bei ihr aus, als diese Hand besonders intensiv in ihrem Schritt suchte. Am liebsten hätte sie dem Mann die Faust ins Gesicht geschlagen.

»Umdrehen!«

Kurz und knapp kam der Befehl, dem Rita gerne folgte. Sie stand einem Gegner lieber direkt gegenüber, statt ihn hinter sich zu wissen. Ja, sie vermutete richtig. Vor ihr im Halbdunkel des Parkhauses stand genau der Mann, der sie nach der Familie gefragt hatte. Sein Gesicht wirkte jetzt völlig entspannt. Er zeigte sogar dieses verführerische Lächeln, das ihn so charmant und ungefährlich aussehen ließ. Ein Gesicht, das schon eine Sünde wert gewesen wäre, wäre da nicht ...

»Wir zwei werden jetzt eine kleine Spazierfahrt machen. Dazu werden wir aber meinen Wagen nehmen. Ihr motorisierter Rollschuh ist mir in der augenblicklichen Lage zu auffällig. Lassen Sie ihn stehen. Hier ist das Parken ja kostenfrei.«

Als hätte er einen besonders guten Witz erzählt, kicherte er in sich hinein und hob die Hand mit dem Messer, das er bisher geschickt hinter dem Rücken verborgen gehalten hatte.

»Mein Wagen steht nur drei Boxen weiter. Sie fahren!«

Rita ließ den zugeworfenen Autoschlüssel fallen in der Hoffnung, dass der Fremde sich instinktiv danach bücken würde. Mit einem geringschätzigen Lächeln sah er sie an.

»Guter Versuch. Beim nächsten Mal wirst du bluten. Glaubt ihr wirklich, dass ihr einen Idioten vor euch habt? Ich werde der Beweis dafür sein, dass man das Böse, ich meine damit das wirklich Böse niemals besiegen kann. Ich bin unsterblich. Du wirst dir noch wünschen, dass du es nicht bist. Wir beide werden bestimmt viel Spaß miteinander haben. Und jetzt bewege deinen hübschen Arsch in den Wagen. Ich sage dir, wohin es geht. Es ist nicht allzu weit. Ich wette sogar, dass du unser Ziel bereits kennst. Los jetzt!«

Als Rita hinter der Sommerburgbrücke in eine Seitenstraße dirigiert wurde, zog sich ihr Magen zusammen und drohte, das kleine Filet, das sie sich zuvor gegönnt hatte, wieder auszuspucken. Der Wagen stoppte vor dem breiten Absperrgitter, hinter dem sie die Umrisse eines Hauses erkennen konnte. Ritas Puls raste und drohte, die Adern zu sprengen.

35

Peter Liebig konzentrierte sich auf das Freizeichen, das ihm immer wieder klarmachte, dass Rita den Anruf entweder nicht wahrnahm oder ihn ignorierte. Unaufhaltsam bewegte sich der Uhrzeiger auf 23 Uhr hin. Die Geschäfte, in denen er Rita vermuten könnte, hatten längst geschlossen und es war nicht ihre Art, sich nachts in Gaststätten rumzutreiben. Es musste etwas Unvorhergesehenes geschehen sein. Unruhe machte sich bei Liebig bemerkbar. Er ging die Kontakte auf seinem Smartphone durch und wählte die Nummer von Klaus Spiekermann. Die müde Stimme des Kollegen meldete sich.

»Was gibt es, Chef? Ist was passiert?«

»Das wollte ich eigentlich von Ihnen wissen. Rita ist nicht erreichbar. Hat sie was angedeutet, ob sie nach dem Einkaufen noch jemanden besuchen wollte?«

»Eifersüchtig?«

»Lassen Sie die Scherze, ich mach mir Sorgen. Das hat sie bisher noch nie gemacht. Hat sie jetzt was angedeutet oder nicht? Die Frage dürfte doch wohl nicht schwer zu beantworten sein«, schrie Liebig schon fast in das Telefon.

»Nein ... nein, da hat sie nichts von verlauten lassen. Sie freute sich nur auf das Shoppen. Ich hatte das Gefühl, dass sie ein wenig überarbeitet wirkte und eine Auszeit suchte. Kann ich auch ganz gut nachvollziehen nach den letzten Tagen in Wartestellung. Ich gebe zu, jetzt mach ich mir auch langsam meine Gedanken. Sollen wir mal in der Zentrale nachfragen, ob eine Unfallmeldung vorliegt? Notfalls könnten wir ja eine Funkortung durchführen lassen. Sie muss davon ja nicht unbedingt was wissen – ich meine wegen der Verletzung der Privatsphäre. Aber es könnte ja auch ein Notfall vorliegen. Soll ich das veranlassen?«

Nur kurz überlegte Liebig, bevor er zustimmte. Er wusste, dass er eine solche Maßnahme stichhaltig begründen müsste.

»Machen Sie das. Ich bin ja raus aus der Ermittlung. Sonst kommen die mir noch mit persönlichen Interessen und so weiter. Erklären Sie, dass Sie den Verdacht hätten, dass ihr was im Zuge der Ermittlungen zugestoßen sein könnte und dass sie schon seit Stunden keine Positionsmeldung mehr durchgegeben hat. Geben Sie mir sofort Bescheid.«

»Mach ich, Chef. Ich war schon auf der Couch eingeschlafen und muss erst mal wieder richtig wach werden.«

Immer wieder versuchte Liebig, Rita auf dem Mobiltelefon zu erreichen. Plötzlich blieb auch das Freizeichen aus und wurde durch eine automatisierte Durchsage des Providers ersetzt. *Der Teilnehmer ist derzeit nicht erreichbar. Bitte hinterlassen Sie eine Nachricht nach dem Ton.* Peter Liebig erstarrte. Das konnte nur bedeuten, dass jemand das Gerät ausgeschaltet oder zerstört hatte. Ein Funkloch schloss er mitten im Ruhrgebiet aus.

Was war passiert? Befand sich Rita plötzlich in einem Bereich, in dem eine Erreichbarkeit ausgeschlossen war oder hatte sie das Gerät bewusst ausgeschaltet?

Zu Hause befand sie sich auch nicht, da sie ansonsten an das Festnetztelefon gegangen wäre. Er wechselte die Kleidung vom Jogger zu Jeans und Pullover. Als Peter gerade zur warmen Jacke greifen wollte, meldete sich Spiekermann.

»Tut mir leid, Chef. Da gibt es keine Ortung. Das Gerät ist komplett aus dem Netz verschwunden. Da ist entweder die Karte rausgenommen worden oder es wurde zerstört. Jetzt mach ich mir auch Sorgen. Soll ich die Fahndung rausgeben? Ich lass nach dem Wagen suchen. Das nehme ich auf meine Kappe, falls der Alte meckern sollte. Können wir sonst noch was tun?«

»Ich bin auf dem Weg ins Präsidium. Trommeln Sie das Team zusammen. Wir treffen uns dort. Da ist was passiert. Ich spüre das. Verdammte Scheiße, warum hat sie denn nicht gesagt, was sie vorhat? Wenn sie bloß nicht ...«

Klaus Spiekermann versuchte, seinen Chef zu beruhigen, indem er seine Stimme senkte und langsam sprach.

»Das wird sich bestimmt als harmloser Besuch bei einer Freundin herausstellen. Malen wir mal nicht den Teufel an die Wand. Ich rufe jetzt ... Hallo, Chef. Sind Sie noch dran?«

Die Gespräche mit den Kollegen aus dem Team dauerten nur wenige Minuten. Keiner von ihnen musste überzeugt werden, sondern alle machten sich augenblicklich auf den Weg. Spiekermann steckte das Telefon in die Seitentasche seines Blousons, den er zwischenzeitlich übergezogen hatte. Die Dienstwaffe steckte längst im Holster. Seinen Golf jagte er Richtung Präsidium. Auf dem Parkplatz stellte er fest, dass er einer der Letzten war, die dort eintrafen. Im Besprechungsraum herrschte große Aufregung. Rita war ihnen allen ans Herz gewachsen und – sie war eine von ihnen.

Liebig stand vor einer Karte, auf der das Stadtgebiet in verschiedene Zonen eingeteilt worden waren.

»Leute, wir werden jede Vollzugsmeldung aus den Fahrzeugen der Polizeikollegen hier eintragen. Ich möchte, dass vor allem die Gebiete rund um Geschäftsviertel durchkämmt werden. Alle Parkplätze der örtlichen Einkaufscenter sollen abgefahren werden. Der Mini Cooper muss einfach irgendwo auffallen.«

Die Telefondrähte im Morddezernat glühten, als sich alle an die Arbeit machten. Sämtliche Krankenhäuser wurden abtelefoniert. Immer mehr Meldungen der Streifenwagen gingen ein und verkleinerten die Hoffnung, das Fahrzeug schnell zu finden. Doch schließlich erreichte die Männer der halbwegs erlösende Anruf aus Mülheim. Man hatte den Wagen in einer abgelegenen Ecke eines Parkhauses des großen Rhein-Ruhr-Centers gefunden. Die Kollegen des Streifenwagens berichteten allerdings, dass das Auto ordentlich abgeschlossen war und absolut nichts Auffälliges daran festzustellen war. Ratlosigkeit machte sich im Team breit. Niemand wagte, die Vermutung auszusprechen, die Peter Liebig in die Verzweiflung stürzen würde. Er selbst war es, der das aussprach, was jeder von ihnen vermutete.

»Das Schwein hat Rita!«

Die Ruhe im Raum dröhnte in den Ohren und zerrte an den Nerven aller. Das schlimmste Szenario, was man sich vorstellen konnte, schien nun eingetreten zu sein – etwas, was Peter Liebig von Anfang an befürchtet hatte und ihm die Führung des Teams gekostet hatte. Er atmete mehrfach kräftig durch und strich in gewohnter Manier mit der flachen Hand über seine kurz geschorenen Haare.

»Leute, wir kommen nicht weiter, wenn wir in Schockstarre verfallen. Reinder, du informierst den Rösner. Ich will, dass er über die Vorgänge Bescheid weiß und dass ich die Leitung wieder übernehmen werde, ob ihm das passt oder nicht. Ihr müsst selbst entscheiden, ob ihr mir folgt. Wenn nicht, ziehe ich das alleine durch. Ich brauche euch jetzt mehr als jemals zuvor. Spiekermann, Sie besorgen mir die Aufnahmen des Sicherheitsdienstes aus dem Parkhaus. Die müssten eigentlich einige Stunden aufbewahrt werden. Vielleicht haben wir Glück und sehen das Biest.

Und nun möchte ich, dass jeder versucht, sich in die Lage des Killers zu versetzen. Fakt dürfte sein: Er hält eine Beamtin in Händen, von der er vermutlich weiß, dass sie auf ihn angesetzt wurde. Macht es für ihn Sinn, sie sofort zu töten? Ich finde nein. Der Kerl ist hochintelligent, das wissen wir bereits. Er wird irgendetwas mit der mutmaßlichen Entführung bezwecken wollen.«

Reinder, der sich bisher mehr im Hintergrund gehalten hatte, schaltete sich ein.

»Dr. Afarid erwähnte, dass es sich bei diesen Psychopathen in den meisten Fällen um notorische Narzissten handeln würde. Das Schwein möchte uns sicherlich damit zeigen, mit welch tollem Hecht wir es zu tun haben. Er ist unbesiegbar. Das möchte er uns doch unbedingt beweisen. Außerdem konzentrierte er sich im Grundsatz immer auf den gleichen Typ Frau. Seine Opfer ähnelten sich stets, sahen aus, wie seine Mutter, die eine Prostituierte war. Die anderen Toten, die er auf seiner Flucht hinterließ, möchte ich mal als Kollateralschaden ansehen. Das war nicht beabsichtigt. Warum also sollte er Rita töten?«

Jeder im Raum ließ diese Feststellung sacken, bis Liebig den Faden wieder aufnahm.

»Winfried hat recht. Das würde erst einmal keinen Sinn machen. Allerdings wird sie ihn gesehen haben. Jeder von uns weiß, was das für Rita bedeutet. Doch zurück zum Zweck seiner Entführung. Er muss in erster Linie dafür sorgen, dass die einzige bisherige Zeugin außer Gefecht gesetzt wird. Sie stellt außer Rita die größte Gefahr für ihn dar. Wäre ich an seiner Stelle, würde ich Rita dafür benutzen, den Aufenthaltsort der Zeugin herauszufinden. Folglich wird er sie unter Druck setzen – ich meine damit Rita. Sie dürfte solange am Leben bleiben, bis das Schwein sein eigentliches Ziel erreicht hat.«

»Das wird Rita niemals tun. Sie wird Helga Körner nicht ans Messer liefern, da sie genau weiß, dass sie dann die Nächste sein wird, die stirbt.«

Reinder wirkte sehr selbstbewusst, als er das in den Raum stellte. Peter Liebig sprach wieder einmal das aus, was keiner hören wollte.

»Dein Vertrauen in allen Ehren, Winfried. Aber wie lange hält ein Mensch das aus, wenn er systematisch gefoltert wird? Und dass unser Mann darin Experte ist, muss ich niemandem in diesem Zimmer erklären. Sie wird über kurz oder lang reden. Das würde jeder von uns. Schmerzen sind da ein beeindruckendes Argument. Uns bleibt nur eine Lösung übrig: Wir müssen die Kollegin finden, bevor er sein Werk beenden kann. Ich hoffe nur, dass es nicht schon zu spät ist.«

Eine fallende Stecknadel hätte in diesem Augenblick einen Höllenlärm verursacht. Keiner sah dem Nebenmann in die Augen. Alle versuchten, ihre Betroffenheit zu verbergen, indem man auf den Boden sah und schwieg.

»Ich habe gelernt, meinem Bauchgefühl zu folgen. Das will ich auch nicht ändern. Für mich gibt es nur zwei Orte, an denen ich das Schwein suchen würde. Entweder befindet er sich mit seinem Opfer an der Stelle, wo er wohnt. Dann hätten ihn die Kollegen, die die Wohnung im Auge haben, bemerkt. Er könnte allerdings auch noch einen weiteren Wohnsitz haben. Oder er ist ein Gewohnheitstier und ist mit Rita wieder in ...«

»Genau«, unterbrach ihn Spiekermann, »der Sauhund hat Rita in seine Folterkammer geschleppt. Da hat er doch bisher alle Opfer gefügig gemacht und ihnen das Blut aus dem Körper geholt. Ich glaube auch fest daran, dass wir ihn, ich meine, dass wir die beiden dort finden werden. Lasst uns hinfahren und ihm die Haut abziehen.«

Die plötzliche Erregung und damit verbundene Mordlust war Spiekermann förmlich anzumerken. Sie wirkte sogar ansteckend, sodass sich allgemeine Unruhe ausbreitete. Peter Liebig war es, der mit lautem Rufen und beschwichtigenden Handbewegungen für Ruhe sorgte.

»Langsam, Männer. Das muss strategisch geplant sein. Wir können da nicht plötzlich so reinstürmen und damit eine Kurzschlussreaktion des Wahnsinnigen auslösen. Jeder Fehler kann den Tod von Rita bedeuten. Lasst uns also planen. Reinder, Spiekermann – ihr habt bereits eure Befehle. Ruft Rösner und das Center an. Weiter brauche ich sofort den Einsatzleiter des SEK. Und jetzt bitte an den Tisch. Es gibt viel zu tun.«

36

Ritas Augen gewöhnten sich nur schwer an das diffuse Licht, das jetzt noch am frühen Abend in das finstere Loch einfiel, das ihr aus den vorherigen Untersuchungen bekannt war. Ständig suchte sie nach einer Möglichkeit, sich aus der schier ausweglosen Lage zu befreien. Doch das imponierende Messer mit der ungeheuer scharfen Klinge flößte ihr größten Respekt ein. Noch immer lag diese eklige Matratze in dem brackigen Restwasser und wies die großen Blutflecken auf, die durch unvorstellbare Misshandlungen an den Opfern entstanden waren. Der Mann hinter ihr schien zwischenzeitlich Vorkehrungen getroffen zu haben, denn an neuen Halteringen in der Wand waren nun wieder Hanfstränge befestigt worden, die in Stahlfesseln mündeten. Ihr wurde mit erschreckender Deutlichkeit klar, was sie in diesem Raum zu erwarten hatte.

Genau in dem Augenblick, als sie den Entschluss fasste, sich herumzuwerfen und den letzten Ausweg zu suchen, spürte sie die scharfe Klinge des Messers an ihrem Hals. Sie war zu keiner Bewegung mehr fähig und konzentrierte sich auf die Stimme, die ihr die warnenden Worte zuflüsterte.

»Versuche es erst gar nicht. Das würde nur in großen Schmerzen für dich enden. Lege jetzt deine verfluchten

Hände in die Handschellen und schließe sie. Darin müsstest du dich doch bestens auskennen. Du wirst ein einziges Mal spüren, wie sich die fühlen, die auf der anderen Seite des Gesetzes stehen. Kein schönes Gefühl, denke ich.«

Ritas Verstand drohte auszusetzen, als sich der kalte Stahl um ihr Handgelenke legte. Damit hatte sie sich wahrscheinlich jeglicher Möglichkeit beraubt, sich aus dieser misslichen Lage selbst befreien zu können. Sie war dem kranken Killer ausgeliefert.

Wo bist du, Peter? Spürst du denn nicht, dass ich dich dringend brauche? Du musst mich doch bestimmt schon vermissen. Komm. Bitte, komm und hole mich aus dieser Hölle.

Als Antwort auf ihr inneres Flehen erhielt sie nur das hämische Grinsen des Mörders, so als hätte er ihre Gedanken lesen können.

»Warum tun Sie das?«

Rita konnte sich selbst nicht erklären, warum sie gerade jetzt diese eigentlich überflüssige Frage stellte. Sie wusste doch nur zu gut, was am Ende für sie rauskam. Die gefundenen Opfer gaben eindrucksvoll Zeugnis dafür ab, wozu der Wahnsinnige fähig war und wo sein Ziel zu suchen war. Trotzdem wollte sie wertvolle Zeit herausholen, die ihr durch die Finger zu gleiten schien. Es war ihr egal, ob sie die teure Jeans durchnässte, als sie sich auf die feuchte, schimmelige Matratze niederließ und den Mann anstarrte, der schon so viele Leben sinnlos ausgelöscht hatte. Sie hatte in diesem Augenblick nicht mit der Reaktion des Täters gerechnet, der sich aus der im Dunkel liegenden Ecke des Kerkers einen Hocker heranzog und sich darauf niederließ. Wortlos erwiderte er Ritas Blick und ritzte sich dabei, als würde er völlig abwesend sein, mit der Spitze des Messers den Hosenstoff am Oberschenkel auf. Blut trat hervor und verteilte sich im Stoff seiner Jeans. Rita brachte nur unter großer Anstrengung die Geduld auf, seine Antwort abzuwarten, versuchte sogar Selbstsicherheit auszustrahlen.

»Hast du geglaubt, dass ich auf euer Theater in Kettwig reinfallen würde? Hast du das wirklich geglaubt? Warum haltet ihr euch nur für so unvorstellbar schlau? Ich habe es genossen, euch scheitern zu sehen. Wie Anfänger habt ihr eine Falle aufbauen wollen, die von Anfang an keine war. Ich bin zu schlau für euch. Hast du das gehört, was ich gesagt habe? Ich bin für euch Idioten zu schlau! Ich werde weiter diese verdammte Brut auslöschen, die uns Männern nur Schande bringt. Sie werden einen schrecklichen Tod sterben – und den haben Sie auch verdient.«

»Warum denn mussten diese unschuldigen Frauen und Mädchen sterben? Ich möchte das verstehen können. Sie haben Ihnen doch niemals etwas getan. Das war unsinnig und nicht intelligent, so wie Sie es darstellen möchten.«

Rita schrak zurück, als der Kerl mit einem wilden Schrei hochfuhr und sich sämtliche Kleidungsstücke mit heftigen Bewegungen vom Körper riss. Sein Atem ging dabei rasend schnell, seine Augen fixierten Rita immerzu.

»Da ... sieh es dir an, du Dreckstück. Schau genau hin. Sie haben es nicht verdient, sagst du? Siehst du diese vielen Narben auf meinem Körper? Siehst du sie? Das hat sie getan, diese verdammte Hure, die ihr eigenes Blut quälte. Doch sie hat ihre gerechte Strafe dafür erhalten. Ich habe sie in Einzelteilen zu ihrem Schöpfer zurückgeschickt. Der Teufel wird sich darüber gefreut haben. Sie wird in der Hölle weiter gelitten haben, so wie ich es als Kind tat. Diese Schmerzen kannst du dir in den kühnsten Träumen nicht vorstellen, die ich erleiden musste.«

Hier machte der Mann eine Pause, die Rita dazu nutzte, eine weitere Frage loszuwerden. Sie brauchte Zeit, viel Zeit.

»War das deine Mutter? Hat Ines das getan?«

Rita wich bis an die moosüberwucherte Wand zurück, als der Kerl auf sie zusprang und seine Hand um ihren Hals legte. Sein Gesicht hatte die Sanftheit verloren, die Rita noch vor kurzer Zeit imponiert hatte.

»Sprich diesen Namen nie wieder aus, du darfst ihn niemals wieder in meinem Beisein aussprechen, sonst töte ich dich auf der Stelle.«

Sein Atem besaß plötzlich einen fauligen Geruch, der bei Rita einen heftigen Würgereiz verursachte. Nur mit größtem Aufwand konnte sie verhindern, dass sie ihm das bisschen Essen aus ihrem Magen ins Gesicht spie. Sie hielt sogar seinem Blick stand, der jegliche Normalität vermissen ließ. Sein Verstand schien abgeschaltet zu haben. Umso mehr verwunderte es Rita, dass er von einem Moment zum nächsten wieder völlig normal aussah und sich ruhig auf den Hocker setzte. Er schien trotz seiner Nacktheit die Kälte nicht zu spüren, die ihr durch alle Knochen kroch. Zaghaft versuchte sie, das Gespräch wieder aufzunehmen.

»Ich habe verstanden, dass Sie Ihre Mutter bestraft haben. Ob es richtig oder falsch war, kann und darf ich nicht beurteilen. Das wird an anderer Stelle entschieden. Doch zumindest kann ich jetzt das Motiv dafür verstehen.«

»Nichts davon verstehst du. Hörst du? Nichts! Ich allein habe die Schmerzen gespürt. Du nicht. Sieh her.«

Wieder stand der Killer auf und zeigte auf eine breite rotgefärbte Fläche auf seinem Bauch.

»Hier hat sie mir das Bügeleisen draufgesetzt. Und weil ich geweint habe, bestrafte sie mich weiter. Ich musste ihre brennenden Zigarettenreste essen. Ja, du hörst richtig. Sie hat mir die in den Hals gesteckt und ich musste sie runterschlucken. Doch das war noch nicht alles.«

Rita hatte plötzlich einen freien Blick auf das nackte Gesäß des Mörders. Es fiel ihr schwer, den Blick nicht abzuwenden, denn sie erkannte eine riesige, vernarbte Fläche an verbrannter Haut, die nur schlecht verheilt war. Ein Zeichen dafür, dass diese Wunden niemals die fachkundige Hand eines Arztes erreicht hatten.

»Siehst du es, mein Täubchen? Das ist Mutterliebe. Das versteht eine Mutter von der Liebe zu ihrem Sohn, die weder vom Alkohol noch von Drogen lassen konnte. So sieht ein Kind aus, dass man mit dem zarten Hintern auf eine glühende Herdplatte setzt. Doch ich hatte Gelegenheit, diese Dreckshure daran zu erinnern. Ich habe es so genossen, ihr bei lebendigem Leib die Haut abzuziehen. Das Schreien werde ich niemals vergessen. Es war für mich wie Engelsgesang.«

Kurz bevor sich Rita endgültig übergab, blickte sie in Augen, die großes Glück ausdrückten. Die Verklärtheit dieses Gesichts blieb Rita in Erinnerung, bevor sie sich erbrach. Als sie wieder normal atmen konnte, wischte sie die Essenreste mit dem Ärmel von den Lippen und suchte ihren Peiniger, der zumindest einen Funken Mitleid in ihr ausgelöst hatte. Der hatte währenddessen seine Kleidung wieder angezogen und saß abwartend auf dem Hocker.

»Genug geplaudert würde ich sagen. Du sollst zumindest meine Beweggründe kennengelernt haben.«

»... mich umzubringen? Das haben Sie doch vor, oder? Warum ich? Müssen alle Frauen für das herhalten, was diese eine tat? Sie sagen, dass Sie intelligent sind. Das macht jedoch für mich wenig Sinn und dürfte eine große Aufgabe selbst für Sie darstellen. Man wird Sie über kurz oder lang fassen und in eine Anstalt sperren. Verstehen Sie? Hören Sie auf und stellen Sie sich. Ihr Werk ist längst getan. Ihre Mutter wurde bestraft.«

Fast mitleidig betrachtete der Mörder sein Opfer.

»Du hast nichts verstanden. Doch damit muss ich mich abfinden. Du wirst niemals meine Vollkommenheit erreichen. Doch hör mir zu. Ich gebe dir die Möglichkeit, dein Leben zu erhalten. Du bringst mir diese Zeugin, oder du sagst mir, wo ihr sie hingebracht habt. Nur dann darfst du dein Leben behalten. Ich verrate deinen Leuten später, wo du bist. Ich hoffe, du erkennst deine einzige Chance.«

Obwohl sie im Grunde damit gerechnet hatte, überraschte Rita zumindest die Art und Weise, mit welcher Normalität ihr das Monster dieses Versprechen gab. Es bestand für Rita keine Alternative gegenüber der Weigerung, das Versteck zu verraten. Kein anderes Leben im Austausch für das ihre. Sie war sich dessen bewusst, was das für sie bedeutete – Folter bis der Wahnsinn einsetzte. Der Psychopath wertete ihr Kopfschütteln entsprechend. Wieder lag das Messer wie aus Zauberhand zwischen seinen Fingern. Er näherte sich mit einem Grinsen, das ihr das Blut in den Adern gefrieren ließ.

»Du hast es nicht anders gewollt, du elende Schlampe! Nun wirst du erfahren, was Schmerz wirklich bedeutet.«

37

Mit ausgeschalteten Scheinwerfern näherten sich zwei Mannschaftswagen des SEK und zwei Zivilfahrzeuge der Kripo dem Absperrgitter, das die Stadt Essen vor dem Naturfreundehaus aufgestellt hatte. Nichts verriet, dass sich zwischen den Bäumen und wilden Sträuchern auch nur eine Menschenseele aufhalten könnte. Freiwillig würde sich eh niemand dort hinbewegen, wo vor Jahrzehnten einmal Menschen gewohnt haben mussten. Jetzt befand sich in dem verrotteten Gemäuer nur noch Ungeziefer. Eisern hielten Einheimische an der Behauptung fest, dass es dort nachts spuken würde. Dieser Eindruck setzte sich selbst in den Männern fest, die sich nun dem fast gänzlich zugerankten Gebäude näherten.

Liebig, der allen voranging, hob die Hand und lauschte. Er glaubte, durch die Stille und dem Geräusch des leichten Nieselregens, Stimmen gehört zu haben. Nichts. Er hatte sich getäuscht. Mit zwei gezielten Handbewegungen verteilte er die vermummten Männer des Einsatzkommandos um das Gelände. Nicht noch einmal sollte dem Kerl eine Flucht gelingen, vorausgesetzt, er befand sich tatsächlich in dem Kerker. Neben ihm warteten Spiekermann und Reinder mit gezogenen Waffen. Es bedurfte keiner weiteren Worte, um dem Plan zu folgen, den sie zuvor festgelegt hatten. Mit dem Bemühen, jedes Geräusch beim Anschleichen zu vermeiden, schoben sich die drei Männer näher an den mit Dornenhecken zugewachsenen Eingang des Verschlages heran, in dem sie noch vor einigen Tagen das Blut von Opfern und das des Mörders gefunden hatten. Wieder das Handzeichen Liebigs. Jetzt hörten es alle drei. Sie verständigten sich mit Blicken, sofern es in der fast völligen Dunkelheit möglich war. Sie versuchten, aus den Stimmen herauszufiltern, wer sich in dem schwarzen Loch aufhalten könnte, vor dem sie mit gezogenen Waffen lauerten. Liebig zuckte zusammen, als die elektrisierenden Wortfetzen zu ihm drangen, die ihn zum sofortigen Handeln veranlassten.

»... wirst du erfahren, was Schmerzen bedeuten.«

Mit einem langen Schritt, mit dem in diesem Augenblick Reinder und Spiekermann noch nicht gerechnet hatten, sprang Liebig vorwärts und suchte nach seinem Ziel, was er aber in der für ihn noch ungewohnten Dunkelheit nicht erkennen konnte. Sein Gegner war ihm gegenüber in diesem Punkt klar im Vorteil, da er seine Augen schon daran gewöhnen konnte. Der Mörder reagierte mit ungeahnter Schnelligkeit und schleuderte das Messer gegen Liebig. Nur einer rein instinktiven Seitwärtsbewegung war es zu verdanken, dass die Klinge sich statt in die Brustmitte, nur in die rechte Schulter bohrte. Ein reiner Reflex sorgte dafür, dass sich der Schuss löste und scheinbar wirkungslos den Killer verfehlte. Peter Liebig stürzte mit schmerzverzerrtem Gesicht in den Raum hinein und riss dabei den Mann zu Boden. Dann blieb er wild fluchend liegen. Die Klinge war tief in das Schultergelenk eingedrungen und machte ihn zumindest teilweise bewegungsunfähig. Sein Gegner, der lediglich gegen die Wand geschleudert worden war, reagierte gedankenschnell, riss das Messer brutal aus der Wunde und setzte zum finalen Stich an. Mitten in der Bewegung stockte er, als er den Lauf einer schweren Waffe an seiner Stirn spürte. Sehr langsam richtete er sich auf und suchte seinen neuen Gegner, dessen Gesicht nun halbwegs deutlich vor ihm auftauchte. Reinders Augen waren eiskalt, als er den Mann fixierte, den sie schon seit Wochen gesucht hatten und der vor wenigen Augenblicken sogar ihren Vorgesetzten versuchte hatte, zu erstechen. Seine Finger umklammerten ruhig die schwere Waffe, drückte sie fester gegen die Stirn des Monsters. Wenn er glaubte, Resignation in dessen Augen zu erkennen, wurde er herb enttäuscht. Die Stimme des Mannes senkte sich zu einem Flüstern, als er dem Kripomann entgegenzischte: »Tu es, du Schwächling. Drück einfach ab. Doch dazu hast du nicht die Eier. Ihr seid nicht stark genug, eure tiefsten Wünsche zu erfüllen. Euer beschissenes Gesetz und eure Skrupel hindern euch daran zu töten. Du bist nur ein kleiner Pisser. Ich werde den Mann dort unten jetzt mit diesem Messer töten. Und du wirst es nicht verhindern können.«

»Kann ich. Das kann ich doch, du Dreckschwein.«

Das Geschoss schlug aus geringster Entfernung in den Stirnknochen und riss den Schädel des Mörders praktisch in zwei Teile. Knochensplitter, Hirnmasse und Blut spritzten nach allen Seiten. In Zeitlupe klappte der Mann zusammen und fiel schließlich nach hinten, um dort im kalten Brackwasser auszubluten. Die Hand Spiekermanns legte sich sehr vorsichtig auf die Schulter des Kollegen. Er konnte das

Beben in dessen Körper deutlich spüren. Er zog ihn vorsichtig aus dem Eingangsbereich zurück in den Vorhof. Von allen Seiten näherten sich jetzt dunkle Schatten und begannen die Umgebung auszuleuchten. Einer der Polizisten zog Liebig aus dem Keller und legte ihn vorsichtig auf einer Decke ab, die ein anderer Mann unter dem Arm trug.

»Sanitäter. Wir brauchen hier sofort einen Sanitäter. Der Mann ist verletzt.«

»Lasst mich los. Wo ist die Frau? Wo ist Rita?«, wollte Peter Liebig wissen, der sich dagegen wehrte, festgehalten zu werden. Über ihm tauchte Klaus Spiekermann auf, der dem Kollegen des SEK ein Zeichen gab, zur Seite zu treten.

»Ich übernehme den Mann. Bleiben Sie bloß ruhig liegen, Chef. Der Arzt kommt jeden Augenblick. Sie verlieren sonst zu viel Blut.«

»Ich will wissen, was mit Rita ist. Holt sie da sofort raus. Ich will sie sehen. Das Mädchen hat schon viel zu lange in dem Loch zubringen müssen. Ihr könnt euch bestimmt nicht vorstellen, welche Hölle das bedeutet.«

Nun endlich tauchte auch das Gesicht von Reinder über ihm auf. Peter Liebig stockte einen Moment, da er wusste, wie schwer einen Polizisten der erste Erschossene belastete.

»Es war Notwehr, Winfried. Mach dir keine Sorgen. Das werden wir alle hier bezeugen können. Das wird schon wieder. Du kommst darüber hinweg. Jedenfalls wird dieses Schwein keine Frau mehr foltern und dafür noch in der Forensik durchgefüttert. Doch bitte holt mir endlich das Mädchen da raus.«

»Haben wir schon, Peter. Rita ist draußen. Hab bitte noch etwas Geduld. Du musst erst versorgt werden.«

252

Reinders klopfte Liebig auf den Unterarm und wollte sich entfernen. Liebigs strenger Befehl und der Griff an dessen Arm hielten ihn zurück.

»Du bleibst hier. Ich will sofort mit Rita sprechen. Ich sagte: sofort.«

Nachdem Spiekermann und Reinder einen Blick gewechselt hatten, war es Klaus Spiekermann, der es aussprach.

»Rita ... es tut uns leid, Chef ... aber Rita hat es nicht geschafft. Der Querschläger aus Ihrer Waffe hat sie mitten in die Brust getroffen. Sie hat nicht lange gelitten. Der Sani meint, dass sie sofort ...«

Um sie herum wurde es augenblicklich still. Man konnte der Meinung sein, dass sogar für einen Moment der Regen aussetzte, als der Schrei durch die alten Mauern hallte.

»NEIN!« Peter Liebigs Körper bäumte sich auf. »Das kann nicht sein. Rita lebt. Sie muss leben. Ich kann doch nicht schon wieder jemanden verlieren, den ich ...«

Was Liebig noch sagen wollte, ging im Schluchzen unter, das ihn durchschüttelte. Spiekermann riss den verletzten Mann hoch und drückte ihn an seine Brust, weinte selber haltlos. Männer, die normalerweise Nägel fraßen und die im Leben kaum etwas erschüttern konnte, wandten sich ab und wischten sich verstohlen über die Augen.

38

»Kommen Sie rein, Liebig und setzen Sie sich hin. Ich habe berits davon gehört, wozu Sie sich entschlossen haben. Es ist nicht so, dass ich Sie nicht verstehen kann, aber ich möchte Sie trotzdem darum bitten, Ihren Entschluss noch einmal zu überdenken. Der Job bei dem Sicherheitsdienst ist doch bestimmt scheißlangweilig. Doch ich wünsche Ihnen trotzdem viel Glück. Wir werden Sie vermissen.«

Kriminalrat Rösner beugte sich vor und sah Hauptkommissar Liebig tief in die Augen. Es waren Augen, die all ihren früheren Glanz und die gewohnte Kraft verloren hatten. Selbst die Bewegungen des einst stolzen Mannes erschienen müde. Seine jetzt kraftlos wirkenden Schultern bewiesen, dass diesem Mann die Seele abhandengekommen war. Schon am Vortag, als Rita Momsen zu Grabe getragen worden war, drohte Liebig zusammenzubrechen. Reinder und Spiekermann stützten ihn bei diesem so schweren Gang. Lange war er noch allein am Grab verblieben und man behauptete, dass er dort eine Unterhaltung geführt haben soll. Bei der anschließenden Zusammenkunft ließ sich Peter Liebig entschuldigen. Die Männer fanden ihn später in der ersten Bank der Friedhofskapelle. Niemand wollte ihn dabei stören, als er den Herrgott darum bat, Rita in seine Obhut zu nehmen. Immer wieder bat er Rita um Verzeihung. Jeder war sich sicher, dass er diese Schuld für den Rest seines Lebens mit sich herumtragen würde. Bevor Rösner die Hand ausstreckte, richtete er noch ein letztes Wort an seinen besten Mann.

»Hören Sie, Liebig. Ich will Ihnen das nicht vorenthalten. Es gibt auch noch gute Nachrichten auf dieser Welt. Mir wurde gerade heute zugetragen, dass Helga Körner aufgewacht ist. Und das Tolle daran ist, dass sie ihren Mann sofort erkannt hat. Die Ärzte sprechen gerade von einem kleinen Wunder. Das hätten sie bisher noch nicht erlebt. Es besteht die berechtigte Hoffnung, dass sie zumindest ihren Verstand behalten wird. Ob sie jemals wieder normal leben kann, steht noch in den Sternen. Doch es gibt für die arme Familie wenigstens ein bisschen Licht am Horizont.«

In Peter Liebigs ernstem Gesicht blitzte für einen kurzen Moment ein Lächeln auf, bevor es wieder in die tiefe Hoffnungslosigkeit versank, die sich in dem Mann ausgebreitet hatte.

– Nachwort –

Liebe Leserinnen und Leser,
hat Sie auch dieses Buch wieder gut
unterhalten können und die erwartete Spannung geliefert?
Weitere Romane aus meiner Feder finden Sie im Anhang.

Wir Autoren wären oftmals relativ hilflos, wüssten wir nicht diese
wichtigen Helfer im Hintergrund, die vor der Veröffentlichung eines
Buches den strengen Blick auf die Texte werfen.
Meinen Dank richte ich dabei an vier
großartige, von mir geschätzte Frauen:
Sonja Kindler, Andrea Schmidt, Stefanie Stoltenberg
und Anne Philipps.

Persönliche Anmerkungen und ein Feedback können Sie mir gerne
unter h.c.scherf@gmx.de zukommen lassen.
Sie erhalten garantiert zeitnah eine Antwort.

Ihr H.C. Scherf

ISBN 978-3749497850
Band 4 aus der Reihe Liebig/Momsen
Als Taschenbuch und E-Book in allen Buchhandlungen und Online-Shops.

Inhalt:
Das Ziel ist Rache - das Ergebnis ist Selbstzerstörung

Niemand kann zu diesem Zeitpunkt erahnen, welche Opfer ein
Rachefeldzug noch fordert, als man die erste schrecklich zugerichtete
Leiche findet. Die Frau wurde hingerichtet von einem Täter, der damit
eine blutige Spur durch die Strafverfolgungsbehörden ankündigt.
Dass er keine Spuren hinterlässt und sein Motiv Rätsel aufgibt, macht
es dem bekannten Ermittlerteam um Peter Liebig und Rita Momsen nicht
einfacher. Seine Todesliste arbeitet der Killer unerbittlich ab.
Das Grauen findet seine Fortsetzung, obwohl sich Puzzlestücke
zusammenfügen.
Der Tod jedoch hat die sympathischen Kripobeamten längst
eingeplant.

ISBN 978-3749452163
Band 3 aus der Reihe Liebig/Momsen
Als Taschenbuch und E-Book in allen Buchhandlungen und Online-Shops.

Inhalt:
Das Feuer reinigt und lässt nur Asche zurück -
Doch das abgrundtief Böse hat es auch für sich entdeckt.

Während die tapferen Einsatzkräfte der Feuerwache ihr Leben aufs Spiel setzen, um Menschen vor dem Tod zu bewahren, lebt ein Psychopath seine kranken Leidenschaften aus, folgt dem Trieb, unvorstellbar grausam töten zu müssen. Immer mehr verdichtet sich der Verdacht, dass dieser Wahnsinnige nicht nur medizinische Grundkenntnisse besitzen muss. Nein - es könnte ein Feuerteufel sein, der sogar aus dem engeren Umfeld der Feuerwehr kommt. Jeder ist plötzlich verdächtig. Ein Psychokampf beginnt und gefährdet Freundschaften. Das Ermittlerduo Liebig und Momsen steht vor dem bisher rätselhaftesten Fall, der sie selbst in tödliche Gefahr bringt.

ISBN 978-3738622706

Band 2 aus der Reihe Liebig/Momsen

Als Taschenbuch und E-Book in allen Buchhandlungen und Online-Shops.

Inhalt:

**»Die Qualen der Zelle liegen hinter ihr –
Doch die Hölle der Freiheit erwartet sie bereits«**

Sieben Jahre teilte Daniela die Zelle mit Psychopathinnen. Totschlag war ihr
Verbrechen, für das sie lange sühnte.

Nun steht sie vor dem Tor der JVA und einer Freiheit gegenüber,
die keine ist.

Unerbittlich begegnet ihr die Familie mit Ablehnung. Als sie in einen Strudel
aus Gewalt gezogen wird, sehnt sie sich zurück in den Regelbetrieb des
Strafvollzugs.

Ein perverser Serienmörder und ein brutaler Zuhälter reißen sie in den Vorhof
zur Hölle.

Ausgerechnet ein Ermittler steht ihr zur Seite, den die Vergangenheit mit den
Taten des perfiden Mörders verbindet.

ISBN 978-3749410620

Band 1 aus der Reihe Liebig/Momsen

Als Taschenbuch und E-Book in allen Buchhandlungen und Online-Shops.

Inhalt:

»Du bist stärker als deine Angst! Sie spürt es und wird nachgeben.«

Die geflüsterten Worte sollen Sarah beruhigen, ihre Höhenangst endgültig besiegen. Ein Psychopath nutzt die Urängste der Menschen, um sie in den Tod zu treiben.

Sein perfider Plan geht bei den Schutzbedürftigen einer Selbsthilfegruppe auf, die ihre Phobien bekämpfen möchten.

Wird Peter Liebig, Hauptkommissar im Essener Morddezernat, die Pläne des Wahnsinnigen durchkreuzen können?

Der Täter hinterlässt keine Spuren. Erst als der erfahrene Beamte in die Hölle des Killers hinabsteigt, entdeckt er dessen Geheimnis.

Ein Psychoduell beginnt, das zwei völlig verschiedene Welten aufeinanderprallen lässt.

ISBN 978-3752892178

Band 5 aus der Reihe Spelzer/Hollmann
Als Taschenbuch und E-Book in allen Buchhandlungen und Online-Shops.

Inhalt:
Der Frieden ist nur Schein - hinter ihm lauert der Tod

Eine ganze Region zittert vor ihr, obwohl sie Schutz versprach. Eine schöne Frau regiert nach dem Tod des Don unnachgiebig eine italienische Region. Nur einer durchschaut ihr Intrigenspiel, kennt ihr Geheimnis, das sie angreifbar macht. Geduldig wartet er auf den Tag der Abrechnung.
Ein grausamer Mafiakrieg, in den die Gerichtsmedizinerin Karin Hollmann, Hauptkommissar Spelzer und ein Serienkiller unaufhaltsam hineingezogen werden. Sie versuchen, Unschuldige zu schützen.

Obwohl die Handlungsabläufe in sich abgeschlossen sind, empfiehlt es sich, die Bücher in der Reihenfolge zu lesen.

Die Spelzer/Hollmann-Reihe:

ISBN 978-3752877953
Band 4 aus der Serie Spelzer/Hollmann
Als Taschenbuch und E-Book in allen Buchhandlungen und Online-Shops.

Inhalt:

»In mir hat der Satan ein Zuhause gefunden. Tust du nicht das, was ich von dir verlange, wirst du genau ihn von seiner fantasievollsten Seite kennenlernen.«

Die Drohungen treiben dem korrupten Polizisten kalte Schauer über den Rücken.
Während Doktor Karin Hollmann und Oberkommissar Spelzer einen Satanisten verfolgen, der im Ruhrgebiet seine Opfer sucht und findet, versucht der Serienmörder Pehling, an seinem Zufluchtsort neue Gegner abzuwehren.
Aber nur, wenn sich die so unterschiedlichen Weggefährten zusammenschließen, haben sie eine verschwindend geringe Chance. Sie müssen verhindern, dass ein Satansjünger seine Visionen vom Reich des Antichristen verwirklichen kann.
Der Weg dahin fordert einen blutigen Tribut, denn der Gegner scheint nicht von dieser Welt.

Obwohl die Handlungsabläufe in sich abgeschlossen sind, empfiehlt es sich, die Bücher in der Reihenfolge zu lesen.

Die Spelzer/Hollmann-Reihe:

ISBN 978-3752834215

Band 3 aus der Serie Spelzer/Hollmann

Als Taschenbuch und E-Book in allen Buchhandlungen und Online-Shops.

Inhalt:

»Da unten ist die Hölle«

Die Taucher der Essener Wasserschutzpolizei müssen weit über ihre psychischen Grenzen hinausgehen, als sie das Depot eines Killers in der Tiefe räumen.

Welcher Wahnsinnige versteckt die Toten im Essener Baldeneysee?

Wieder einmal stehen Rechtsmedizinerin Karin Hollmann und ihr Freund, Oberkommissar Sven Spelzer vor Mädchenleichen, die ihnen viele Rätsel aufgeben.

Wie weit geht ein skrupelloser Gangsterboss, um den gewaltsamen Tod seines Bruders zu rächen?

Zwei scheinbar unabhängige Fälle bringen die Ermittler selbst in Lebensgefahr. Ein friedliches Naherholungsgebiet entpuppt sich als Spielwiese für einen irren Mörder.

Obwohl die Handlungsabläufe in sich abgeschlossen sind, empfiehlt es sich, die Bücher in der Reihenfolge zu lesen.

Die Spelzer/Hollmann-Reihe:

ISBN 978-3746055879
Band 2 aus der Serie Spelzer/Hollmann
Als Taschenbuch und E-Book in allen Buchhandlungen und Online-Shops.

Inhalt:

»Der ist definitiv ertrunken. Die haben ihn noch lebend ins Wasser geworfen, dabei nicht mal seine Hände gefesselt.«

Die Aussage der Rechtsmedizinerin Karin Hollmann ist klar und deutlich. Sven Spelzer, mit dem sie schon den Serienmörder Pehling zur Strecke brachte, weiß von Anfang an, wen er für diesen Zeugenmord zur Verantwortung ziehen muss.
Die Soko wurde gebildet, um den ›SERBEN‹, wie sie den Gewaltverbrecher nennen, nach Jahren der Erfolglosigkeit, endlich zur Strecke bringen zu können.
Brutalster Drogen- und Menschenhandel wird ihm zur Last gelegt.
Mögliche Belastungszeugen verschwinden meist spurlos.
Doch wer ist der unsichtbare Helfer im Hintergrund?
Gibt es einen Maulwurf in den Reihen der Polizei?
Wieder werden die beiden Ermittler in einen Einsatz hineingezogen, der sie, wie schon im ersten Band dieser Reihe, an die Grenzen treibt. Als sie bereits an den sicheren Zugriff glauben, hat der Teufel längst die Falle gebaut.
Alle Thriller der Reihe sind zwar abgeschlossen und könnten auch unabhängig voneinander gelesen werden. Doch der Spannungsbogen ist größer, wenn die Reihenfolge eingehalten wird.

ISBN 978-3746067858

Band 1 aus der Serie Spelzer/Hollmann
Als Taschenbuch und E-Book in allen Buchhandlungen und Online-Shops.

Inhalt:

Der Wald rund um die Ruine der Essener Isenburg - eine Oase der Ruhe und des Friedens. Das ändert sich mit dem Fund einer ersten, grausam zugerichteten Leiche.

Kommissar Sven Spelzer, als erfahrener Leiter der Mordkommission, begegnet einem Serienkiller, der präzise seine unvorstellbaren Taten plant.

Der Täter preist seine Morde als Kunstwerke.

Wenn bisher ein System sein Wirken steuerte, so ist es die Gier Außenstehender, die eine unfassbare Lawine der Gewalt auslöst.

Gemeinsam mit der Rechtsmedizinerin Karin Hollmann begibt sich Spelzer auf die Suche nach dem Wahnsinnigen. Sie ahnen nicht, welche Hölle die Bestie schon für sie vorbereitet hat.

Kalendermord - der erste Fall für dieses Ermittlerteam, der sie sofort an ihre Grenzen zwingt.

ISBN 978-3744873024

Als Taschenbuch und E-Book in allen Buchhandlungen und Online-Shops.

Inhalt:

„Gib diese Frau auf, denn die Zeit auf dieser Erde ist endlich ... besonders für sie."

Die Warnung ist eindeutig, die der erfolgreiche Schriftsteller Jan Hellman in dem Umschlag vorfindet.

Niemals wieder hat er eine Verbindung eingehen wollen. Die Trennung von Claudia saß noch wie ein Stachel in seinem Herzen. Sein Single-Dasein war beschlossen.

Doch das Schicksal hatte eigene Pläne gehabt. Sandra veränderte alles.

Jetzt aber hält er diesen Drohbrief in den Händen.

Bei Jan Hellmann und den eingeschalteten Ermittlern keimt der Verdacht, dass ihn der Gegner gut kennen muss.

Lebt der Verursacher dieser Grausamkeiten in einem vertrauten Umfeld?

Ekelige Tierkadaver und weitere Drohbriefe verstärken die Angst.

Perfekt getarnt treibt der Täter sein perfides Spiel. Die Einschläge, die Opfer und Polizei weiter rätseln lassen, kommen immer näher, werden immer brutaler.

Eine Liebe, an deren Erfüllung sich mit jeder gelesenen Seite die Zweifel mehren.

Eine Beziehung, die direkt auf den Vorhof der Hölle zusteuert.

H.C. SCHERF

THRILLER

Der Flug der
Libellen

ISBN 978-3744869997
Als Taschenbuch und E-Book in allen Buchhandlungen und Online-Shops.

Inhalt:
Seit Jahren verschwinden Prostituierte im Ruhrgebiet.
Keine Leichen. Keine Spuren.
Nichts kann den Killer aufhalten.
Die erst 10-jährige Andrea Lesbe und ihr gleichaltriger Freund leiden schon in der
Schule unter Mobbing. Die Mitschüler machen ihnen das Leben zur Hölle.
Was die Kinder zu diesem Zeitpunkt nicht wissen können:
Ein Hurenmörder beginnt gleichzeitig sein perfides Werk.
Unaufhaltsam verbindet sich ihr Schicksal mit dem des irren Killers.
Als Andrea als Erwachsene wieder in ihre Heimatstadt Essen zieht, trifft sie nicht
nur auf den einstigen treuen Freund.
Sie begegnet auch einem geheimnisvollen Fremden, der sie magisch anzieht.
Hauptkommissar Schlicht ermittelt mit seiner Soko seit 16 Jahren erfolglos im Fall
eines vermissten Kindes und der beängstigenden Mordserie. Erst als der Killer
die Abstände seiner grausamen Taten verkürzt, finden sich erste Spuren.
Damit das Geheimnis um den Serienkiller gelüftet werden kann, müssen die
Beteiligten in den Vorhof zur Hölle hinabsteigen.
Erst dort begegnen sie der grausamen Wahrheit.

»Ein Thriller, der die schmale Kluft zwischen Normalität und dem menschlichen
Wahnsinn spannend beschreibt.«

ISBN 978-3752856873

Als Taschenbuch und E-Book in allen Buchhandlungen und Online-Shops.

Inhalt

Als sich die Zellentür für Dirk Rasper nach vielen Jahren vorzeitig öffnet,
ahnt Hauptkommissar Klare nicht, welche Welle der Gewalt er damit
auslöst. Nach seinen Recherchen saß der Mann über sieben Jahre unschuldig
hinter Gittern.

Ein geheimnisvolles Versprechen aus der Vergangenheit band Rasper daran,
die ihn möglicherweise entlastende Wahrheit zu verschweigen.

Als der Gefangene aus der Hölle des Strafvollzugs entlassen wird, treibt ihn
die Liebe zu seiner kleinen Tochter und der Wunsch nach Rache an. Es
mehren sich Zweifel daran, ob die Entscheidung, den Mann zu entlassen,
nicht ein weiterer Fehler war.

Das Grauen findet einen neuen Anfang und endet im überraschenden
Showdown.